Blutiger andalusischer Sommer

Jutta Judy Bonstedt Kloehn

Krimi

Books on Demand

Bibliografische Information der deutschen Nationalbibliothek
Die Deutsche Nationalbibliothek verzeichnet diese Publikation in der Deutschen Nationalbibliografie; detaillierte bibliografische Daten sind im Internet über: //dnb.d-nb.de abrufbar

Copyright: Books on Demand/Jutta Judy Bonstedt Kloehn

Alle Rechte, auch das des Auszugsweisen Nachdruckes, der Auszugsweisen oder vollständigen Wiedergabeder Speicherungen in Datenverarbeitungsanlagen und der Übersetzung, vorbehalten.

Coverrechte: Tom Jay

Herstellung und Verlag: BoD - Books on Demand, Norderstedt

ISBN 9783741264054

Nichts wies Jose Francisco an diesem Julitag darauf hin, dass sein Leben aus den Fugen geraten würde. Im Gegenteil: Der sanfte andalusische Wind wehte die Gardinen durch das geöffnete Fenster des andalusischen Landgutes seiner Mutter. Fast streichelnd zog er über sie hinweg. Diese tanzten in dem Windzug zum Fenster hinaus, und verfingen sich an der Fassade. Der Holzladen begann zu klappern, denn er wurde durch den Wind aus seiner Befestigung genommen. Das Klappern war völlig unrhythmisch, so wie der Wind auch keinen regelmäßigen Takt vorwies. So schlug klopfend Holz auf Stein. Und die überaus prächtigen Wedel der sattgrünen Dattelpalmen vor dem Fenster wogen sich fast schwebend hin und her. Hoch gewachsen waren sie, diese Palmen. Sie waren Zeugen des Wiederaufbaus des Landgutes gewesen. Was einst im 18. Jahrhundert erbaut worden war, um dann im spanischen Bürgerkrieg um 1936 zu verfallen, wurde liebevoll komplett saniert und dem 20. Jahrhundert angepasst, ohne aber einen Stilbruch zu begehen. So bot sich der Anblick eines einzigartigen Anwesens. Im weiten Umkreis konnte man kein Haus von solcher Schönheit erneut auffinden. Hier in den Bergen der Sierra de Alhamilla, in der Nähe des Dorfes Lucainena de las Torres, war das *Cortijo Isabel* so etwas wie eine Sehenswürdigkeit. Nachdem es neu aufgebaut wurde, diente es in den 80er Jahren als Ferienanlage. In absolut friedlicher Stille und im Einklang mit der umgebenden Natur liegend, zog es immer wieder die Menschen fast magisch an. Es war umrahmt von blühendem Oleander und großen Hibiskussträuchern. Auf den angrenzenden Koppeln sah man stolze Pferde, dessen Mähnen sich in dem sanften Wind leicht nach oben stellten. Zufrieden grasend zogen die Tiere über ihre Koppeln, und strahlten dabei eine unglaubliche Ruhe und Frieden aus. Oft jedoch ist der Friede die Ruhe vor dem Sturm. Und Stürme, die nicht auf das Wetter bezogen sind, können nicht leicht vorher gesagt werden. So auch an diesem Tag, - dem 15. Juli des Jahres 2009. José Francisco Rodriguez Mauer ging entspannt und voller Vorfreude dem Cortijo Isabel entgegen. Der 24 jährige, blonde Spanier, Sohn einer deutschstämmigen Mutter, war hoch gewachsen und sehr attraktiv. Er war stets freundlich und hilfsbereit, eine Eigenschaft, die ihm von seiner Mutter Isabel in die Wiege gelegt worden war. Heute, an jenem 15. Juli war er besonders glücklich, denn er wollte Isabel die frohe Botschaft mitteilen, dass sie bald Oma werden würde. Er dachte an seine Frau Guadalupe und musste bei dem Gedanken an sie lächeln. Sie hatte ein ausgesprochen sanftes Wesen. Dieses Wesen, gepaart mit ihrer Intelligenz hatte ihn vollkommen verzaubert. Nun waren sie schon 3 Jahre verheiratet und endlich war ihr Kinderwunsch in Erfüllung gegangen. Isabel würde aus dem Häuschen sein vor Freude, wenn er ihr diese Nachricht übermitteln würde. Im Tempo nun zulegend ging er auf die mächtige Holzeichenhaustüre zu, die mit Eisenbeschlägen besetzt war. Ein gewaltiger Türklopfer in Form eines

Pferdekopfes zierte sie. Seine Mutter hatte schon immer ein Auge für Details gehabt. Ihr Sinn für das Schöne und ganz besondere schien ihm einzigartig. Er brachte den Pferdekopf zum Leben, indem er ihn heftig an die Türe klopfen ließ.

„Mutter!", rief er.

Es kam keine Antwort, aber das war nicht sonderlich verwunderlich, denn das Landhaus war groß, es besaß mehr als 14 Schlafzimmer, 3 große Saloons, sowie mehrere Bäder und einen Innenhof, den so genannten Patio, der auch über eine Poolanlage verfügte. Man musste sich also schon lautstark bemerkbar machen, insofern war der riesige Türklopfer eine äußerst kluge Anschaffung gewesen. Isabel hielt nichts von den neumodischen Klingelanlagen, sie sagte immer diese würden die Romantik des Hauses zerstören, und damit hatte sie sicherlich auch Recht. José Francisco hatte bereits 5 weitere Male heftig geklopft, aber seine Mutter antwortete nicht, also vermutete er sie vertieft in irgendeiner Arbeit. Wenn Isabel sich künstlerisch betätigte, so wie beispielsweise bei ihrer heiß geliebten Töpferarbeit oder ihrer Malerei, dann war sie nur schwer davon weg zu bringen, und sie vergaß oftmals die Welt dabei um sich herum. Seufzend machte sich José Francisco also auf den Weg zur hohen Dattelpalme, dort war ein großer Stein, der völlig natürlich die Form eines Elefantenkopfes hatte, ein weiteres Zierdestück des Gartens. Unter diesem Stein lag wie gewöhnlich der große gusseiserne Hausschlüssel.

José Francisco zog ihn unter dem Stein hervor und begab sich wieder zur Haustüre. Die Zikaden hörten plötzlich auf zu zirpen. Sobald irgendwelche Bewegungen wahrgenommen wurden, hatten diese Tiere es generell so an sich, ihr ohrenbetäubendes und schrilles Zirpen einzustellen. Der Wind ließ den Blütenduft des neben der Haustür gepflanzten Jasminstrauches zu ihm hinüber wehen. Er sog ihn kurz tief ein, und sah im Geiste die Hände seiner Mutter vor sich, als sie jenen Jasmin gepflanzt hatte. Das Öffnen der Tür war etwas schwierig, sie neigte zu klemmen, bei extremer Wärme oder Kälte verzog sich das Eichenholz nur allzu gerne. Und heute war ein ganz besonders heißer Tag und auch die Tage zuvor waren besonders heiß gewesen. Mit einem kräftigen Ruck nach vorne gelang es ihm schließlich, sie zu öffnen. Es ließ sich ein lautes Knarren und Ächzen vernehmen. Geschafft, sie war offen. Er trat ins Haus und auch hier nahm er tief den ganz typischen Geruch dieses alten Gebäudes in sich auf. Hier war er groß geworden, er fühlte sich sofort geborgen.
„Mutter", rief er erneut.
Da er sie im Obergeschoss vermutete, wo sie gewöhnlich ihre Malerei und Töpferarbeit durchführte, ging er die alte Wendeltreppe hinauf. Die Handläufe waren mit eigenartigen Schnitzereien verziert, Vogelfedern gleichend. Als er ihr Arbeitszimmer öffnete, kam ihm ein Windzug entgegen und im selben Moment schlug die Schlafzimmertüre, die gegenüber dem Arbeitszimmer lag, mit einem lauten Knall zu. José Fransisco erschrak sich heftig, denn der Knall

war ohrenbetäubend und zerstörte die Ruhe und den Frieden dieses Hauses für einige Sekunden. Er wurde plötzlich unruhig. Seine Intuition ließ ihn fühlen, dass irgendetwas nicht so war wie sonst. Das Arbeitszimmer hatte er ohne seine Mutter vorgefunden, und als würde er dem Zeichen des Windes folgen, ging er auf die Schlafzimmertüre seiner Mutter zu. Leise knarrten die Holzbohlen unter seinen vorsichtigen Schritten. Er wollte die Tür öffnen, doch irgendeine unsichtbare Macht schien ihn erstarren zu lassen, ihm sagen zu wollen: *Öffne sie nicht.* Aber José Francisco versuchte diese unsichtbare Macht zu besiegen. Er atmete einmal tief durch und öffnete die Tür. Im Zimmer eingetreten, ließ er den Blick vorsichtig durch den Raum schweifen. Als sein Blick auf das Bett seiner Mutter fiel, bemerkte er die verzogene Bettdecke. Das war nicht typisch für die Ordnungsliebe seiner Mutter. Fast mechanisch ging er auf das Bett zu und wollte die Decke wieder ordentlich herrichten. Da bemerkte er an ihr einen roten Streifen, der aussah wie Blut. Seine Stirn wurde eiskalt, durch seinen ganzen Körper fuhr ein heftiger Schreck, genauso wie man es sich immer vorstellt, wenn man hört, das einem das Blut in den Adern gefriert. Vorsichtig ging er auf die Seite des Bettes zu, die er beim Eintreten in den Raum nicht hatte einsehen können. Es packte ihn das nackte Entsetzten.

„Nein!", schrie er, und einer Ohnmacht nahend sank er verzweifelt zu Boden.

-2-

Rámon Carlos López Casasola saß auf seinem weißen Ledersofa in seiner Villa in Almerimar und starrte mit leerem Blick aus dem Fenster. Das Meer lag vor ihm, Salzgeruch stieg in sein Wohnzimmer, aber er nahm all dies nicht wahr. Wenngleich auch der Sonnenuntergang heute außergewöhnlich schön war, all das ließ ihn vollkommen kalt. Er befand sich in jener Phase des Lebens, an der man begann Resümee zu ziehen: Was habe ich erreicht in meinem Leben, was nicht? Was erwarte ich von meinem Leben und welche Werte zählen wirklich? Muss ich mich für irgendetwas schuldig fühlen, so schuldig, dass ich um Verzeihung bitten muss? Seinen Brandy in der Hand hin und herschwenkend, befand er sich gerade in der Selbsterkennungsphase seiner Überlegungen, als eine nasale Stimme ihn rief:

„Rámoncito, wir müssen los, bist du umgezogen", fragte seine Frau Dolores.

Er hatte es so Leid, ihr ewiges Genörgel und Befehlen. Wenn er nur noch einen Wunsch frei hätte in seinem Leben, wäre es jener, der seine Frau in Luft auflösen lassen würde.

Seufzend warf er einen Blick in sein Brandyglas.

„Nun gut, mein lieber Freund, ich trink dich aus und dann muss ich los." Resigniert nahm er den letzten Schluck und erhob sich. Er war ein recht kleinwüchsiger Mann, mit einem leichten Bauchansatz, doch trotz seiner 54 Jahre hatte er sich gut gehalten, er war immer noch attraktiv, mit leicht ergrautem Haar, aber die meisten Frauen fanden das sexy. Er war noch nie ein Kind von Traurigkeit gewesen. An Frauengeschichten mangelte es ihm nie, er hatte Geld wie Heu, geerbt nach dem Tode seiner Eltern. Mit dem Vermögen hatte er eine neue Firma gegründet, die sich hauptsächliche mit geräuchertem Trockenfisch beschäftigte. Weltweit hatte er mittlerweile bedeutende Fabriken bauen lassen in diesen Sektor. Der Markt war gesund, die Nachfrage groß, er lieferte seine Produkte in die ganze Welt, Hauptmarkt war jedoch Europa. Somit war er ein erfolgreicher Geschäftsmann mit exzellentem Einkommen. Seine Schwarzgelder wusste er geschickt zu vertuschen. Ebenso wie seine Liebhaberinnen. In jeder Provinz Spaniens gab es mindestens eine für ihn, und da er geschäftlich viel unterwegs war, brauchte er seine Liebhaberinnen, um sich zwischen schweren Verhandlungen, Tagungen und Versammlungen entspannen zu können.

„Nun komm schon, ich will die Erste beim Büfett sein, das weißt du doch." Sie warf einen Blick auf ihn und fuhr fort:

„Herrgott, du bist ja noch nicht mal umgezogen. „Magdalena, Magdalena", schrie sie lauthals durchs Haus.„Bring sofort den Smoking von Don López her." Wütend herrschte sie die Hausbedienstete an, die am allerwenigsten die Schuld an dem *nicht angekleidet sein* ihres Mannes trug.

Magdalena eilte durchs Haus und war in Windeseile wieder zurück, den Smoking in der Hand tragend und sie überreichte ihn Don López mit einem Knicks, mit welchem sie ihm ihren Respekt zollen wollte.Ramón riss ihr den Anzug aus der Hand, ohne auch nur ein Wort des Dankes zu verschwenden. Aber seine Augen blickten sie gierig an. Noch vor drei Nächten war er mit ihr im Bett gewesen. Sie war eine eifrige Liebhaberin, immer darauf bedacht, ihm alles recht zu machen. An sich selber dachte er dabei nie. Er mochte solch unterwürfige Frauen sehr, man konnte sie leicht kaufen, auch für Geldwäschereien und andere nicht ganz gesetzmäßig laufende Dinge. Sie waren meist zu dumm, um die Tragweite des ihnen aufgetragenen Handelns zu verstehen, und zu süß, um sie nicht zu vernaschen. Magdalena schaute ihn dankbar an und wünschte ihm einen schönen Abend mit seiner Frau. Rámon begab sich ins Bad, um sich umzukleiden, er vernahm das leichte, aber ständige Fluchen seiner unzufriedenen Frau. Er liebte sie nicht, hatte sie nie geliebt. Nur aus reiner Berechnung hatte er sie geehelicht. Noch dazu war sie nicht gerade eine attraktive Erscheinung. Sie war dick geworden mit den Jahren. Aber sie hatte Geld, und seine Firma konnte immer Geld brauchen. Er hätte es zwar nicht direkt nötig gehabt, aber schlecht war es fürs Geschäft auch nicht, eine Ehefrau an seiner Seite zu haben und so der Gesellschaft gegenüber seriös zu erscheinen, konservativ eben.Abende wie der heutige hielten es für absolut erforderlich, eine Frau an seiner Seite zu haben. Das alte Kulturmuseum von Almería war renoviert und saniert worden, neue Kulturschätze würden nun der Öffentlichkeit vorgestellt werden, und der Bürgermeister Juan Antonio Navarro Garcia hatte Rámon natürlich mit seiner Gattin zur Wiedereröffnung eingeladen. Rámon pflegte einen engen Kontakt zu dem Bürgermeister der aufwärtsstrebenden,andalusischen Stadt Almería. Es war immer gut mit den höchstgestellten Personen einer Stadt zu verkehren. In vielerlei Hinsicht hatte Ramon so schon einige Vorteile für sich und seine Firma verbuchen können. Man schiebe dem Bürgermeister ein bisschen Schwarzgeld unter dem Schreibtisch zu, und schon kommt man um lästige Behördeninspektionen herum, wenn es darum ging, eine neue Fabrik auf die Beine zu stellen. So einfach war das. Und so kam man auch noch in den ständigen Genuss von Kaviar und Trüffel, das war ja auch nicht zu verachten. Man lernte neue wichtige Persönlichkeiten kennen, die einem wiederum den Weg zur High Society ermöglichten. Ab und zu schob man dem Bürgermeister mal ein nettes Mädchen zu, das man selber für diesen Dienst bezahlte, und schon wurde das ganz Geschäftsleben mit einem Schlag einfach. Rámon kannte die Schwäche des Bürgermeisters für vollbusige, brünette junge Frauen. Und so pflegte er daheim eine Kartei zu verstecken, die ihm jederzeit verfügbare Damen dieser Charakteristik lieferte. Rámon war derzeit rundherum zufrieden. Er hoffte an diesem Abend auch seinen langjährigen Freund Fernando wiederzusehen. Mit ihm hatte er ein sehr wichtiges Geschäft abzuschließen, und er war sich ziemlich sicher, dass Fernando all die

Bedingungen für dieses Geschäft erfüllen würde. Rámon würde steinreich werden und Fernando käme auch gut bei dieser Geschichte weg. Beide waren ein gerissenes Team. Dolores drängelte und ließ ihm keine Zeit mehr, über diese Sache weiter nachzudenken. Seufzend machte er sich los auf den Weg zu seinem Wagen. Es war ein exquisiter Jaguar. Der 4,8 Liter V8 Motor hatte mehr als 400 PS unter der Haube und war Ramons ganzer Stolz. Das glänzende Silber funkelte ihm entgegen, als er die Tiefgarage öffnete. Selbstgefällig und zufrieden ließ er sich in den Ledersitz sinken. Er machte keine Anstalten seiner Frau den Wagenschlag zu öffnen, als sie zum Auto kam. Hilfsbereitschaft war seit eh und je ein Fremdwort für ihn gewesen. Seine Frau zu verwöhnen, ihr Komplimente zu machen, lag ihm mehr als fern.

Warum auch?, dachte er sich. *Soll diese Tonne doch sehen wie sie klar kommt, es fehlt ihr schließlich an nichts.*

Dolores stieg umständlich in den Wagen ein, der ächzte unter ihrem Schwergewicht. Rámon warf ihr einen geringschätzigen Blick zu und sagte:

„Du könntest dich ruhig mal um deine Figur kümmern, in letzter Zeit hast du doch deutlich zugelegt."

Er warf einen schiefen, abfälligen Blick auf ihr teures Chiffonkleid, das ihr so gar nicht stand. Fast schon geschmacklos fand er ihren Kleidungsstil, in Anbetracht ihrer unvorteilhaften Figur. Der Bauch rollte sich in drei Schichten und das Kleid spannte an jeder Ecke. Ihr

Haar war künstlich blondiert und die Frisur die sie trug, passte eher zu einer jungen Frau, als zu einer solch älteren Ausgabe von einer in die Jahre gekommenen Möchte gern - Dame. Ihre große Nase und ihre harten Gesichtszüge stießen ihn ab.

Verletzt schaute ihn Dolores an. Sie öffnete den Mund und wollte etwas erwidern, aber der eisige Blick ihres Mannes wies ihren Wunsch zurück, sich zu äußern.

Schweigend fuhr das Ehepaar in Richtung Guardia Civil Parkplatz des nationalen Polizeikörpers Spaniens. Dort durften alle höher gestellten Personen in den Genuss einer exklusiven und schattenspendenden Abgestellgelegenheit für ihre PKWs kommen. Die teuersten Limousinen konnte man dort bestaunen.Rámon und Dolores begrüßten weitere geladene Gäste und stiegen um in eine schwere amerikanische Limousine, die sie gemeinsam mit anderen Gästen direkt zur Eingangspforte des Kulturmuseums bringen würden. Der Chauffeur eilte sich, denn die Sonne ging bereits unter, die Presse brauchte aber noch etwas Licht, um vernünftige Fotos für die morgendliche Ausgabe der Zeitung „La voz de Almeria" zu veröffentlichen. Der abendliche Stadtverkehr war nervig für den Chauffeur und als er kurz vor dem Museum ankam, bildete sich eine lange Autoschlange und massenweise standen die Menschen auf dem Bürgersteig der Haupteinkaufsstrasse von Almeria, in welcher auch das Kulturmuseum seinen Standort hatte. Der Chauffeur avisierte die Guardia Civil per Funk Geleitschutz zu geben, umso besser und schneller an den Eingang des prachtvollen Museumsgebäudes zu gelangen. So dauerte es keine 5 Minuten und Dolores und Rámon konnten aussteigen. Die Pressefotografen ließen ihre Kameras aufblitzen, schossen Fotos von allen geladenen Gästen. Charmant lächelte Rámon in die Kameras. Dolores, immer noch verletzt durch seine vorherige Äußerung, bemühte sich ebenso, gute Miene zum bösen Spiel zu machen. Trotz der Vielzahl der Leute in der anwesenden Menschenmenge konnte Rámon seinen Freund Fernando entdecken. Er grinste ihm zu. Fernando erwiderte sein Grinsen und hob den Daumen hoch. Damit war alles gesagt. Rámon konnte es nicht glauben, das Geschäft war gelungen, er war nun hundertprozentig davon überzeugt, denn sonst hätte sein Freund ihm diese Geste nicht zukommen lassen. Nun musste er sich nur noch seine Frau vom Hals schaffen, dann hätte er das schönste Leben auf Erden. Als Witwer wäre er sicher noch genauso angesehen wie bisher, wenn nicht sogar noch mehr. Rasch übergab er seine Frau an die weiteren Damen der hohen Gesellschaft und verschwand in Richtung Herrentoilette. Fernando erwartete ihn schon dort. Rámon vergewisserte sich, dass keine anderen Toilettenbesucher anwesend waren. Dann beugte er sich zu Fernando hinüber und flüsterte ihm ins Ohr:

„Du hast es tatsächlich geschafft, ich es glaube es nicht. Gut gemacht, alter Junge." Er klopfte dem Freund bestätigend auf die Schultern.

„Was heißt da alter Junge? Ich bin immerhin 10 Jahre jünger als du", erwiderte Fernando. Er war sich dem Vorteil gegenüber seines

Freundes bezüglich seines jüngeren Alters durchaus bewusst. Fernando war eine sehr attraktive Erscheinung. Jeder hätte ihn wohl als schönen und anziehenden Mann bezeichnet. Er hatte schwarzes, sanft gewelltes Haar, und dunkle Augen, die sehr tiefgründig blicken konnten. Kräftige, dicht behaarte, schwarze Augenbrauen und dunkle dichte Wimpern machten das Bild eines richtigen Mannes perfekt. Die Nase war fein, gerade und elegant angesetzt, das Kinn leicht vorstehend, was ihm eine markante Note verlieh. Er war etwa 1,75 Meter groß und durchtrainiert, seine Brust war behaart, und er war immer tiefbraun gebrannt. Er ähnelte dem spanischen Schauspieler Antonio Banderas. Außer seinem blendenden Äußeren hatte er auch intellektuell einiges zu bieten: Er war belesen und kultiviert und sprach 4 Sprachen fließend. Beruflich bewegte er sich offiziell auf dem Boden des freischaffenden Künstlers, als Maler und Bildhauer. Inoffiziell machte er aber noch ganz andere Sachen, die sich fernab des Gesetzes bewegten.

„Es war einiges an Überzeugungsarbeit nötig, aber die Monate meines Einsatzes für dieses Projekt haben sich gelohnt",sagte Fernando „Ich werde jetzt noch eine Weile bei der Dame bleiben müssen, aber spätestens in drei Monaten, wenn wir alles weitere geregelt haben werden, kann ich mich von ihr distanzieren.

„Du bist ein fantastischer Schauspieler, weißt du das, mein Freund", sagte Rámon bewundernd. „Ich hätte das nie hin gekriegt."

„Du siehst ja auch nicht so gut aus wie ich", erwiderte Fernando grinsend.

„Mag sein, " sagte Rámon „Bald wird alles bereinigt sein und dann lassen wir es uns nur gut gehen. Allerdings müssen wir mir noch Dolores vom Hals schaffen, hast du dazu eine Idee?",fragte er den Freund. Aber dann, sich wohl eines Besseren besinnend, fuhr er fort, als Fernando gerade etwas erwidern wollte:

„Nicht heute, lass gut sein, stürzen wir uns auf den Trüffel und suchen Juan Antonio, um ihm die frohe Botschaft mitzuteilen. Lass uns feiern." Und mit diesen Worten griff er dem Freund unter den Arm und beide gingen zur Empfangslobby, wo das Büfett bereits aufgestellt war.

-3-

José Francisco weinte. Er weinte hemmungslos, sein Schmerz musste aus seinem Körper raus. Unfähig sich zu bewegen saß er neben seiner Mutter Isabel, die tot auf dem Bettläufer lag. Ihre Augen waren weit aufgerissen, es stand der Blick des Entsetzens in ihnen. Ihr weizenblondes Haar war durchtränkt von dem Blut, das aus ihren Pulsadern heraus gelaufen war. Sie waren aufgeschnitten. José Francisco konnte sich das *Warum* dieses anscheinenden Selbstmordes nicht erklären. Eine Frau wie Isabel, finanziell abgesichert, scheinbar absolut glücklich und zufrieden mit ihrem Leben, wohlhabend, ausgeglichen, ohne irgendwelche Sorgen. Es war unvorstellbar. Er hatte in den letzten Jahren nicht mal den Hauch von irgendwelchen Depressionen erkennen können, die eventuell das Motiv für diesen Suizid hätten sein können. Sicher, sein Vater, Isabels Mann, war früh verstorben und die kleine Familie war so recht früh aus dem Gleichgewicht geraten. Als er 5 Jahre jung war starb sein Vater an Lungenkrebs. Aber Isabel hatte versucht, das Beste aus dieser Situation zu machen, hatte ihn gestützt und geleitet in seinen jungen Jahren, und es ganz alleine geschafft einen anständigen Sohn groß zuziehen. Sie selber trug ihren verstorbenen Mann immer tief in ihrem Herzen und in ihrer Seele mit sich. Er war ihre große Liebe gewesen. Innerhalb seiner Jugendjahre konnte sich José Fransisco nicht daran erinnern, dass seine Mutter je einen anderen Mann in ihrem Haus empfangen hätte. Entweder hatte sie ihm eventuell amouröse Erlebnisse verschwiegen, was er allerdings nicht glaubte, oder aber sie war selbst noch nach dem Tod hinaus dem ihr angetrauten Mann ewig treu. In letzter Zeit war sie jedoch mit einem Künstler befreundet gewesen, aber er konnte sich nicht so recht an seinen Namen erinnern. Er wusste, dass dieser öfters mal im Haus ein- und ausgegangen war, weil seine Mutter von ihm einige Kunstobjekte für den Ziergarten geordert hatte. Soweit er sich erinnern konnte, mochte seine Mutter ihn wohl sehr gerne, sie hatte ihn ab und dann mal wie zufällig in ihren Gesprächen mit ihm erwähnt. Zu Gesicht bekommen hatte José

Francisco diesen Mann jedoch nie. Das lag aber hauptsächlich daran, dass er selber beruflich so eingespannt war, so dass er selbst die regelmäßigen Wochenendbesuche bei seiner Mutter seit einer Weile eingestellt hatte. Es wäre ihm sonst keine Zeit geblieben für seine Frau und seine Hobbys. Seine Mutter hatte ihm das nicht übel genommen, sie war immer eine sehr selbstlose und mitfühlende Person gewesen, immer darauf bedacht, dass es allen anderen gut ging. Nie dachte sie an sich selbst.

José Francisco schüttelte verzweifelt mit dem Kopf. Ihr Suizid war so unglaublich unwirklich. Er warf erneut den Blick auf die Leiche seiner Mutter, versuchte sich zu zwingen, standhaft zu bleiben, um mehr Details erkennen zu können. Er schluckte einmal fest, der Anblick war nur schwer zu ertragen.

Reiß dich zusammen, Junge, das bist du ihr schuldig, schau sie dir in Ruhe an, befahl er sich selbst.

Und so begann er, ihren Gesichtsausdruck zu studieren. Er schien verkrampft, verzerrt und der Blick ihre Augen wirkte wie der eines zu Tode erschreckten Menschen. In José Franciscos Kopf machten sich Kopfschmerzen breit, sein Schädel begann zu dröhnen, und es stieg eine leichte Übelkeit in ihm hoch. Als sein Blick auf ihre aufgeschnittenen Handgelenke fiel, war es um seine Fassung geschehen. Sein Magen rebellierte und völlig überraschend musste er sich übergeben. Er krampfte sich neben seiner Mutter zusammen und weinte verzweifelt. In diesem Moment klingelte sein Mobiltelefon.

Mechanisch griff er danach und ging ran. Es war seine Frau. Aber er war unfähig auch nur einen Ton hervor zu bringen.

„Liebster, was ist los, antworte mir doch, hörst du mich nicht?" Guadalupe dachte an ein Empfangsproblem, denn das Anwesen seiner Mutter lag hoch zwischen den Bergen versteckt und der Empfang dort war oftmals äußerst zweifelhaft.

„Lupina", erwiderte Jóse Francisco schwach. „Lupina – sie ist tot, meine Mutter ist tot", flüsterte er leise ins Telefon.

Nun war es Guadalupe, die zunächst sprachlos war. Dann fasste sie sich wieder.

„Ich komme sofort", sagte sie bestimmt.

José Francisco dachte fieberhaft nach bevor er antwortete:

„Ja, das ist gut, aber rufe vorher bitte die Guardia Civil an, sie sollen eine Streife herschicken und einen Leichenwagen organisieren. Ich fühle mich nicht in der Lage all dies in die Wege zu leiten." Er musste einmal tief Luft holen bevor er fortfuhr:„Fahr vorsichtig, bitte", danach unterbrach er die Verbindung, ehe Guadalupe antworten konnte.

Gudalupe leitete alles Weitere in die Wege und rannte dann zu ihrem Wagen, um so schnell wie möglich an der Seite ihres Mannes sein zu können. Der Tod ihrer Schwiegermutter war einfach unfassbar. Ihre Hände begannen zu zittern und sie hatte Mühe das Lenkrad vernünftig zu kontrollieren. Nach 2 km Fahrt musste sie rechts an den Randstreifen der Nationalstraße fahren und anhalten. Isabel war immer wie eine eigene Mutter zu ihr gewesen. In ihrer Erinnerung blitzten all die schönen Momente wieder auf, die sie mit Isabel erlebt hatte. Der Tag ihres ersten Kennenlernens, die gemeinsamen Shoppingtouren kurz vor ihrer Hochzeit, die Wochenenden, die sie zusammen verbracht hatten, wenn José Francisco auf Geschäftsreise in Deutschland war. Sie erinnerte sich an die Tipps, die Isabel ihr immer zu ihrem Sohn gegeben hatte, damit sie ihn bestens verstehen konnte. Isabel war eine einzigartige Frau gewesen. Ihre Willensstärke und Leistungsfähigkeit waren so unerschöpflich, wie die Tiefen des Ozeans. Nie hatte sie eine hilfsbereitere und aufopferungsvollere Person gekannt, wie sie es gewesen war. Sanftmut, Güte, Kraft und Schönheit waren bis zur Vollkommenheit vereint. Eine Frau die 52 Jahre lang in ihrem Leben gekämpft hatte, erfolgreich gekämpft. Als Innenarchitektin hatte sie ihren Studiumabschluss gemacht. Den Großgrundbesitzer Ignácio Fernandez Rodriguez Sanchez geheiratet, aus purer Liebe ohne Wert auf sein Vermögen zu legen, denn als sie sich kennen gelernt hatten, wusste sie nicht, dass er so wohlhabend war. In mühsamer Arbeit hatte sie sich ihr eigenes kleines Vermögen angehäuft, insbesondere um ihren Sohn José Francisco später einmal ein leichteres Leben ermöglichen zu können. Obgleich sie dann auch wusste, dass ihr Ehemann sehr gut situiert war, hatte sie sich nie auf dieses Vermögen verlassen, sondern ihrem Sohn zusätzlich ein dickes Sparbuch angelegt. Da José Francisco aus dem gleichen Holz geschnitzt war wie seine Mutter, war er von je her ein Arbeitstier gewesen. Er liebte seinen Beruf als staatlich anerkannter Dolmetscher und er übersetzte bis in Diplomatenkreisen hinein. Innerhalb seines Berufszweiges war er eine gefragte und bevorzugte Persönlichkeit. Seine rhetorischen Fähigkeiten waren ebenso einzigartig, wie all die Eigenschaften seiner Mutter. Die Wurzeln seiner Mutter lagen in Deutschland, dort war sie geboren worden. Sie wanderte mit 24 Jahren nach Spanien aus, und nahm dort dann nach 10 Jahren die spanische Staatsbürgerschaft an. Ihr Spanisch sprach sie fließend und mit ländlichem Akzent. Niemand wäre je darauf gekommen, dass ihr Mutterland Deutschland war. Guadalupe versuchte sich zu sammeln, wischte sich die mit Wimperntusche verschmierten Augen wieder halbwegs sauber, holte einmal tief Luft, und fuhr dann hinauf nach Lucainena de las Torres. In der Auffahrt des Cortijos Isabel sah sie bereits den Streifenwagen der Guardia Civil, sowie den von ihr georderten Leichenwagen. Ein Schauer lief ihr über den Rücken. Gruselig schien ihr der Moment, als der Fahrer des Wagens die Heckklappe öffnete, umden Sarg heraus zu holen. Mittlerweile hatten sich die Bediensteten des Cortijos auf dem großen Vorplatz des alten Natursteinhauses unter den Dattelpalmen versammelt. Sie konnten sich noch keinen Reim darauf machen, warum die Guardia Civil dort stand und der Leichenwagen. Allerdings befürchteten sie das Schlimmste. Sie hatten Isabel den ganzen Tag nicht draußen gesehen, dabei liebte sie es doch, morgens durch die Gartenanlage zu laufen und nach dem Rechten zu sehen, ein Schwätzchen mit ihren Gärtnern und Gehilfinnen zu halten. Meist lud sie ihre Angestellten auch auf einen Kaffee auf der Veranda ein. All das hatte an diesem Morgen nicht stattgefunden. Guadalupe vernahm verunsichertes Gemurmel. *Ich muss sie informieren,* dachte sie sich, als sie in die ratlosen Gesichter schaute. Sie erkannte den alten Gärtner Juan José. Er stand da, völlig geknickt, mit tiefen Furchen und Kummerfalten in seinem von der Sonne braun gebrannten und gekennzeichneten Gesicht. Sie ging auf Juan José zu und nahm seine Hände auf.

„Doña Isabel ist tot, es tut mir leid. Für heute haben Sie alle frei. Alles Weitere werden wir nächste Woche besprechen. Sie werden weiterhin Ihren Lohn erhalten, als hätten Sie gearbeitet. Teilen Sie das bitte auch den anderen Angestellten mit", sagte sie ihm leise. Sie strich noch einmal sanft über seine Hände, die begonnen hatten zu zittern. In seinem Gesicht war Entsetzen und Verzweiflung zu erkennen. Aufgeregt kamen die anderen Angestellten auf ihn zu gelaufen, als sich Guadalupe von ihmentfernte und in das Haupthaus hinein ging. Sie suchte nach JoséFrancisco, und ein Instinkt schickte sie in die obere Etage, zum Schlafzimmer Isabels. Sie trat leise ein, doch ihr Mann erwartete sie schon. Er wollte ihr den Anblick seiner toten Mutter, die dort in ihrem eigenen Blut lag, ersparen. Sehr wohl wusste er, wie sensibel seine Lupina, wie er sie immer zärtlich nannte, war. Und Blut konnte sie nicht sehen, sie würde sofort in Ohnmacht fallen. So ging er rasch auf sie zu, zog sie fest an sich. Guadalupe konnte die erneuten Tränen so nicht mehr zurückhalten. Sie schluchzte hemmungslos und durchweichte das Seidenhemd ihres Mannes. José Francisco ließ sich ebenso gehen. Energische Schritte, die auf das Schlafzimmer Isabels zukamen, ließen sie erschrocken auseinander fahren. Die Kriminalbeamten waren eingetroffen.

„Wo ist sie?", fragte der Hauptkommissar Mendez Mártinez.

José Francisco deutet mit einer Kopfbewegung die Richtung an.

„Sie haben sie hoffentlich nicht berührt oder hier irgendetwas verändert?", fragte der Kommissar kritisch blickend.

José Francisco mochte den rauen Tonfall des Kommissars ganz und gar nicht, und antwortete so leicht gereizt zurück:

„Und selbst wenn, es war doch wohl offensichtlich Selbstmord, da werden Sie sicher keine Spuren sichern müssen."

Gudalupe warf ihn einen mahnenden Blick zu. Der Kommissar war schließlich nicht schuldig an dem Suizid seiner Mutter. José Francisco fing den Blick auf und schaute leicht beschämt zu Boden.

„Das lassen Sie mal meine Sorge sein", antwortete der Kommissar, warf aber dann noch ein, nachdem er den verzweifelten Blick des jungen Mannes wahrnahm:

„Mein Beileid, es muss schwer für Sie zu tragen sein. Ich kannte Ihre Mutter gut. Wir sind selber alle sehr geschockt, das können Sie uns glauben."

„Danke", murmelte José Francisco zurück.

Guadalupe nahm ihm beim Arm und zog ihn Richtung Tür.

„Komm, lass unsraus gehen, wir stören wohl eher", sagte sie sanft zu ihm.

„Du hast wohl Recht, lass uns zum Teich gehen, dort war sie immer so gerne", erwiderte er.

José Francisco nahm ihre Hand in seine und gemeinsam gingen sie aus dem Haus.

-4-

Irgendetwas schien dem Kommissar Mendez Mártinez eigenartig vorzukommen. Der Gesichtsausdruck der verstorbenen Isabel Rodriguez Mauer ließ ihn nicht mehr los. Für eine Person, die angeblich Selbstmord begangen hatte, sah sie zu entsetzt aus. Unruhig lief er am darauffolgenden Tag in seinem Büro auf und ab, wie ein Löwe, der hinter Gittern eingesperrt war und nicht wusste, wo der Ausgang war. Er dachte zuerst, dass Isabel Rodriguez tatsächlich Selbstmord begangen hatte. Aber die Obduktion hatte andere Vermutungen zu Tage gelegt. Er griff zumTelefon, nachdem er in seinem Adressbuch die Nummer von Isabels Sohn gesucht hatte. Ungeduldig klopfte er, während er auf das Annehmen des Gespräches wartete, mit den Fingern auf sein abgenutztes Schreibpult. Es sprang nach kurzer Zeit die Mailbox des Teilnehmers an.

„Verdammt, verdammt", fluchte Mendez.

Nervös blätterte er weiter in seinem Adressbuch herum und fand die Nummer der Ehegattin. Sofort wählte er auch diese an, und er hatte Glück. Guadalupe nahm ab.

Señora Rodriguez Blanca?", fragte er.

„Ja, die bin ich, mit wem spreche ich?"

Mendez räusperte sich kurz.

„Hier spricht Kommissar Mendez Mártinez. Wissen Sie, nach einiger Überlegung bin ich zu dem Schluss gekommen, dass ich noch mal den Ort des Geschehens überprüfen muss. Auch der Obduktionsbericht erfordert eine erneute Prüfung. Würden Sie dafür sorgen, dass zwischenzeitlich niemand in das Zimmer der Verstorbenen geht?", fragte er.

Guadalupe war überrascht. Sie konnte nicht verstehen warum eine erneute Überprüfung nötig sein sollte.

„Aber muss das denn sein, es war doch ein klarer Selbstmord, oder vermuten Sie etwas anderes?", fragte sie unsicher zurück.

Mendez versuchte seine Vermutung vorsichtig weiter zu geben.

„Wissen Sie, die Obduktion hat einige Verdachte aufkommen lassen. Außerdem gefällt mir der Gesichtsausdruck der Toten ganz und gar nicht. Selbstmörder sehen nach ihrem Tod in der Regel nicht so aus, weisen nicht eine solch verschreckte Mimik vor. Insofern wäre es für alle Beteiligten die beste Lösung, das Ganze nochmals zu checken. Würden Sie das bitte an Señor Rodriguez Mauer weitergeben?"

Guadalupe dachte kurz nach. Sie hatte Isabel gar nicht im toten Zustand gesehen, konnte so auch nicht beurteilen, ob der Kommissar mit seiner Vermutung vielleicht Recht haben könnte. Insofern musste sie ihm volle Handlungsfreiheit lassen.

„Sie haben unsere Erlaubnis, tun Sie, was Sie für richtig halten und informieren Sie uns bitte so schnell wie möglich, wenn Sie zu irgendwelchen neuen Erkenntnissen gekommen sein sollten", antwortete sie höflich und zuvorkommend.

„Wissen Sie, ich konnte Ihren Mann nicht erreichen, verzeihen Sie also, dass ich mich an Sie gewandt habe", meinte Mendez entschuldigend.

„Mein Mann schläft schon, er war vollkommen geschockt, und ich musste ihm ein starkes Schlafmittel geben, um ihn zu beruhigen."

„Ja, das kann ich verstehen, und nochmals mein Beileid zum Tode Ihrer Schwiegermutter. Sie war eine einzigartige Persönlichkeit. Ich will Sie nicht weiter stören, Gute Nacht", verabschiedete sich Mendez.

„Gute Nacht", erwiderte Guadalupe fast tonlos und legte auf.

Nachdenklich ging sie auf die Terrasse und zündete sich eine Zigarette an. Trotz dass sie schwanger war, im vierten Monat, konnte sie das Rauchen einfach nicht lassen, wenngleich sie es auch dem Baby zuliebe stark reduziert hatte. Im Moment war sie allerdings so nervös, dass sie das Gefühl hatte, diese Zigarette zu brauchen. War Isabel etwa ermordet worden? Wenn ja, aus welchem Grunde? Wer konnte ihr so etwas antun? Während sie so ihren Überlegungen nachging, rumorte es einmal kurz in ihrem Unterleib und plötzlich wurde ihr übel. Angewidert starrte sie ihre Zigarette an und machte sie schleunigst aus. Das Baby beschwerte sich, und zu Recht. Jetzt, wo seine zukünftige Oma tot war, musste sie als werdende Mutter umso mehr darauf achten, dass alle in der Familie gesund blieben, und ganz besonders sie selber, denn sie trug die Verantwortung für das Kind in ihrem Bauch. Nachdenklich schaute sie auf ihren schlafenden Mann, der auf dem Sofa lag. Guadalupe konnte sich nur zu gut vorstellen, was er gerade durchmachte. Wenn ihre eigene Mutter sterben würde, nicht auszudenken, welch Trauma in ihrer Seele ausbrechen würde. Morgen würden sie sich um die Beerdigungsdetails kümmern müssen. Isabels Leiche sollte in etwa drei Tagen frei gegeben werden. Man hatte sie in das Tanatorio vom nahe gelegenen Dorf Tabernas gebracht, denn Lucainena de las Torres verfügte nicht über ein solches. Die Beisetzung würde auf dem kleinen Friedhof von Lucainena stattfinden. Inständig hoffte Guadalupe, das Kommissar Mendez keine Anzeichen finden würde, die für einen Mord sprechen würden. Denn dann wären viele Fragen offen und José Francisco würde schäumen vor Wut, und alles versuchen, um den eventuellen Mörder aufzufinden. Sie wusste, er hatte seine Mutter sehr geliebt. Nichts würde ihn abschrecken, den Mörder selbst zu ermorden, wenn er ihn finden würde. Seufzend legte sie sich auf das zweite Sofa, stellte den Fernseher an, und versuchte, sich mit einer ihrer Lieblingsserien abzulenken. Erst jetzt bemerkte sie wie erschöpft sie selber war. Sie legte beide Hände auf ihren Unterleib, um dem Baby das Gefühl zu geben, ihm nahe zu sein. Dann versank auch sie in einen tiefen Schlaf.

-5-

Der Notar und Rechtsanwalt Javier Móron Manchado war einigermaßen verwirrt. Er ging nochmals die Unterlagen von seiner verstorbenen Klientin Isabel Rodriguez Mauer durch und schüttelte immer wieder ungläubig mit dem Kopf. Er schaute auf die Uhr; halb zehn am Morgen. Es blieb noch Zeit um einen Café cortado in seiner Lieblingsbar zu trinken, welche nahe gelegen seines Büros war. So zog er, trotz der Sommerhitze, sein leichtes Jaket über, Stil musste bewahrt werden, und ging los in Richtung des Cafés. Die Unterlagen hatte er unter dem Arm geklemmt, er wollte sie nochmals studieren, um auf das Gespräch mit dem Sohn seiner verstorbenen Klientin vorbereitet zu sein. Vor wenigen Tagen hatte er Unterlagen zugesandt bekommen, von einem Notar aus Madrid. Das Schreiben durfte nur nach Tod der Klientin geöffnet werden. Insofern vermutete Don Javier Móron Manchado eine Änderung des Testaments. Umso merkwürdig schien ihm nun der Tod seiner Klientin. Noch dazu, weil sie eventuelle Änderungen nicht hatte von ihm aufsetzen lassen. Er kannte Isabel zu gut, um hier nicht etwas zu vermuten, was nicht ganz mit rechten Dingen zuging. Seinen Kaffee langsam rührend, las er abermals den Brief des Madrider Notars durch. Er war eigenartig formuliert- höflich – aber zwischen den Zeilen gelesen klang er bedrohlich. Javier Móron fühlte sich unwohl in seiner Haut. Sein Blick fiel zufällig auf die aktuelle Tageszeitung, und auf der Titelseite konnte er ein kleines Bild von Isabel Rodriguez Mauer erkennen. Und die Schlagzeile darunter:

Lucainenas extravaganteste Einwohnerin beging Selbstmord.

Es war erschütternd, Javier Morón fühlte sich immer unwohler. Er beschloss, schnell aus dem Cáfe zu verschwinden. Ein Blick auf seine Uhr bestätigte ihn in seiner Entscheidung, der Sohn Isabels würde gleich bei ihm sein. Er warf einen Euro auf die Theke, grüßte kurz und leicht muffig zur Kellnerin hin, die ihn ebenso muffig zurück grüßte, und verschwand. Kurz vor seinem Büro atmete er noch einmal tief durch und schloss dann die Türe auf. Seine Sekretärin gab ihm zu verstehen, dass José Francisco Rodriguez Mauer schon in seinem persönlichen Büro auf ihn wartete. Javier Morón trat dezent ein, warf dem Sohn seiner ehemaligen Klientin einen bedauernden Blick zu und forderte ihn wieder auf, sich zu setzen, da dieser sich bei seinem Eintreten erhoben hatte.

„Don José Francisco, es freut mich, Sie zu sehen, wenngleich auch unter diesen bedauerlichen Umständen", sagte Javier Morón, und obwohl dieser Satz wohl der Standartsatz bei Zusammenkünften dieser Art war, meinte er es dennoch sehr ehrlich und aufrichtig, und José Fransisco erkannte es auch in dem Ton, wie dieser Satz gesagt wurde. Javier Móron war mit Sicherheit der beste Notar und Anwalt, den man sich hätte nur denken können. Er wusste, dass dieser Mann seine Mutter sehr geliebt hatte, er hatte aber nie diese Liebe seitens seiner Mutter erwidert bekommen. Das lag aber mitunter auch daran, dass Javier Móron selbst ein verheirateter Mann war, und seine Mutter hätte sich nie auf eine Liebesgeschichte dieser Art eingelassen.

„Ich danke Ihnen, Don Javier", antwortete José Francisco. „Gehe ich richtig davon aus, dass Sie mir das Testament meiner Mutter eröffnen wollen?"

Javier Móron rückte sich leicht unruhig in seinem Stuhl zurecht. Jetzt kam der schwierige Teil dieser Zusammenkunft.

„Das ist in der Tat richtig, und ich habe hier eine merkwürdige Sache vorliegen", antwortete er und holte den braunen Umschlag, der versiegelt war von dem Madrider Notar, hervor.

„Wie meinen Sie das, welche merkwürdige Sache?", fragte José Francisco beunruhigt.

Nicht dass er sich Gedanken gemacht hätte, weil er auch nur in irgendeiner Form gierig war auf sein Erbe. Aber der Selbstmord seiner Mutter, und noch die Vermutung des Hauptkommissars, dass es eventuell doch eher ein Mord gewesen sein könnte, verbunden mit der nun geäußerten, merkwürdigen Sache seitens des Notars seiner Mutter, ließen ihn unruhig werden.

„Wissen Sie, Ihre Frau Mutter pflegte jahrelang immer nur mit mir ihre persönlichen Sachen notariell zu regeln. Umso erstaunlicher ist es, dass sie nun anscheinend eine Testamentsänderung hat durchführen lassen, etwa 3 Wochen vor ihrem Tode, durch einen anderen Notar aus Madrid. Können Sie sich einen Reim darauf machen?"

Erstaunt blickte ihn José Francisco an. Er brauchte einen Moment um sich zu fassen, dann sagte er zu dem Notar:

„Ich habe nicht die leiseste Ahnung was hier vorgeht. Aber ich denke wir sollten uns das mal anschauen, vielleicht kommt mir dann eine Erkenntnis. Meine Mutter hatte mir nichts davon gesagt, dass sie ihr Testament ändern wollte. Warum sollte sie dies auch tun? Ich war ihr einziger Sohn, es gab da eigentlich nicht viel darüber zu reden. Und Sie wissen, dass ich sowieso nicht darauf aus bin, ihr großes Vermögen zu bekommen. Mir wäre lieber, sie wäre noch am leben."

„Das weiß ich Don José Francisco, Sie sind ein einzigartiger Sohn. Ihre Mutter war sehr vermögend, das steht außer Frage. Aber wollen wir mal sehen, was sich in diesem Umschlag verbirgt, ich habe ihn bis dato selber nicht geöffnet, denn ich wurde angewiesen, dies erst vor ihrem rechtmäßigen Erbe zu tun, im Falle ihres Todes. Eigenartiger Umstand, dass der Tod nun so plötzlich eingetreten ist. Also, dann, ich werde ihn mal öffnen", erwiderte der Notar.

Er zückte seinen Messingbrieföffner, holte die Papiere aus dem Umschlag, setzte sich ein wenig in seinem Bürostuhl zurück und las erst mal lautlos. Mit jeder Zeile wurden seine Augen größer und sein Gesichtsausdruck immer erstaunter. José Francisco beobachtete seine Miene beunruhigt.

„Was ist los, Don Javier?"

Don Javier konnte es nicht fassen. Es wusste gar nicht was er dazu sagen sollte. Er war mehr als geschockt.

„Schauen Sie, Don José Francisco, hier steht folgendes geschrieben:
Er legte die Unterlagen so vor dem Sohn der verstorbenen Isabel, dass dieser auch mit einlesen konnte.

„Das blablabla können wir überlesen, aber sehen Sie, jetzt kommt die Stelle." Der Notar deutet mit dem Brieföffner auf sie und las vor:

Mein Sohn José Fransisco Rodriguez Mauer erhält sein Banksparbuch, dass derzeit einen Betrag von 850.000 Euro vorweist.

„Aber das ist doch in Ordnung, das ist sehr, sehr viel Geld", meinte Jóse Fransisco.

„Das ist wohl war, aber hier liegt noch etwas bei, ein Grundbuchauszug des Cortijos Isabel. Weder der Name ihrer Mutter noch der Ihrige ist hier verzeichnet."

„Was bedeutet das konkret?", fragte JoséFrancisco. „Ein Fehler beim Katasteramt oder ähnliches?"

„Keineswegs, mein Sohn", erwiderte der Notar. „Ich habe hier den Namen des rechtmäßigen Eigentümers, ein gewisser Don Fernando Jesús Expósito Bastian ist der offizielle Besitzer des Anwesens."

Jóse Fransisco stand das Entsetzen ins Gesicht geschrieben. Er konnte nicht begreifen, wollte nicht begreifen, was er da eben gehört hatte.

„Aber, aber – ich verstehe nicht. Wer ist dieser Mensch? Und was soll das alles? Niemals hatte meine Mutter diesen Mann auch nur erwähnt", erwiderte er verzweifelt.

Don Javier schaute ihn erstaunt an. Vor einem Moment hatte er noch gedacht, dass der Sohn Isabels ihm neue Erkenntnisse hätte liefern können in dieser Sache, und nun war er nahezu erschrocken, dass der eigene Sohn von diesem Umstand anscheinend nichts gewusst hatte. Was war in Isabels Kopf vorgegangen, als sie das so geliebte Cortijo an diesen Mann überschrieben hatte? Erpressung eventuell oder eine heimliche Liebe, die sie niemanden gestehen wollte? Was ging da vor sich? All diese Gedanken schossen Don Javier durch den Kopf. Er sah auf den erschütterten Jóse Francisco. In diesem Moment klingelte das Mobiltelefon von José Francisco. Er nahm ab, seine Hand zitterte heftig.

„Don José Francisco, hier spricht Kommissar Mendez. Ich muss Ihnen leider mitteilen, dass Ihre Mutter keinen Selbstmord begangen hatte, sondern ermordet wurde."

Das war zuviel für José Francisco. Seine Hand rutschte hinunter, das Telefon fiel zu Boden und er starrte einfach nur noch ins Leere, während der Kommissar am anderen Ende in das Telefon rief:
„Don José Francisco, sind Sie noch dran?"
Rasch reagierte der Notar, nahm das Telefon auf und gab dem Kommissar zu verstehen, dass José Francisco ihn wieder zurückrufen würde, sobald er sich dazu in der Lage fühlte. Er legte auf und ließ rasch ein Glas Wasser von seiner Sekretärin bringen. Als diese wieder draußen war, setzte er sich neben Isabels Sohn, hielt ihn an den Schultern fest und fragte:
„Was ist passiert?"
José Francisco starrte ihn aus tränengefüllten Augen an und sagte dann:
„Meine Mutter ist ermordet worden." Danach sank er kraftlos zusammen.

-6-

Rámon war geladen, er kochte beinahe. Es gab selten Momente, in denen er sich so benahm. Es musste schon was Schwerwiegendes passiert sein, um ihn in diesen Zustand zu versetzen. Normalerweise war er ein kühler, berechnender und kluger Mensch, der knallhart kalkulierte, Emotionen hatten in seinem Herzen wenig Platz. Aber heute reichte es ihm. Ungeduldig wartet er auf seinen Freund Fernando, der ihm versprochen hatte, sofort vorbei zu kommen, nachdem er ihn zornig angerufen hatte. Seine Sprechanlage piepste. Er nahm an.

Hier ist Don Fernando für Sie",sagte seine Sekretärin.

„Schicken Sie ihn rein, verdammt noch Mal, worauf warten Sie denn!", brüllte er sie an.

„Sofort, selbstverständlich, Don Rámon."

Sie war zwar seine etwas rauen Umgangsformen gewohnt, aber so hatte sich ihr Chef bisher noch nie aufgeführt.

„Gehen Sie schnell rein, er ist ungehalten wie ein Raubkatze", empfahl sie Fernando.

Diese Äußerung machte Fernando unruhig und so verzichtete er auf den Handkuss, dem er der Sekretärin von Rámon normalerweise zugestanden hätte. Er öffnete die Tür des Büros und sah in Rámons knallrotes Gesicht. Seine Krawatte war geöffnet und die oberen Hemdknöpfe ebenso. Das war ganz und gar nicht typisch für Rámon. Fernando fragte sich, was wohl passiert war, dass sein Freund so ärgerlich war.

„Was ist los, alter Knabe?", fragte er Rámon kumpelhaft.

Rámon sah ihn entgeistert an.

„Wag nicht, so mit mir zu sprechen, auch wenn ich älter bin als du, dann doch auch eine ganze Reihe klüger, du Trottel", erwiderte Rámon erbost.

„Halt, halt, halt, mein Lieber, so lasse ich nicht mit mir reden. Erst musst du mir sagen, wieso du mich als Trottel bezeichnest, verstehst du?" Zornig lief er auf Rámon zu, es sah so aus, als wäre er kurz davor ihm an die Gurgel zu gehen.

Rámon zog die Tageszeitung hervor die er unter seinem Arm getragen hatte.

„Dann wirf mal eine Blick darauf, mein Freund, und erkläre mir das bitte!",schnauzte Rámon zurück.

Fernando beugte sich über den aufgeschlagenen Artikel und las laut:

„Gestern am späten Nachmittag wurde die Leiche von Isabel Rodriguez Mauer von ihrem Sohn Don José Francisco in ihrem Cortijo Isabel aufgefunden. Die Polizei nahm zunächst einmal an, dass Isabel Rodriguez Mauer Selbstmord begangen hatte, kam dann aber nach Überprüfung der Spurensicherung zu der weiteren Erkenntnis, dass es sich wohl um Mord handele. Weitere Auskünfte wollte die Polizei bisher noch nicht mitteilen."

Fernando schluckte schwer und ließ sich auf einen der mit Nubukleder bezogenen Gästesessel sinken.

„Da staunst du, was? Wie konntest Du nur so dämlich sein, sie umzubringen, gerade jetzt, wo wir alles in der Tasche hatten?", fragte ihn Rámon kopfschüttelnd.

„Fernando versuchte sich zu fassen, er durfte sich nichts anmerken lassen, Rámon durfte nicht wissen, wie sehr ihn diese Nachricht getroffen hatte, und erwiderte:

„Wir haben es doch noch immer in der Tasche. Trotz ihres Todes."

„Idiot, das weiß ich auch, aber gerade jetzt können wir uns polizeiliche Untersuchungen nicht erlauben. Juan Antonio steht in festen Verhandlungen mit dem Kultusminister, wir waren so nah dran, wenn jetzt ein solcher Skandal aufkommt, wird der Minister uns nicht mehr vertrauen. Du kannst von Glück reden, wenn wir von seinen Leuten nicht abgeknallt werden. Herrgott, Fernando, was zum Teufel hast du dir dabei gedacht!" Rámon brüllte ihn an, und riss ihn an seinem Jaket und schüttelte Fernando durch vor Zorn.

Fernando versuchte ihn abzuwehren, was ihm nach einigem Gerangel auch gelang. Er stand auf und stieß Rámon zurück. Dieser taumelte und knallte heftig gegen seine Vitrine, in der seine Golftrophäen aufbewahrt waren. Diese fielen der Reihe nach um und schepperten laut. Die Sekretärin im Nebenzimmer war äußerst alarmiert. Nur zu gerne hätte sie gewusst, was da im Zimmer vor sich ging, aber manchmal war es besser, die Ohren auf Durchzug zu stellen, und schließlich gab es ja auch noch wichtige Arbeiten zu erledigen. Sie wollte ihren Chef Rámon nicht noch weiter aufregen, indem sie ihre Arbeit nicht gewissenhaft tat. Er verwöhnte sie immer so sehr, sie konnte auf seine gelegentlichen Finanzspritzen und dem Sex mit ihm einfach nicht verzichten. Also musste sie sich zurückhalten mit ihrer

Neugierde. Den Kopf wieder senkend, arbeitete sie so fleißig weiter an einem Exposé für Räucherfischware.

Fernando schaute Rámon mit drohendem Blick an und sagte schließlich:

„Ich habe sie nicht ermordet, und es ist eine Schande für unsere jahrelange Freundschaft, dass du auch nur dachtest, ich wäre es gewesen. Wenn das nämlich so ist, mein Freund, dann kannst du mich mal kreuzweise am Arsch lecken. Ich scheiße auf so eine Freundschaft."

Der leidenschaftliche Spanier Fernando war tief in seiner Ehre verletzt worden, da verstand er keinen Spaß mehr, dass was sein Freund Rámon vermutete von ihm, war einfach ungeheuerlich.

Rámon erkannte, dass er zu weit gegangen war. Und er wusste nun, dass Fernando Isabel nicht umgebracht hatte. Zu gut kannte er seinen Freund, er würde ihn niemals so anlügen. Jetzt war er an der Reihe die Freundschaft und das gemeinsame Geschäft wieder ins Lot zu bringen.

„Aber wer soll es sonst getan haben? Hast du eine Idee? Wann hast Du sie zum letzten Mal gesehen?", fragte er beunruhigt. Kein Wort einer Entschuldigung ließ er verlauten.

„So kommst du mir nicht davon, Rámon, ohne eine Entschuldigung läuft bei mir gar nichts."

Fernando schaute ihn provozierend und mit Genugtuung an.

Nun kam der Part, der Rámon weniger lag. Entschuldigungen über seine Lippen zu bringen war nicht seine Stärke, noch dazu, weil er sich sowieso immer im Recht glaubte, lag es ihm fern, solche Verzeihungsbekundungen zu äußern.

„Ja, ja, schon gut, ich glaube dir ja und es tut mir leid. Soll ich uns einen Cognac kommen lassen und ein paar Habanas? Auf den Schreck haben wir das, glaube ich, nötig", sagte er beschwichtigend zu seinem Freund.

Fernando nahm das Friedensangebot an. Lucia kam herein und brachte den gewünschten Cognac und die Zigarren, und so begannen die beiden Männer nachdenklich zu rauchen und zu trinken. Fernando schweifte seinen eigenen Gedanken nach. Niemand wusste um seine wahren Gefühle für Isabel. Was ein Spiel sein sollte, eine Art Theaterstück, das er inszenieren musste, um an die Eigentumsüberschreibung des Cortijos Isabel ran zu kommen, war Liebe geworden. Rámon wusste von all dem nichts, und Fernando zog es vor, dieses Geheimnis bis in sein Grab hinein zu hüten. Nur zu gerne wäre er gerade jetzt in den Armen der Isabel, und nun war sie tot. Es schien ihm unfassbar, er versuchte Haltung zu bewahren. Rámon durfte ihm nichts anmerken. Tausend Fragen gingen ihm durch den Kopf. Die Hauptfrage vor allen anderen war: Wer hatte Isabel ermordet?

Rámon riss ihn aus seinen Gedanken.

„Nun, wir werden das Rätsel heute nicht lösen, aber machen dich darauf gefasst, dass die Polizei dir Fragen stellen wird. Man bekommt nicht so einfach ein mehrere Millionen Euro teures Cortijo überschrieben, du wirst denen das erklären müssen. Möglicherweise könntest du ihnen vorgaukeln, dass Isabel es dir aus Finanzamtgründen überschrieben hat, weil sie sonst Probleme bekommen hätte. Uns wird schon was einfallen was plausibel klingt, und ansonsten haben wir ja noch den Kultusminister zu unserem Schutz hinter uns stehen. Es wird alles gut werden, mein Freund."

Rámon klopfte Fernando beruhigend auf die Schulter. Fernando sah das Ganze nicht ganz so gelassen wie Rámon. Er würde einen Abend unter Tränen verbringen, wenn er wieder zuhause war.

„Ja, es wird uns schon was einfallen. Lass mich eine Nacht drüber schlafen, morgen sieht die Welt ganz anders aus. Also, ich fahre nach Hause, Rámon. Wir hören uns morgen", erwiderte Fernando und ging zur Tür.

Lucia sah Fernando erstaunt hinterher. Er hatte sich nicht mal von ihr verabschiedet, die Sekretärin fand das Verhalten der beiden Männer heute äußerst merkwürdig. Im selben Moment, als sie darüber nachdachte, ging ihre Sprechanlage an.

Sie wünschen, Don Rámon?", fragte sie sanft.

„Komm zu mir rein, deinen Rock und deine Bluse kannst du gleich vor der Tür ausziehen, ich brauche dich, sofort", herrschte er Lucia an.

Lucia war aufgeregt, sie hatte nicht zu hoffen gewagt, dass ihr Chef heute noch Lust auf Sex gehabt hätte. Aber umso besser, sicher würde es sehr heiß werden und animalisch, wenn er vorher so erbost gewesen war, musste er Dampf ablassen. Lucia kam das gerade recht, freudig schaute sie kurz in den Spiegel, ließ Rock und Bluse fallen und ging in sein Privatbüro.

-7-

Guadalupe und José Francisco saßen im Büro des Kommissars Mendez. Schweigend warteten sie auf ihn. Nervös legte José Francisco ständig eine Hand auf die andere. Mit einem kräftigen Ruck wurde die Glastür schließlich geöffnet, und Mendez trat ein.
„Ich grüße Sie, Don José Francisco, Doña Guadalupe. Möchten Sie einen Kaffee, bevor ich Ihnen den Obduktionsbericht erkläre?", fragte er die Anwesenden.
Beide schüttelten verneinend mit dem Kopf. Ihnen war weder nach Essen, noch trinken, oder sonst welchen Genussdingen zumute. Sie aßen und tranken derzeit nur noch, weil es lebensnotwendig war.
So begann Mendez mit seiner Erläuterung.

„Isabel Rodriguez Mauer wurde am Morgen gegen 09.45 Uhr des 15.Julis2009 ermordet. Die aufgeschnittenen Pulsadern hatten uns zunächst in die Irre geführt, aber der Obduktionsbericht ergab ganz klar, dass sie bereits vor den Schnitten in den Pulsadern verendet war. Ihr Genick wurde gewaltsam gebrochen. Weiterhin wurden zahlreiche Fingerabdrücke gefunden, an ihrem Körper und rund um den Tatort herum, es bleibt noch zu klären von wem diese sind, von den Bediensteten, von ihr selber oder dem eventuellen Täter. Der Genickbruch wurde jedenfalls durch menschliche Einwirkung verursacht, insofern ist der Mord sicher."

Fassungslos blickten die beiden den Kommissar an.

„Aber warum? Wer sollte ihr so etwas angetan haben?" José Francisco konnte sich keinen Reim darauf machen.

„Wir werden es herausfinden, so wahr mir Gott helfe, ich werde alles in meiner Macht stehende tun, um dies aufzuklären, das dürfen Sie mir glauben", sagte Mendez.

„Ich muss Ihnen aber noch etwas mitteilen; Ihre Mutter hatte kurz vor ihrem Tode Geschlechtsverkehr. Wir wissen nicht, ob gewollt oder nicht gewollt, ob sie ihren Täter eventuell sogar gekannt hatte. All dies werden wir untersuchen, verlassen Sie sich darauf", fügte der Kommissar noch hinzu.

José Francisco wurde speiübel. Er kam sich vor, wie in einem schlechten Film, nur das er darin mitspielte. Guadalupe war kreidebleich geworden bei dieser Eröffnung.

„Versuchen Sie sich bitte an alle Personen zu erinnern, die Ihre Mutter gut gekannt hatte. Wir werden auch die Angestellten des Cortijos Isabel noch vernehmen. So werden wir alle Informationen zusammen tragen können, und daraus unsere Kombinationen zusammenfassen. Fürs erste war es das mal für heute. Wir bleiben in Kontakt. Die Leiche wird morgen früh zur Beerdigung frei gegeben. Ich werde bei der Beisetzung dabei sein."

Mendez stand auf, José Francisco und Guadalupe ebenso. Er verabschiedete das junge Ehepaar mit bedauerndem Blick.

Gegenscitig stützten sich Guadalupe und ihr Mann, als sie zu ihrem Auto gingen. Mendez ging an sein Fenster und schaute den beiden nach. Er schüttelte immer wieder aufs Neue mit dem Kopf. Er hatte schon viele Morde aufgeklärt, viele Leichen gesehen, viele Familientragödien miterlebt, wenn auch nur als Statist. Aber der Tod der Isabel Rodriguez Mauer ging ihm sehr nahe. Und natürlich war der Fall fachlich gesehen äußerst interessant. Morgen würde er mit den weiteren Ermittlungen beginnen. Er versuchte, seinen Kopf von diesem Fall frei zu bekommen, denn er musste noch einen Kollegen unterweisen, der gerade neu ins Team zugestoßen war. Da klingelte sein Festnetzanschluss.

„Mendez", knurrte er in den Apparat.

Er war nicht der große Telefonierer, aber im heutigen Zeitalter musste das ja leider wohl oder übel in Kauf genommen werden.

„Hören Sie gut zu, mein Freund, Sie werden in dem Fall Isabel Rodriguez keine weiteren Ermittlungen vornehmen, Sie werden den Mordverdacht vor der Presse widerrufen, und der Welt mitteilen, dass Isabel Rodriguez Selbstmord begangen hat. Ansonsten können Sie Ihre Knochen einzeln auf der Straße auflesen, wenn Sie sich nicht daran halten", quäkte eine verstellte Stimme in sein Ohr.

Mendez war ein hart gesottener Hauptkommissar. Jeden anderen hätte dieser Anruf wohl aus dem Konzept gebracht, nicht so ihn.

Was war das denn für ein Spaßvogel, dachte er sich nur und schüttelte mit dem Kopf als er den Hörer mehr oder weniger laut wieder aufknallte. Die Ermittlungen würden morgen starten, ganz gleich was dieser Quatschkopf ihm da angedroht hatte. Mendez begab sich zu seinem wartenden Kollegen und ließ die Tür, wie es seine Art war, lautstark zuknallen.

-8-

Im Hause Fabrega Cardenas herrschte aufgeregtes Stimmengemurmel. Zahlreiche Beerdigungsgäste waren eingetroffen. Es schien Guadalupe die beste Lösung gewesen zu sein, alle Familienangehörige und Freunde Isabels in das Haus ihrer Eltern zu laden. Es bot sich einfach besser an, denn die Villa war großzügig geschnitten, mit sehr vielen Räumlichkeiten. Sie lag direkt am Strand von Puerto Rey, in der Nähe der Stadt Vera, etwa 70 km entfernt vom Cortijo Isabel. Im Gegensatz zu ihrem relativ bescheidenen Chalet, dass sie mit José Francisco in Gádor bewohnte. Guadalupe musste einen Moment alleine sein, in den letzten Tagen war einfach alles ein bisschen viel für sie und ihren Mann gewesen, und es fiel ihr sehr schwer, die Beileidsaussprechungen der Familienangehörigen und Freunde immer wieder zu hören. So ging sie auf die Terrasse der Villa, und blickte auf die ruhige See hinaus, sog die salzhaltige Luft, die sie so sehr liebte, tief ein. Sie wusste nicht mehr weiter, wusste nicht mehr, wie sie José Francisco bei der Verarbeitung seiner Trauer noch helfen konnte. Alles hatte sie versucht. Ihn reden lassen, ihn weinen lassen, Trost vermittelt, ihn stundenlang gestreichelt, massiert, umarmt. Aber sie gelangte nicht soweit damit, wie sie sich erhofft hatte. Er ließ keinerlei Trost zu, fühlte sich aus irgendwelchen Gründen schuldig an dem Geschehenen. Verbittert warf er sich immer wieder selber vor, dass er sich in letzter Zeit einfach nicht mehr genug um seine Mutter hatte gekümmert, so wie es sich eigentlich gehörte. Mit diesen qualvollen, selbstzerstörerischenGedanken schadete er sich. Und die Tatsache, dass das Cortijo Isabel auf einem ihm völlig unbekannten Menschen überschrieben worden war, kurz vor dem Tode seiner Mutter, machte ihn gleichzeitig so rasend wütend, das Guadalupe vermied, das Thema auch nur noch ansatzweise anzuschneiden. Sie hatten stundenlang darüber geredet, Vermutungen angestellt, waren aber zu keinerlei Erkenntnis gekommen, welche Rolle dieser Fernando im Leben von Isabel gespielt hatte. Guadalupe war der

Ansicht, dass ihr Mann eine dringende Auszeit brauchte, weit weg von dem Ort des Geschehens. Sobald die Beerdigung vorbei sein würde, musste er ausspannen, und sie würde dafür sorgen, dass er dies auch tun würde. Sie hatte ihm einen Kurzurlaub gebucht in einem Heilkurort in Deutschland. Das würde ihr vorgezogenes Geburtstagsgeschenk für ihn sein. Sie hoffte nur inständig, dass er die Reise auch antreten würde. Während Guadalupe so ihren Gedanken nachging, trat ihre Mutter leise hinter sie. Adela war eine adrette Spanierin, 46 Jahre alt mit brünettem, hochgestecktem Haar und bronzefarbener Haut. Sie liebte den Flamenco und hatte diesen auch im Blut. Ihre ganzen Bewegungen ließen verraten, dass sie sich auch in ihrer Freizeit mit dieser traditionellen, spanischen Tanz- und Gesangskunst beschäftigte. Ihre Stimme war tief und eindringlich, und ihre schwarzen Augen konnten sehr eindringend blicken.

„Was ist los, querida?", fragte sie, ihre schöne, lange schmale Hand auf die Schultern ihre Tochter legend.

„Ach, Mutter, es ist so schwer zu tragen. Du weißt, dass ich Isabel sehr geliebt habe, eine bessere Schwiegermutter hätte ich nie bekommen können. Und nun das?" Tränen stiegen in ihre Augen.

„Du musst dich schonen, zerbrich dir nicht so viel den Kopf. Isabel würde nicht wollen, dass du so leidest. Und du musst auf das Baby aufpassen."

Adelas Hand legte sich auf den kleinen Bauchansatz ihrer Tochter.

„Ja, ich weiß, aber ich leide noch mehr wegen José Franciscos Zustand. Ich kann mich gar nicht mehr so recht auf das Baby freuen. Es ist nicht abzusehen, wann er sich je von diesem Schock erholen wird, und unsere Ehe leidet jetzt schon darunter. Oh, Mutter, wie kann ich ihm nur helfen?"Fragend schaute sie Adela an.

„Lass den Dingen ihre Zeit zu heilen. Wenn der Fall aufgeklärt sein wird, und er wird aufgeklärt, ich vertraue da auf unsere schlauen Polizeiköpfe, dann wird der Druck von Euch gehen. Habt Ihr schon heraus bekommen, wer der Besitzer des Cortijos ist? Das scheint mir das Merkwürdigste an dem Tod von Isabel. Nicht nur das José Francisco nun dieses herrliche Anwesen verloren hat, nein, sondern damit geht ja eine ganze Großgrundbesitzergeschichte zugrunde." Adela schaute nachdenklich.

Guadalupe sah zu ihr auf, ihre Mutter war ein ganzes Stück größer als sie. Sie selber hatte die Maße ihres Vaters geerbt. Dieser war eher der typisch kleine Spanier.

„Wir wissen noch nichts, aber am Donnerstag, nach der Beerdigung, hat Javier Morón, Isabels Notar, einen Termin vereinbart mit diesem Mann. Er hat uns dazu bestellt, ohne das Wissen dieses Unbekannten. Und Kommissar Mendez wird diesen Fernando Jesús Expósito Bastian auch noch vernehmen, weil er natürlich dringend tatverdächtig ist", informierte Guadalupe ihre Mutter.

„Wieso das denn? Nur weil er das Eigentum von Isabel überschrieben bekommen hat? Das dürfte als tatverdächtig nicht ausreichen, oder?", fragte Adela. Aber sie lenkte gleich wieder ein. „Wie dem auch sei, sorge dich darum jetzt nicht, es wird sich alles klären. Wird das Cortijo denn gut versorgt, kümmert sich jemand darum, was ist mit den Angestellten? Wenn nicht, kann ich mich gerne ein wenig darum kümmern, auch wenn es nun nicht mehr José Francisco gehört. Ich habe dieses Haus geliebt, es gibt kein schöneres Cortijo wie das der Isabel", warf sie ein.

„Soweit ich weiß werden die Angestellten, Gärtner und all die anderen weiterhin bezahlt, wobei es nicht ganz klar ist, wer sie nun zahlt, aber ihr Gehalt landet pünktlich auf ihren Konten, aber es wird immer bar eingezahlt, insofern kann man da nicht wirklich was nachvollziehen. Sie musste ein Abkommen gehabt haben mit dem neuen Besitzer, das alles beim Alten bleibt, in dieser Hinsicht. Wenn ich doch nur mehr Hintergrundinformationen hätte, um der Polizei einen Hinweis geben zu können."

Guadalupe seufzte einmal tief. Sie schaute kurz in den Saloon hinein, und sah ihren Mann mit der Schwester seiner Mutter reden. Er wirkte etwas entspannter und Isabels Schwester Lorena Marie konnte ihm doch tatsächlich ein Lächeln abgewinnen. Das war gut, das war sehr gut. Gudalupe entspannte sich ein wenig.

„Komm, mein Mädchen, lass uns ein wenig am Strand spazieren gehen, das wird dir helfen, den Kopf frei zu kriegen, und danach machen wir Schwangerschaftsgymnastik, was hältst du davon?" Adela strahlte sie motivierend an.

Sie wusste genau, dass ihre Tochter sie nicht enttäuschen wollte und einwilligen würde. Und ganz bewusst hatte sie das so eingefädelt, auch wenn Guadalupe nicht wirklich dazu Lust hatte, und der Mutter lediglich den Gefallen tun wollte, so wusste Adela doch, dass dies ihre Tochter wesentlich entspannen würde.

So gingen die beiden Frauen über die Außentreppe der Veranda hinunter zu dem schönen weißen Sandstrand von Puerto Rey.

-9-

Fernando lag auf seinem großen Messingbett und starrte an die Decke. Morgen war er vorgeladen bei Hauptkommissar Mendez. Dort würde er Rede und Antwort stehen müssen, in Bezug auf Isabels Tod. Stumme Tränen liefen ihm über die Wangen. Was sollte er erklären? Die Wahrheit erzählen, dass er sie geliebt hatte? Dann würde Rámon davon erfahren. Sicher könnte er versuchen, seinen Freund zu belügen. Er könnte behaupten, er hätte dies nur gesagt, damit die Polizei von ihm abließe. Aber würde er ihm glauben? Und ganz abgesehen davon, Rámons Plan gefiel ihm überhaupt nicht mehr. Seit der Zeit, die er mit Isabel auf dem Cortijo Isabel zusammen verbracht hatte, konnte er sich nicht mehr dazu überwinden, das geplante Vorhaben in die Tat umzusetzen. Es ging ihm überhaupt nicht um die

Reichtümer und Schätze, die in diesem Cortijo verborgen lagen, oder um seinen kulturellen Wert. Es ging ihm um die Liebe, die dieses Haus und die komplette Anlage erfüllte. Nie hatte er mehr Frieden empfunden, wie an diesem Ort. Nie hatte er mehr Liebe gefühlt, niemals zuvor wurde er mental und körperlich so geliebt, wie in diesem Cortijo. Es schauderte ihm plötzlich. Es wurde ihm bewusst, was für ein schlechter Mensch er in den Jahren zuvor gewesen war. Er hatte viele üble Sachen gemacht, Betrug, Körperverletzung, Steuerhinterziehung. Nur aus reinem Glück, weil er immer geschützt wurde von seinem Freund Rámon, war er um Haftstrafen oder gar Einträgen im Vorstrafenregister herum gekommen. Aber sie war immer haarscharf an ihm vorbei gegangen, die Gefahr, aufzufliegen. Isabel hatte es geschafft ihn zu wandeln, sein Denken neu zu sortieren, ihn zu mentalisieren und zu inspirieren, zu inspirieren für eine neue Lebensform. Seitdem hatte er es geradezu genossen sich wieder seiner Malerei und der Bildhauerei zu widmen. Er übte sie mit voller Leidenschaft und Fantasie aus wie einst in früheren Jahren, als er damit anfing, passioniert und voller Ideen im Kopf. Er formte für sie Skulpturen, malte ihr Bilder. Inspiriert von ihrer Liebe zu ihm und ihrer Schönheit und Stärke, ließ er all diese Dinge in seine Kunstwerke einfließen. Und nun ihr Tod. Er fühlte sich innerlich so, als wäre er mit ihr gestorben. Sein Leben hatte nun keinen Sinn mehr. Wenn überhaupt, würde er lediglich weiter leben wollen, um sich um das Cortijo Isabel gebührend zu kümmern, so wie es das alte Anwesen auch verdient hatte. Und in tiefer und aufrichtiger Bewunderung für seine ehemalige Besitzerin. Er musste für dieses Cortijo kämpfen. Was Rámon da ausgeklügelt hatte, ging ihm nun völlig gegen den Strich. Er durfte nicht zulassen dass dieses Cortijo in die Hände des spanischen Staates überging. Ein erneuter Schauer lief ihm durch den Körper, denn er wurde sich im selben Moment bewusst, in welcher Gefahr er sich befinden würde, wenn er sich nun querstellte. Er kannte Rámon nur zu gut. Nichts würde diesen davon abhalten, auch zu morden, wenn es um viel Geld ging. Zuzutrauen wäre es ihm. Er würde nicht mal davor zurückschrecken, seine eigene Frau umzubringen, wenn sie ihm im Wege war. Rámon war sein Freund, aber ein gefährlicher Freund. Stumme Tränen liefen nun über die Wangen Fernandos.

Er erinnerte sich an die sanften Küsse seiner Isabel, an ihre streichelnden und ihn immer wieder verwöhnenden Hände. Die Konversationen die sie hatten, die manchmal einfach nur albern und simple waren, oder im Gegensatz dazu, hochkultiviert und intellektuell. Sie hatten sich so herrlich ergänzt. Isabel war weltgewandt, hatte ein hohes Wissenspotenzial, trug dieses aber nicht protzend nach außen, sondern ließ jeden Gesprächsteilnehmer nach kurzer Zeit selbst erkennen, wie gebildet sie doch war. Sie war eine unvergleichliche Frau gewesen, so sinnlich, liebenswert und aufopferungsbreit. Ihre Schönheit hatte ihm ebenso imponiert. Trotz ihrer 54 Jahre war ihr Körper fest und mit wenigen Falten behaftet.

Sie liebte das Joggen am frühen Morgen und hielt sich durch gesunde Kost ständig fit. Aber wenn sie Schokolade gesehen hatte, war es um sie geschehen. Sie war in der Lage, zwei Tafeln Schokolade hintereinander zu verdrücken. Der Gedanke daran ließ ihn trotz Tränen leicht lächeln. Er hatte ihr oft Schokolade mitgebracht, um diese sonst so starke Frau mal schwach zu sehen. Und sie hatten beide immer herzlich darüber gelacht, wie er sich an ihrer Schwäche geweidet hatte. Je mehr er über Isabel nachdachte, umso mehr hatte er klar, dass er Rámon reinen Wein einschenken würde müssen. Mit diesem Gedanken schlief er wenig später ein. Er fiel in einen unruhigen Schlaf und träumte furchtbare Sachen.

-10-

Die Luft in Madrid war schwül und drückend. Kultusminister José Carlos Úbeda Plaza war trotzdem heute ganz besonders guter Laune. Er hatte es wieder mal geschafft, durch die richtigen Verbindungen an ein großes altes Anwesen zu gelangen, dass nach dem Bürgerkrieg schon längst hätte in die Hände des Spanischen Staates fallen sollen. Aber der damalige Besitzer war einfach zu gerissen und zu wohlhabend gewesen, um sich die Butter vom Brot nehmen zu lassen. Damals hatte man davon abgelassen, es gab ja noch andere lukrative, interessante Anwesen die in Staatshände gehören sollten. Úbeda war es gelungen, einige, zwar nur wenige, aber sehr ertragreiche Objekte zu erwerben. Diese Objekte verdienten nun Millionen von Euro Jahr für Jahr und alles floss in die spanische Staatskasse. Er selber zweigte natürlich immer einen großen Anteil dieser Gelder für sich ab. Sein Reichtum in den letzten Jahren hatte enorm zugelegt. Niemand war ihm bisher auf die Schliche gekommen, zu gut, zu ausgeklügelt arbeitete sein Verstand, und er kannte eben die richtigen Leute. In wenigen Tagen würde das neue Objekt auf den Namen des spanischen Staates überschrieben werden, die Transaktionen dazu würde er höchstpersönlich vornehmen, und wieder hätte er einige Millionen mehr in der Tasche. Es war so ein bisschen wie Roulette, nur dass er noch nicht mal Einsatz zahlen musste. Außer vielleicht sein persönliches Engagement und sein cleveres Köpfchen. Dieses Objekt beherbergte außerdem noch zwei außerordentlich teure Skulpturen, versteckt in den Kellergewölben, die die Welt bisher noch nicht gesehen hatte. Nur einige bedeutende Kunsthändler hatten sie begutachtet und geschätzt. Sie stammten einst aus der Zeit des 18. Jahrhunderts, der einzigartige Bildhauer Jóse Maria Berenguel Ruiz hatte sie für seine damalige große Liebe geformt und modelliert, und schließlich vollendet. In Kunstkreisen wurde jede dieser Skulpturen auf einen Wert von mindestens 5.000 Millionen Euro beziffert. Úbeda musste diese Schätze für sich selber bergen. Er würde ausgesorgt haben, ein ganzes Leben lang. Des Weiteren würde er das Objekt unter historischen Denkmalschutz stellen lassen, und allein die staatlichen Subventionen, die hierfür fließen würden und die Eintrittsgelder, wenn man das Cortijo in eine Art Museum umwandeln würde, wären gewaltig. Der spanische Staat würde ihn hoch empor klettern lassen auf der Erfolgsleiter, und bald würde er zu den wichtigsten und allerhöchsten Persönlichkeiten Spaniens zählen. Der König würde stolz auf ihn sein. Úbeda war fanatisch, das konnte man wohl behaupten. Und gierig, äußerst gierig. Er ging über Leichen, um seine Ziele zu erreichen. Jetzt schaute er auf seine Uhr, es wurde Zeit, er war mit Rámon verabredet um die weitere Transaktion des Objektes zu besprechen. Er steckte sich noch schnell seine Zigarillos in den Blazer und machte sich auf den Weg zum Konferenzzimmer. Úbeda atmete schwer, er war sehr dickleibig geworden. Das lag natürlich vor allem an dem vorzüglichen Essen, dass er ständig zu sich nahm. Mittlerweile brachte er fast annähernd 140 Kilo auf die Waage. Seine Frau pflegte immer zu sagen, dass er eines Tages nicht mehr gewählt werden würde, denn die Bürger würden denken, dass er sich nur den Bauch vollstopfe auf ihre Kosten, wenn er so aussah. Úbeda kümmerte das wenig, er hatte jetzt schon so viel Geld schwarz erwirtschaftet und auch legal, er würde sich finanziell nie sorgen müssen. Leicht grinsend trat er also völlig sorglos in das Konferenzzimmer. Rámon wartete schon auf ihn, er saß über der Zeitung „el mundo" und las den Wirtschaftsteil. Er erhob sich sofort als Úbeda eintrat.

„José Carlos!", rief er erfreut.

Und er meinte es ehrlich, denn Úbeda und er waren aus dem gleichen Holz geschnitzt, sie verstanden sich prächtig

„Rámon, mein Lieber, es ist schön dich zu sehen, noch dazu nach dem gelungenen Ablauf unseres gemeinsamen Projektes. Ich denke, wir sollten darauf mit einem Champagner anstoßen, oder magst du lieber einen Pingus?" ‚fragte Úbeda, der die Vorliebe für Rotwein bei seinem Freund kannte.

Rámon dachte einen Moment nach und antwortete schließlich:

„Also wenn ich wählen darf, nehme ich den Pingus."

„Kein Problem, wird sofort geliefert", erwiderte Úbeda mit einem schelmischen Augenzwinkern. Er orderte per Sprechanlage die Getränke und bestellte auch gleich einige Tapas, spanische Appetithappen dazu, wie edelster Schinken der „pata negra" und den besten Schafskäse.

„Hast du das gehört mit dem Mord an Isabel Rodriguez Mauer?", fragte Rámon vorsichtig.

Úbeda schien ihm zu gut gelaunt, wahrscheinlich wusste er es noch gar nicht.

Úbeda warf ihm einen relativ sorglosen Blick zu.

„Macht dir das Kopfzerbrechen?", fragte er zurück.

„Na ja, ich finde es nicht gerade von Vorteil, dass uns gerade jetzt so ein dämlicher Umstand ins Kreuz fällt, die Polizei wird fragen, nachforschen, Fernando wird seinen Kopf hinhalten müssen", meinte Rámon nachdenklich.

„Fernando, was kümmert uns schon Fernando? Der soll uns die Eigentumsrechte überschreiben, er bekommt seine Abfindung, und dann soll er sehen, wie er sich mit den Bullen auseinandersetzen wird. Oder was meinst du? Das kann doch nicht wirklich unser Problem sein. Notfalls lassen wir ihn umbringen, wenn er das nicht geregelt kriegt", sagte Úbeda und lauthals lachend setzte er sich ächzend auf einen der für ihn viel zu kleinen Sessel und nahm sich ein Stück von dem erstklassigen Schinken, der zwischenzeitlich gebracht worden war. Rámon beobachtete ihn und fühlte sich leicht abgestoßen von dieser Szene. Wie er sich den Schinken reinschob, ohne Sitte und Anstand, schmatzend, die fettigen Finger ableckend. Ebenso gab es ihm einen leichten Stich wie Úbeda über Fernando sprach, Fernando war immerhin sein bester Freund, und hatte alles Menschenmögliche getan, damit dieses Projekt gelingen konnte. Ohne ihn wäre dies alles überhaupt nicht möglich gewesen. Einen kurzen Moment blitzte ein Misstrauen in ihm auf gegenüber Úbeda. Wenn Úbeda so über Fernando sprach, wie sprach er dann über ihn, Rámon, wenn er nicht dabei war? Wäre er für ihn auch so leicht auslöschbar wie etwa Fernando? Es schauderte ihm leicht, und das war ungewöhnlich bei Rámon, denn wie gesagt, sein Herz war normalerweise ein einziger Eisblock.

„Wir sollten Fernando unseren Respekt zollen, José Carlos, Du weißt, was er alles für uns getan hat. Er wird schon mit der Polizei fertig werden. Da habe ich keine Zweifel, für Fernando lege ich die Hand ins Feuer", erwiderte Rámon vorsichtig.

Úbeda grunzte einmal kurz. Schnaufend erhob er sich von dem Sessel und legte Rámon seine Hand fast brüderlich auf die Schulter.

„Na, ist ja gut, dann will ich mal nicht so hart sein mit dem armen Fernandito. Er wird verschont werden, versprochen. Wann werden wir die Eigentumsumschreibung vornehmen?", fragte er Rámon.

Rámon war erleichtert. Das klang schon besser.

„Also ich dachte, wir lassen noch gute 14 Tage verstreichen, bis die Beerdigung dieser Isabel hinter sich gebracht wurde und etwas Gras darüber gewachsen sein wird. Wenn die Presse dann Ruhe hält, legen wir los", meinte Rámon.

„Das klingt gut und weise, mein Freund", antwortete Úbeda.

Er räusperte sich kurz und zog die Stirn in Falten, so dass er mit seinem runden Gesicht fast Ähnlichkeit hatte mit einem chinesischen Shar-Pei Hund. Rámon musste sich ein Grinsen verkneifen.

„Dann machen wir es also so, du wirst mich informieren, wenn es soweit ist. Ich erwarte deinen Anruf. Weißt du, was ich mich gerade frage: Wer, verdammt noch mal, hatte ein Interesse daran diese Isabel umzubringen? Von den Skulpturen kann niemand etwas wissen, na ja, vielleicht hatte sie Geld im Haus, und der Täter war darauf aus, eine schlechte Partie war die Tante ja nicht und sie soll ja auch scharf ausgesehen haben, soweit ich weiß", überlegte Úbeda.

Rámon war erneut leicht angewidert von ihm. Ein Mann seiner Position bediente sich einer Sprache, die nicht in diese Gesellschaftsschicht passte. Er fragte sich im Stillen, was der Kultusminister sonst noch so alles trieb in seinem wirklichen Leben, verwarf diesen Gedanken aber gleich wieder, denn Úbeda drängte zum Aufbruch.

„Lass uns losziehen, Rámon, ich habe einen Tisch für uns bestellt, im Parador. Danach haben wir noch eine heiße Nacht vor uns, in einem exquisitem Club, verlass dich auf mich, du wirst deinen Spaß haben, hab ne nette schwarzhaarige Tai-Tante für dich geordert. Also, los, nur keine falsche Bescheidenheit, zier dich nicht." Er klopfte Rámon laut lachend auf die Schulter. Der Schlag war so fest, das Rámon beinah ins Taumeln geraten wäre.

„Na, na, na, Junge, das wird dich doch wohl nicht umhauen?" Nun lachte der Minister lauthals los, so dass die Bediensteten ihnen nachschauten, als sie den Gang zum Aufzug entlang gingen.

Der Abend war noch jung, es würde sicher anstrengend werden, wenn Úbeda solch gute Laune hatte. Rámon fügte sich seinem Schicksal, wagte nicht zu widersprechen. Eigentlich war er müde von der Reise und hatte keine Lust auf sexuelle Vergnügungen, denn er hatte erst vor seiner Reise nach Madrid ein „Stell dich ein" mit seiner Sekretärin Lucia gehabt.

Ach, was soll's, dachte er sich, *ich genieß es einfach.*

Und mit diesem Gedanken im Kopf folgte er Úbeda achselzuckend.

-11-

Javier Morón war angespannt. Heute würde ein wichtiger Tag sein. Er würde den Eigentümer vom Cortijo Isabel kennenlernen. Er hatte Fragen, viele Fragen an diesen Unbekannten. Und er hoffte inständig, dass sich José Francisco Rodriguez Mauer beherrschen würde, denn auch er würde anwesend sein. Nachdenklich stellte er das Duschwasser ab und trocknete sich mit einem Badetuch den behaarten Körper ab. Danach zog er sich seinen beigefarbenen Sommeranzug an und ließ auch die Krawatte nicht weg. Da konnte es noch so heiß sein, ohne Krawatte ging Javier Morón nicht vor die Tür, wenn es um berufliche Dinge ging. Er stieg die Treppen hinab zur Tiefgarage der Apartmentanlage, um zu seinem Wagen zu gelangen. Noch völlig seinen Gedanken nachhängend bezüglich des bevorstehenden Treffens, schloss er die Tür des Mercedes auf, als er plötzlich von hinten auf das Autodach gedrückt wurde. Sein Kopf wurde fixiert, ebenso seine Handgelenke, er konnte sich nicht mehr rühren. Eine Stimme zischte ihm ins Ohr, während er gleichzeitig einen runden, kalten Metallgegenstand an seinen Schläfen fühlte:
„Du wirst ihn in Ruhe lassen, frag ihn das Nötigste und dann lässt du Don Fernando Jesús Expósito Bastian gehen, ohne ihn weiter zu bedrängen, haben wir uns verstanden?"
Selbst wenn er gewollt hätte, so hätte Javier Morón nicht antworten können, seine Kehle war trocken, und er fühlte sich wie zugeschnürt.

So versuchte er lediglich zu nicken, was ihm mehr oder weniger gelang. Die Furcht stand ihm im Nacken, sein ganzer Körper befand sich in einer Art Schockzustand.

„Du drehst dich nicht eher um, bis du die Tiefgaragentür zufallen hörst, hast du verstanden, Freundchen?", fragte die Stimme wieder zischend.

Javier glaubte, einen katalanischen Akzent heraus zu hören. Wieder versuchte Javier mit einem Nicken sein Einverständnis zu zeigen.

Abrupt wurde er losgelassen, und danach erhielt er noch einen Tritt zwischen seine Beine, der ihn völlig Schachmatt setzte. Erschüttert und voller Schmerzen lag er nun zusammen gerollt auf dem Boden. Er vernahm nur noch das Zuklappen der Tiefgaragentür und dann wurde er bewusstlos.

-12-

Gudalupe trat langsam hinter ihren Mann, und liebkoste seine nackte, unbehaarte Brust. Das war eine der vielen Dinge, die sie so an ihm liebte. Bedingt durch seine Herkunft, war er kaum mit Körperbehaarung bestückt. Perfekt für Guadalupe, denn sie mochte behaarte Männerkörper nicht sonderlich.

„Wie fühlst du dich, Liebster?", fragte sie ihn mitfühlend.

Die letzte Nacht war er wieder mal hoch geschreckt aus einem seiner ständigen Albträume, an denen er litt, seit er seine Mutter tot aufgefunden hatte.

„Es geht schon, Liebes, mach dir nicht immer solche Gedanken um mich. Ich werde das schon schaffen, ich habe ja Dich, Du stützt mich wo Du nur kannst, ich bin so froh dass es dich gibt."

Er legte zärtlich seine Hände über ihre, und die Körper nah aneinander gepresst, wiegten sie sich gegenseitig hin und her.

„Wie spät ist es, Liebes?", murmelte er fragend.

Guadalupe schielte nach hinten an die Wand, um die Badezimmeruhr sehen zu können.

Schelmisch grinste sie in den Spiegel, damit er ihr Gesicht sehen konnte:

„Noch nicht zu spät, um uns den Morgen noch etwas zu versüßen", erwiderte sie.

Sie begann vorsichtig seinen Nacken mit kleinen Küssen zu bedecken. Seit dem Tod seiner Mutter hatten sie sich nicht mehr geliebt, aber sie war sehr hungrig, brauchte seine körperliche Liebe, um allem Unheil dieser Welt gewachsen sein zu können. Es gab ihr Kraft, nach vorne zu schauen und ließ sie immer wieder noch mehr verbunden fühlen mit ihrem Mann. Ihre Hände wanderten langsam tiefer und tiefer, fuhren sanft nach hinten, über seinen schlanken Po. Vorsichtig begann sie sein Gesäß zu massieren, José Francisco entspannte sich zunehmend und begann leise zu stöhnen. Nach einer kurzen Weile drehte er sich um, umfasste die Hüften von Gudalupe und zog sie an sich. Sein Kuss war alles sagend, er ließ sich mit ihr verschmelzen. Wie Ertrinkende umklammerten sie sich. Seine Hände begannen zunächst sanft, doch dann fordernd, ihre kleinen festen Brüste zu liebkosen. Dann, mit einem schnellen, geschickten Ruck hob er sie am Gesäß hoch, sie schlang seine Beine um seine Hüften und er trug sie küssend zu ihrem Ehebett, legte sie sanft nieder. Als sie sich vereinten, war es wie ein vorsichtiges, sanftes Liebespiel, immer darauf bedacht, dem anderen höchstes Entzücken zu bereiten, jedoch ohne Schnelligkeit. Niemals zuvor hatte Guadalupe die körperliche Liebe mit ihrem Mann als so intensiv empfunden. Ihr liefen Glückstränen die Wangen hinunter, als er sie danach sanft in seine Arme bettete und begann, ihren Unterleib zu streicheln, um auch das Baby an dem Glück teilhaben zu lassen, dass er in diesem Moment empfand.

-13-

Fernando stand vor dem feudalen Messingschild des Notarbüros Morón Manchado. Er hatte bis jetzt noch nicht klar, was er sagen sollte. Er würde einfach seiner Intuition folgen. Im Inneren war er auf viele Fragenvorbereitet. Er hatte viele Lügen zur Antwort bereitgestellt, fühlte aber instinktiv, dass die Wahrheit die beste

Variante wäre. Er schwitzte leicht, denn der Tag war wieder sehr heiß, und heute ging leider nicht dieser herrliche Levante Windzug durch die warme Stadt, der den Menschen normalerweise etwas Abkühlung lieferte. Trotz der morgendlichen Frühe brannte die Sonne gnadenlos auf die andalusische Stadt hernieder. Fernando betätigte den Klingelknopf, prompt ertönte der Türsummer und er machte sich auf den Weg in den 2. Stock, wo das Büro des Notars lag. Dort angekommen stand die Tür schon für ihn offen. Eine adrette Sekretärin erschien und forderte ihn auf, noch einen Moment Platz zu nehmen, denn der Notar wäre noch nicht eingetroffen. Fernando schaute gar nicht erst auf die Uhr. Er war pünktlich, aber wenn man in Andalusien um 10.00 Uhr morgens bestellt war, konnte man sich gut auf eine Stunde Wartezeit gefasst machen. Denn wer in Andalusien pünktlich kam, war immer noch eine Stunde zu früh dran. Und wenn man sich gar so sehr langweilte, dann ging man eben in ein Café und trank einen Anis- oder Limonenschnaps, oder einfach nur einen Kaffee. Fernando setzte sich auf einen der schönen Polsterstühle und starrte in die Luft. Seine Gedanken schweiften zu Isabel, immer wieder zu Isabel. Er vermisste sie auf eine Art und Weise, wie man nur jemanden vermissen kann, den man verloren hatte. Es schmerzte, sein Herz brannte in der Erinnerung an sie. Tränen stiegen in ihm hoch und langsam liefen sie an seinen Wangen hinunter. Plötzlich ging die Türklingel des Büros und Fernando beeilte sich rasch, die aufgestiegenen Tränen mit seinen Händen wegzuwischen. Die

Sekretärin öffnete die Tür und ein junges Paar trat herein. Sie setzten sich ihm schräg gegenüber und hielten sich an den Händen. Die junge Frau war schwanger, man konnte einen leichten Bauch erkennen und auch die Art, wie sie schützend die Hände vor ihren Bauch hielt, verriet die Schwangerschaft. Der Mann streichelte mit seinem Daumen ihre Hand. Fernando musste leicht seufzen. Liebe war unglaublich, machtvoll, wunderschön, aber oft auch zerstörend und vergehend. Die Liebe konnte so oft so wehtun. Die Bürotür wurde geöffnet und die Sekretärin bat Fernando einzutreten, der Notar würde sofort da sein. Fernando tat wie ihm geheißen. Er wollte dies hinter sich bringen. Danach musste er zur Vorladung beim Kommissariat der Guardia Civil, Abteilung Verbrechen. Inständig hoffte er beide Termine gut hinter sich zu bringen. Danach wollte er einfach nur noch schlafen, schlafen und nochmal schlafen. Und vergessen, das war ganz wichtig für ihn. In diesem Moment trat der Notar ein.

Fernando erhob sich, sein Benehmen war immer ohne Tadel gewesen, er war höflich und gewandt, und die ehemalige Erziehung im Kinderheim, welche sehr autoritär war, hatte Früchte getragen. Seine Kindheit war ein einziges Desaster gewesen. Seine Eltern waren bei einem Autounfall ums Leben gekommen, als er gerade mal 5 Jahre jung war. Da die Eltern mit der gesamten Familie zerstritten gewesen waren, blieb für ihn nur das Kinderheim übrig, niemand wollte den kleinen Rebellen bei sich aufnehmen. Nicht mal seine Großmutter. Der Notar grüßte ihn höflich und bat ihn wieder Platz zu nehmen.

Javier Morón war immer noch schockiert von dem Vorfall in der Tiefgarage. Er hatte Angst, richtiggehend Angst. Sie stand ihm ins Gesicht geschrieben. Fernando bemerkte diese Angst an seinem Gegenüber. Er konnte sie sich nicht erklären, denn eigentlich hatte er mehr Furcht gehabt vor dieser Unterredung, als wahrscheinlich dieser Notar. So fühlte er sich nun auf der sicheren Seite und entspannte sich ein wenig.

„Sie sind also Fernando Jesús Expósito Bastían?", fragte der Notar schließlich.

„Das ist richtig", erwiderte Fernando.

„Könnten Sie mir bitte Ihren Ausweis zeigen, bevor wir fortfahren? Ich weiß, das klingt ziemlich misstrauisch und es ist schon mehr als freundlich, dass Sie diesen Termin wahrgenommen haben, Sie hätten ihn auch nicht wahrnehmen müssen", entschuldigte der Notar sich vor ihm.

„Natürlich, bitte." Fernando zog seinen Ausweis aus der Brieftasche und reichte ihm den Notar.

Javier Morón überprüfte kurz die Daten und versuchte auch darauf zu achten, dass das Dokument echt war. Er hatte dazu mal eine Schulung mitgemacht und war sehr sicher auf diesem Gebiet. Nach der Überprüfung gab er ihn an Fernando zurück.

„Nun, " fuhr der Notar fort, „Sie werden sich sicher denken können, dass es um den Tod von Isabel Rodriguez Mauer geht und um die Eigentumsüberschreibung, die vor kurzem durchgeführt wurde. Ich habe hier die Unterlagen von einem Madrider Notar bekommen, indem Sie als rechtmäßiger Besitzer des Cortijos Isabel hervorgehen. Das ist demnach also richtig?", fragte er.

Fernando zögerte nicht mit seiner Antwort.

„Ja, das ist richtig", antwortete er aufrichtig.

„Wissen Sie, es drängt sich mir natürlich eine Frage auf bei diesem Besitzwechsel. Warum hat sie das getan? Sehen Sie, ich kannte Isabel sehr gut, sie war jahrelang meine Klientin und wir waren auch privat gut befreundet. Sie hat Sie nie auch nur mit einer Silbe erwähnt. Bis dato wusste nicht mal ihr eigener Sohn etwas von der Besitzumschreibung. Er musste es erst von mir erfahren. Das war recht bitter für den jungen Mann. Und ich verstehe nicht, warum sie mich nicht avisiert hat, um diese Umschreibung für sie vorzunehmen. Sie müssen zugeben, dass mich das einigermaßen besorgt macht, noch dazu, da sie nun auch noch ermordet wurde. Ein eigenartiger Zufall? Ich kann nur an Sie appellieren, mir zu helfen, mir dies alles erklären zu können. Natürlich müssen Sie mir nicht antworten. Aber es wäre für alle Beteiligten das Einfachste, wenn wir das hier und jetzt abklären." Fragend schaute er Fernando an.

Fernando hatte sich spontan entschieden. Ab jetzt würde er die Wahrheit sagen. Wer immer ihn auch fragen würde.

„Die Antwort ist relativ einfach und es gibt da nichts zu verstecken oder zu verheimlichen. Isabel und ich, wir haben uns geliebt. Ich war eine Zeit lang in großen, finanziellen Schwierigkeiten und brauchte ein Darlehen für ein neues berufliches Projekt. Das Projekt war sehr kostspielig. Isabel und ich hatten darüber geredet. Und sie bot mir die Umschreibung ihres Cortijos an, damit ich so Sicherheiten hätte, für das Darlehen. Sie sagte, es wäre letztendlich egal, auf wen es stehen würde. Wir würden eh heiraten. Das ist die Antwort auf Ihre Frage, und Sie können diese Fakten gerne alle nachprüfen", endete er.

Javier Morón saß leicht zusammen gesunken in seinem Büroledersessel und blickte Fernando nun fest und prüfend in die Augen. Fernando fühlte sich leicht provoziert und fuhr so fort:

„Ich weiß genau, was Sie jetzt denken, und was Sie mir sagen wollen: Reiche Witwe geschnappt, umsäuselt, belogen, nur um an ihren Besitz heran zu kommen, es ist nahe liegend dass Sie so denken, ich kann es Ihnen nicht einmal verübeln. Es wird schwer sein für mich, alle vom Gegenteil zu überzeugen, das werde ich auch nicht können. Ich kann nur an Ihren Glauben appellieren, und hoffen, dass Sie Menschenkenntnisse haben."

Javier Morón war erstaunt, Jede Antwort hätte er erwartet, aber nicht diese.

Aber er glaubte diesem Fernando. Er hatte Isabel gut gekannt, dieser Mann wäre ganz sicher ein Heiratskandidat für sie gewesen, soviel war ihm sicher.

„Und noch etwas", fuhr Fernando fort, „Sie müssen sich nicht auf den Schlips getreten fühlen, weil Isabel sich an ein Madrider Notariat gewandt hatte. Sie sagte mir, dass Sie versuchen würden, sie umzustimmen, auf Biegen und Brechen, aber sie wollte darüber weder diskutieren, noch sich irgendwie beschwatzen lassen. Sie wollte unsere Liebe durch nichts trüben lassen, verstehen Sie das?", fragte er. Javier Morón fühlte sich so, als ob dieser Fernando seine Gedanken lesen konnte, etwas beschämt schaute er kurz zu Boden. Er beschloss, nicht weiter auf dem Thema rumzureiten. Und der Schreck, der ihm in der Tiefgarage widerfahren war, bremste ihn außerdem noch zusätzlich. Er hatte nur den Wunsch, dass dieser Fernando dem Sohn von Isabel vorgestellt wurde.

„Ich verstehe das, ich bin auch nicht beleidigt, ich war eher besorgt. Aber wissen Sie was? Würden Sie all dies auch dem Sohn von Isabel erklären? Er sitzt draußen mit seiner Frau. Ich dachte, der Einfachheit halber lade ich sie gleich alle zusammen zu mir ein. Denn er brennt darauf, den Mann kennen zu lernen, der nun Besitzer des Hauses seiner Mutter ist. Das können Sie doch verstehen, oder nicht?"

Fernando versuchte, sich seine Unruhe nicht anmerken zu lassen, die nun nach dem Gesagten in ihm aufgestiegen war. Er schluckte einmal tapfer und dachte sich, lieber gleich alles heute hinter sich zu bringen.

„Doch, das verstehe ich absolut, Sie können ihn gerne herein bitten. Isabel hat mir viel von ihm erzählt", antwortete er souverän.

Abermals war Javier Morón überrascht. Dieser Fernando sagte die Wahrheit, er war fest davon überzeugt.

„Gut, dann werde ich ihn und seine Frau zu uns bitten. Möchten Sie einen Kaffee oder einen Brandy?", fragte der Notar.

„Nein, danke, ich habe vorher schon einen Kaffee getrunken", antwortete Fernando.

„Nun gut, dann werden wir das Paar mal zu uns bitten." Er stand auf und bat die beiden persönlich ins Büro.

José Fransisco und Guadalupe waren sehr angespannt. José Francisco, weil er nicht so recht wusste, wie er mit der Situation fertig werden sollte, denn es war nur menschlich, dass er zum einen zornig auf diesen Unbekannten war, der nun einfach den Besitz seiner Mutter erhalten hatte, und zum anderen, weil er nicht wusste, wer seine Mutter ermordet hatte. Und jeder der ihr auch nur annähernd nahe gestanden hatte, wäre für ihn der mögliche Mörder. Bei Guadalupe machte sich eher die Angst breit, dass José Francisco die Nerven verlieren würde bei der Begegnung, oder eventuell gar gewalttätig. Eine knisternde Spannung war zu fühlen für alle Beteiligten, als José Francisco das erste Mal in die Augen dieses Unbekannten schaute. Fernando hielt seinem Blick fest stand, es lag keine Abwehr in ihm und José Francisco bemerkte dies sofort. Er ging auf Fernando zu und reichte ihm die Hand. Fernando nahm diese an und legte zur Begrüßung seine andere Hand über die Hand von José Francisco, um ihm Herzlichkeit zu vermitteln.

„Es sind schwierige Umstände, die uns hier zusammen geführt haben", begann Fernando das Gespräch.

José Francisco schaute ihn zustimmend an.

„Das ist wohl war. Sie werden mir sicher helfen, Antworten auf meine Fragen zu finden", sagte er.

„Das denke ich wohl, " antwortete Fernando „aber zunächst einmal halte ich es für ganz wichtig, das Sie wissen, dass Ihre Mutter und ich uns sehr geliebt haben. Insofern haben Sie hiermit vielleicht eine Erklärung auf Ihre Frage, die Sie sich als nächstes stellen werden: Warum wurde mir der Besitz überschrieben? Ist es nicht das, was Sie fragen wollten?"

„Das ist in der Tat so, da haben Sie Recht. Aber ich würde gerne noch so viel mehr erfahren:

Wann haben sie sich kennen gelernt, wann haben Sie sie zum letzten Mal gesehen, und gab es besondere Umstände für die Überschreibung, weil ich darüber nicht informiert wurde? Sie verstehen, dass ich dies alles wissen will, ja sogar wissen muss, um es zu begreifen", sagte José Francisco.

Fernando tat der Mann leid. Er konnte sich sehr gut in seine Lage versetzten. Wenn er der Sohn Isabels gewesen wäre, er hätte nicht gewusst, ob er diesem Mann, der das Cortijo hatte überschrieben bekommen, hätte sehen wollen.

„Ich werde Ihnen gerne alles erzählen, vom Anfang bis zum Ende meiner wunderbaren Beziehung mit Ihrer Mutter. Aber ich denke, wir sollten das Gespräch woanders fortfahren, oder zu einem späteren Zeitpunkt, denn sicher hat das Notariat anderes zu tun, als unseren Privatangelegenheiten zuzuhören. Aus Rücksicht auf Don Javier

Morón schlage ich vor, dass wir uns doch am besten nach der Beerdigung auf dem Cortijo Isabel zusammenfinden. Es gibt da auch noch etwas, was ich Ihnen gerne zeigen würde. Was halten Sie davon?", fragte ihn Fernando.

„Also wegen mir müssen Sie das nicht vertagen, ich habe mir Zeit für Sie genommen", bemerkte Javier Morón.

Guadalupe war sehr angetan von diesem Fernando, und sie fand auch, dass sein Vorschlag, dieses Gespräch ohne den Notar fortzusetzen, sicher die bessere Variante wäre. Also warf sie ein:

„Don Javier, wir haben Ihre Zeit und Ihr Bemühen schon viel zu lange in Anspruch genommen. Ich weiß, Sie haben Isabel sehr geschätzt und wir werden Ihnen die Einzelheiten später noch mitteilen, aber ich denke Don Fernando hat Recht. Oder was meinst du, José Francisco?"

José Francisco warf ihr einen bewundernden Blick zu. Wie diplomatisch sie immer alles löste, sie hatte vollkommen Recht, dieses Gespräch wäre zu privat, auch wenn Don Javier Isabel noch so gut gekannt hatte.

„Ja, Ihr habt sicherlich Recht. Also, dann verbleiben wir so, am Tag nach der Beerdigung. Wäre Ihnen gegen 17.00 Uhr am Nachmittag recht? Dann treffen wir unsdort", fragte er Fernando.

„Das scheint mir eine ausgezeichnete Zeit zu sein", antwortete er.

Seinen Blick nun auf den Notar gerichtet, warf er noch ein:

„Don Javier, ich danke Ihnen, Sie haben mir einiges erleichtert. Ich hätte nicht gewusst, wie ich den Anfang hätte finden können, um mit

Don José Francisco in Kontakt zu treten." Er reichte dem Notar die Hand zum Abschied.

Guadalupe und ihr Mann taten es ihm gleich.

„Ich bitte Sie alle, das war doch nicht der Rede wert. Isabel war von mir hoch geschätzt und ich bin froh, dass ich so etwas Gutes tun konnte, auch nach ihrem Tod hinaus. Ich werde morgen bei der Beerdigung anwesend sein."

Mit diesen Worten reichte Don Javier jedem die Hand und geleitete die Drei zur Tür. José Francisco und Guadalupe verabschiedeten sich, auf der Straße angekommen, von Fernando. Fernando zog los zum Kommissariat.

-14-

Keuchend bewegte sich Ramon auf und ab, und auf und ab, und auf und ab …… in seinen Gedanken stellte er sich drei scharfe Kerle vor, mit kräftigen Hinterteilen, und schon ejakulierte er. Er brauchte diese Fantasievorstellungen, er hatte sich nie getraut, irgendwas mit einem Mann anzufangen, aber Träume durfte man schließlich noch haben. Erschöpft rutschte er von seiner Hausangestellten Magdalena hinunter, stand auf, und ging direkt ins Bad. Die Tür knallte laut hinter ihm zu, wie es immer seine unverschämte und rücksichtslose Art war. Magdalena schaute ihm mit Tränen in den Augen hinterher. Sie fühlte sich beschämt und war verletzt. Zärtlichkeiten konnte man von diesem Mann wohl nicht erwarten, oder einen Streichelmoment danach. Sie wusste auch, dass sie jetzt so schnell wie möglich zu verschwinden hatte. Ramon konnte sehr jähzornig werden, wenn man nicht spurte, und sie wusste, dass er wollte, dass sie verschwand. Sie schaute sich suchend nach einem Papiertuch um, damit sie sein Bett nicht beschmutzte, mit seinem nun aus ihr rauslaufenden Samen, fand aber keines. Seufzend griff sie zu ihrem Slip, säuberte sich und zog ihre Jeans dann so über, ohne Slip, den verbarg sie in ihrer Kitteltasche. Sie war schon auf dem Weg zur Tür, als Ramon aus dem Bad kam und sie rief.

„Magdalena!"

Sie drehte sich um und sah ihn fragend an. Es war merkwürdig, dass er sie noch mal zurück rief.

„Ja?" fragte sie vorsichtig.

„Komm her, Mädchen, komm zu mir", forderte er sie auf.

Vorsichtig ging sie auf ihn zu. Als sie nah genug bei ihm war, zog er sie plötzlich mit einem Ruck an sich, grabschte ihr dann mit beiden Händen nochmals an ihren wohlgeformten Busen, so dass es sie schmerzte. Dann zog er aus seiner Bademanteltasche 300 Euro heraus, und stopfte das Geld in ihren Ausschnitt. Dann gab er ihr fies grinsend einen Klaps auf den Po, und wies sie mit der Hand zur Tür.

„Bis zum nächsten Mal, es wird bald sein, geh nun", sagte er.

Magdalena wandte sich von ihm ab und ging hinaus auf den Flur. Das hatte er noch nie gemacht, ihr direkt nach dem Akt Geld zugesteckt. Sie fühlte sich noch beschämter, als sie es vorher schon gewesen war, als er sich abrupt von ihr abgewandt hatte nach seinem Orgasmus. Sie konnte beim besten Willen nicht behaupten, dass ihr der Sex mit ihm gefiel, aber sie war abhängig von ihrem Job bei ihm, er zahlte ihr mehr Gehalt, als es normalerweise üblich war. Magdalena musste ihre Eltern und auch ihre Großeltern mit ihrem Monatslohn versorgen. Die wenige Rente, die beide Ehepaare bekamen vom spanischen Staat, reichte nicht zum Leben und nicht zum Sterben. Ohne Magdalena wäre die Familie aufgeschmissen gewesen. Die 300 Euro kamen Magdalena sehr gelegen, es war alles so teuer geworden, sie hatte gerade mal noch 20 Euro gehabt, und die hätten noch 10 Tage reichen müssen, bis sie ihr nächstes Gehalt bekommen würde. Aber trotz all dem blieb es nicht aus, dass sie sich benutzt und fast schon missbraucht und erpresst fühlte. Herrgott, wenn sie doch nur aus diesem Teufelskreis heraus kommen würde. Aber wie? Das war die große Frage. Die Welt war so ungerecht, sie hatte immer schon hart gearbeitet. Hier in diesem Haus musste sie zwar körperlich nicht mehr ganz so anstrengende Arbeiten verrichten wie damals in der Schlachterei, als sie Schweineköpfe zerhacken musste und ihr abends die Handgelenke und das Kreuz so weh taten, dass sie sich nicht mehr traute, sich zu bewegen. Warum wurden die, die körperlich so hart arbeiten mussten, so geringfügig entlohnt? Sie schüttelte mit dem

Kopf. Währenddessen bemerkte sie, dass immer noch der Samen von ihrem Boss aus ihr hinaus lief. Angeekelt machte sie sich schleunigst auf den Weg in den Aufenthaltstrakt der Bediensteten. Sie musste duschen, und zwar sofort.

Rámon zog sich pfeifend an. Die Dusche hatte ihn angenehm erfrischen können und die Bettrunde mit Magdalena war genial gewesen, auch wenn er letztendlich seine Fantasie mit ins Spiel bringen musste, um auf seine Kosten zu kommen. Er war zufrieden, vor allem, weil Magdalena anscheinend mehrere Male gekommen war. Darin irrte er sich allerdings, Magdalena hatte noch nie einen Orgasmus erlebt, wenn sie mit ihm geschlafen hatte. Rámon war ein schlechter Liebhaber, er war nur auf sich selber bedacht, ohne die geringste Ahnung zu haben, wie man eine Frau im Bett auch nur annähernd glücklich machen konnte. Aber er war so sehr von sich überzeugt, dass er nie auch nur einen Gedanken damit verschwendet hätte, seine sexuellen Erfolge in Frage zu stellen. Wie ein aufgeblasener Pfau stolzierte er durch die Welt und glaubte, sein Reichtum alleine würde ihn schon sexy machen und unwiderstehlich. Dass er Magdalena mehr oder weniger benutzte und fast schon erpresste, war ihm nebensächlich. Nichts war so wichtig wie er selbst. Nun ging er zu seinem großen Wandschrank und suchte sich einen cremefarbenen, hellen Anzug heraus, denn er war zum Mittagessen verabredet mit einer Großhandelskauffrau.

Wenn das Geschäft gelingen würde, hätte er wieder tausende von Euros für sein Geschäft gut gemacht. Na, er würde die Dame schon überzeugen. Sein Mobiltelefon klingelte. Auf dem Display sah er, dass es Fernando war. Er nahm an.

„Fernando, was gibt es?", fragte er kurz angebunden.

„Rámon, ich brauche ein Alibi", erwiderte Fernando

„Warum? Hast du die Alte doch umgebracht?", fragte er grinsend und lachte grausam.

„Nein, natürlich nicht, aber ich war am Abend zuvor bei ihr und ich habe mit ihr geschlafen. Das Kommissariat wird das raus kriegen, die werden Sperma-Proben und so was durchführen, zwecks DNA Vergleich. Aber für die Mordzeit bräuchte ich ein Alibi. Die Nacht mit Isabel davor kann ich ja glaubhaft erklären, aber während der Tatzeit war ich alleine zuhause. Ich habe dafür keine Zeugen. Kannst du da irgendwie was machen?", fragte er seinen Freund.

Rámon dachte einen Moment nach. Dann kam ihm die Erleuchtung.

„Ja, klar, sag ihnen, dass du an diesem Morgen mit einem Kunstfreund bei dir zuhause warst. Er heißt Carlos Godoy. Ich werde mit Carlos reden. Ich schieb ihm ein paar Tausender rüber, und dann passt das schon, der macht das. Mach dir keine Sorgen, der ist zuverlässig, und wenn nicht, du weißt ja, ne 45er hab ich immer Schrank, und dann ist er hinüber. Hast du was zum Schreiben? Ich gebe dir gleich seine Telefonnummer und seine Anschrift, falls die dort bei ihm nachfragen wollen. So bist du glaubwürdig", sagte Rámon.

Fernando atmete auf. Das war gut, das war sehr gut.

„Ich danke dir. Wie war dein Gespräch mit dem Kultusminister?", fragte er zurück.

„Alles Bestens, wir warten noch zwei Wochen, dann, wenn Ruhe einkehrt, wird die restliche Transaktion erledigt werden. Wir hören uns, ich muss los, mein Freund."

Rámon legte auf, wie eh und je kannte er keine Höflichkeit, er wartete nicht erst ab, bis sein Freund ihn verabschieden konnte. Aber Fernando kannte ihn seit Jahren, er wusste, wie er ihn zu nehmen hatte. Niemand kannte ihn so gut wie Fernando. Vielleicht sollte er mal ein sexuelles Abenteuer mit seinem Freund anfangen, dachte Rámon so für sich, bevor er sich seinen Anzug anzog. Erneut fröhlich pfeifend legte er sich seine Krawatte an, und verließ das Haus.

-15-

Fernando wurde direkt weitergeführt zum Büro des Kommissars Mendez. Mendez war äußerst neugierig auf diesen Mann. Er würde ihn zerpflücken und ausquetschen nach Strich und Faden. Es interessierte ihn überhaupt nicht, dass er einen Drohanruf in dieser Sache bekommen hatte. Nichts würde ihn davon abhalten, seine Arbeit zu erledigen, und zwar zu 1000 Prozent. Mendez war ein Perfektionist. Mit Akribie und Kleinigkeitskrämerei war er bisher immer zum Ziel gekommen. Er war einer der erfolgreichsten, spanischen Ermittler, wenn es um Mordfälle ging, oder politische Verbrechen. Er musterte den hereintretenden Fernando abschätzend. Sein Superhirn erfasste binnen Sekunden auch die kleinsten Details dieses Mannes. Er war perfekt geschult worden über Jahre, ihm entging nichts.

„Setzen Sie sich", wies er Fernando in barschen Ton an.

Fernando folgte seiner Aufforderung. Er war die Ruhe selber.

„Fernando Jesús Expósito Mártinez, ist das Ihr Name?", fragte Mendez.

Fernando hatte die Frage am heutigen morgen schon mal gestellt bekommen beim Notar. So langsam begann es, ihn zu nerven. So antwortete er mit einem recht gelangweilten:

„Jaaa, der bin ich."

Mendez sah ihn prüfend und tadelnd an. Er hatte den gedehnten Tonfall seines Gegenübers durchaus wahrgenommen.

„Wenn Sie glauben, dass Sie hier gleich vor Langeweile sterben werden, haben Sie sich getäuscht. Sicher werden Sie sich denken können, warum Sie vorgeladen wurden?", sagte er.

„Nicht wirklich, ich weiß nicht was ich verbrochen haben soll, aber Sie werden es mir sicher gleich erzählen", erwiderte Fernando leicht überheblich und voller Selbstsicherheit, dass man ihm hier nichts anhaben konnte.

Mendez ärgerte das Verhalten dieses Kerls. Er hatte zuvor im Vorstrafenregister nachgeschaut, aber außer einem geringfügigen

Delikts, wegen zu schnellen Fahrens, war diesem Typ nichts vorzuwerfen. Seine Fingerabdrücke waren ebenso wenig registriert.

„Passen Sie auf, guter Mann: Die Witwe Isabel Rodriguez Mauer wurde ermordet. Am Morgen des 15. Julis diesen Jahres um 9.22 Uhr. Kannten Sie diese Dame?", fragte er durchdringend.

„Natürlich", antwortete Fernando.

„In welcher Beziehung standen Sie zu ihr?", wollte Mendez wissen.

„Wir waren ein Paar, seit etwa einem Jahr", antwortete Fernando ohne Umschweife.

„So, waren Sie das?", fragte Mendez zurück.

Fernando fand dies alles mittlerweile recht spaßig, er hatte große Lust, diesen eingebildeten Kommissar ein wenig zu provozieren.

„Ja, das waren wir", warf Fernando genauso gedehnt zurück, so dass es klang, als wollte er Mendez nachäffen.

„Ich darf Sie bitten, sich hier höflich zu verhalten. Sie stecken ganz schön in der Scheiße, und ich hätte große Lust Sie jetzt gleich festzunehmen", bremste Mendez Fernando.

„Wegen was denn?", fragte Fernando scheinbar entgeistert.

„Ich gehe stark davon aus, dass Sie mit dem Mord an Isabel Rodriguez Mauer etwas zu tun haben. Es wurde Ihnen wenige Wochen vor ihrer Ermordung das millionenschwere Cortijo überschrieben. Das alleine ist schon ein verdächtiger Tatbestand. Somit werde ich also alle Untersuchungen anfordern, die dazu erforderlich sind, um das zu beweisen. Sie werden nachher sofort zur

Analyseabteilung gebracht. Dort werden Proben von Ihrem Speichel und Ihrem Sperma genommen, und eine DNA Analyse wird durchgeführt werden. Sagen Sie mir, wo waren Sie in der Zeit zwischen 9.00 Uhr und 10.00 Uhr am besagten 15. Juli?", fragte Mendez scharf.

„Ich weiß zwar nicht, wieso Sie hier so scharf schießen, nur anscheinend wegen dem Umstand, dass dieses Cortijo nun in meinem Besitz ist. Das beweist grad mal gar nichts. Ich habe diese Frau geliebt, und zwar inständig und aufrichtig, und diese Liebe beruhte auf Gegenseitigkeit. Umso mehr verletzt es mich natürlich, dass man so etwas von mir denkt. Ich hätte Isabel nie etwas zuleide tun können. Aber falls Sie es genau wissen wollen, obwohl ich immer noch glaube, dass Sie mich hier rein rechtlich gesehen zu keinerlei Untersuchung zwingen können, kann ich Ihnen mitteilen, dass ich um diese Uhrzeit bei mir zu Hause war. Und um Ihre nun folgende Frage zu beantworten: Mein Zeuge heißt Carlos Godoy, ein bekannter Künstler von mir. Wir haben gefachsimpelt, weil ich selber Künstler bin." Fernando zog einen Zettel aus der Tasche und seinen Kugelschreiber, den er immer in der Innentasche seines Blazers aufbewahrte.

„Ich notiere Ihnen hier die Adresse und Telefonnummer. Sie können Don Carlos jederzeit anrufen, oder vorladen, oder was auch immer, um meine Angaben zu überprüfen", fuhr er fort. Er schnippte den Zettel lässig mit der Spitze seines Zeigefingers in Richtung Mendez.

Innerlich kochte dieser vor Wut. Die Arroganz dieses Don Fernandos kannte wohl keine Grenzen. Aber er musste zugeben, dass er tatsächlich keine rechtlichen Befugnisse hatte, irgendwelche Proben von diesem Mann zu nehmen. Trotz allem versuchte er noch mal zu trumpfen, indem er den vorgetäuschten, weichen Kern seines Wesens herauskehren ließ.

„Wenn dies alles so klar ist, haben Sie aber sicher keinerlei Einwände, wenn wir trotzdem einige Proben von Ihnen entnehmen. Sie haben sich ja anscheinend nichts zuschulden kommen lassen, dann dürfte es Ihnen egal sein. Und wenn Sie schon mal hier sind, wäre ich natürlich froh, wenn wir das gleich heute Morgen erledigen könnten. Somit hätten wir dann einen Tatverdächtigen weniger, und Sie wären auch entlastet", meinte Mendez nun freundlich säuselnd.

„Nun, ich werde mal so gnädig sein, aber ganz rechtens finde ich Ihre hier angewandten Methoden weiß Gott nicht",erwiderte Fernando. „Und falls Sie Spermaproben nehmen wollen, dazu muss ich Ihnen sagen, dass ich am Abend vor dem Mordtag mit Isabel zusammen war. Wir hatten Geschlechtsverkehr. Sie werden also mit Sicherheit positiv sein. Aber es ist ja nicht verboten, mit seiner Verlobten zu schlafen", hängte er noch an.

„Nein, sicher nicht, aber es könnte ja sein, das Sie vor ihre Ermordung vergewaltigt wurde, interessiert Sie das denn nicht, wenn Sie sie so geliebt haben? Es wurden Spermaspuren bei ihr gefunden", trumpfte Mendez auf.

Fernando schüttelte nur mit dem Kopf.

„Sagen Sie mal, Sie können wohl nicht nachvollziehen, wie es für jemanden der liebte ist, so was zu hören? Wissen Sie was Liebe ist, und wie weh es tut, einen geliebten Menschen zu verlieren?", fragte Fernando nun mit brüchiger Stimme zurück, und in seinen Augen schienen Tränen zu stehen.

Nun war es an der Reihe von Mendez sich nicht mehr ganz so sicher zu sein. Er war vor 10 Minuten noch überzeugt gewesen, dass nur dieser Fernando der Mörder sein könnte. Nur er hatte ein Tatmotiv. Er hätte das Cortijo wieder auf Isabel umschreiben lassen, sobald sein Projekt und somit das Darlehen bewilligt gewesen wären. Und um das zu umgehen, hatte er sie einfach umgebracht. Mendez hatte nicht an so eine blödsinnige Geschichte geglaubt, dass dieser Fernando diese Frau wirklich geliebt hatte. Aber nun kamen ihm Zweifel. Wenn dieses Alibi noch hieb und stichfest war, musste er sich einen neuen Tatverdächtigen suchen. Dabei dachte er, es wäre ein leichtes gewesen, diesen Mord aufzuklären, aber anscheinend doch nicht. Nach diesen Gedankengängen antwortete er schließlich:

„Sicher, doch, das kann ich sehr wohl, Wir hoffen, und gehen nun mal davon aus, dass sich die Spermaproben auf Ihre eigenen reduzieren, damit Sie nicht auch noch damit leben müssen, dass Ihre Geliebte vergewaltigt wurde, vor ihrem Tode", erwiderte Mendez nun im einlenkenden Ton.

Fernando schaute ihn nun dankbar fest in die Augen.

„Also von mir aus, lassen Sie uns das alles hinter uns bringen. Ich bin gerne bereit Ihnen in jeder Form weiterzuhelfen. Sie werden sehen, dass Sie sich irren. Falls Sie sonst noch weitere Informationen brauchen von mir, um den Täter schnell zu fassen, werde ich Ihnen zur Verfügung stehen", erwiderte Fernando.

„Gut, das ist sehr zuvorkommend und wird uns unsere Ermittlungen erleichtern. Ich schicke Ihnen zwei Beamte, die Sie begleiten werden, zur Analyseabteilung. Danach sehen wir weiter. Wenn die Ergebnisse vorliegen reden wir weiter." Mit diesen Worten erhob sich Mendez und bestellte zwei Beamte in sein Büro. Fernando wurde kurz darauf von ihnen auf dem Weg zur Analyseabteilung begleitet.

-16-

Die Beerdigungsgesellschaft war groß. Vor dem Tanatorio und im Umkreis von etwa 2 km gab es keinen Parkplatz mehr. Die Kleinstadt Tabernas, mit etwa 4000 Einwohnern, war auf ein solches Ereignis nicht vorbereitet. Isabel Rodriguez Mauer war eine bekannte Persönlichkeit gewesen. Sie hatte über die ganzen Jahre die sie in Spanien gelebt hatte, viele Innenarchitekturen von Privat- und Geschäftshäusern durchgeführt. Insofern waren außer der Familienmitglieder, Freunde und Bekannte, auch alle Geschäftsleute gekommen und Privatpersonen, die ihre Arbeit und ihre Persönlichkeit zu schätzen gewusst hatten. Alle Bürgermeister und Stadträte der umliegenden Gemeinden waren ebenso vertreten, Parteimitglieder, Ärzte, Künstler. Aber auch die nicht so wohlbetuchte Gesellschaft war vertreten, denn Isabel hatte sich immer für die Armen und Hilfebedürftigen eingesetzt, sich um sie gekümmert, sowohl in aktiver Hilfe, als auch mit finanzieller Unterstützung. Man konnte sagen, dass wohl die ganze Stadt Tabernas und alle Einwohner von Lucainena de las Torres bei ihrem Begräbnis anwesend waren. Der Trauerzug begann beim Tanatorio und endet schließlich auf dem etwas außerhalb gelegenen Friedhofs. Es war unglaublich heiß an diesem Vormittag, kein einziger Lufthauch konnte den Trauergästen Abkühlung verschaffen. Der Pfarrer versuchte sich kurz zu halten, was aber nicht so einfach für ihn war, denn die Verstorbene war auch ihm persönlich sehr gut bekannt gewesen, und sie hatte so viel großes Engagement bewiesen ihren Mitbürgern gegenüber, dass es ihm nicht recht schien, nicht alles Wichtige nochmals vor den Trauernden zu erwähnen. Die überwiegend in schwarzen Roben gekleideten Anwesenden schwitzten erbärmlich. Lange schwarze Kleider begannen an den Körpern der anwesenden Frauen zu kleben, Schweißtropfen liefen den Männern am Hals entlang, durch die zugeknöpften Hemden und engen Krawatten. Aber dann war alles vorüber. Der Sarg wurde in die vorgesehene Nische geschoben und verschlossen, die Blumenboquets davor abgelegt, die Kerzen angezündet, und nachdem sich jeder noch einmal einzeln vor der Nische bekreuzigte, zog die Trauergesellschaft sich zurück. José Francisco war dankbar, dass nun alles ein Ende hatte. Der Trauerkaffee wurde in einem nahe gelegenen Restaurant eingenommen. Und dann war es endlich vorbei. Guadalupe und José Francisco fuhren zu ihrem Haus nach Gádor, die Freunde fuhren mit Guadalupes Eltern wieder nach Puerto Rey. José Francisco wollte alleine sein, er mochte diesen Abend nur mit seiner Frau verbringen, in einträchtiger Stille und in Gedenken an seine Mutter. So fuhren sie die Nationalstraße entlang Richtung Gádor und kamen bald an ihrem Haus an, das hoch auf dem Berg lag, der sich hinter dem Städtchen auftürmte. Von der Veranda aus hatte man einen fantastischen Blick auf Gádor und die unmittelbar daneben liegende, einzigartige Steinwüste Almerías. Im stillen Hause angekommen begann Guadalupe, die schon tags zu vor einige Vorbereitungen getroffen hatte, alle von ihr aufgestellten Kerzen anzuzünden, während José Francisco eine Dusche brauchte. Gudalupe versuchte sich zu beeilen, es waren Hunderte von Kerzen, die im ganzen Haus verteilt waren. Auf der Anrichte im Saloon hatte sie lauter schöne Fotos von Isabel aufgestellt und lustige Bilder hinzugefügt von José Francisco, als er noch Kind war. Bilder von Strandurlauben mit Sandburgen und Wasserschlachten, Fotos von ihm und seinem Vater, und schließlich auch Bilder von ihm und Guadalupe, als sie sich kennengelernt hatten. Gudalupe stellte sich mit verschränkten Armen vor ihr Werk und war zufrieden mit sich selber. Sie wusste, sie würde ihm so helfen, leichter mit dem Tod seiner Mutter fertig zu werden. Guadalupe fühlte sich dem Glauben des Buddhismus sehr hingezogen, und sie wusste, dass er die Seele seiner Mutter los lassen musste, genauso wie sie es heute Abend tun würde. Sie ging in die Küche, dort hatte sie bereits im Kühlschrank einige vorbereitete Tapas kalt gestellt, die José Francisco besonders liebte. Es gab eine in Essig und Olivenöl eingelegte rohe Paprika- und Tintenfischkombination, so wie kalte Kartoffeln in Knoblauchsoße. Sie begann das Brot aufzuschneiden und alle Sachen auf dem kleinen, marmornen Wohnzimmertisch zu stellen. Mit einem letzten Blick prüfte sie, ob die Stimmung perfekt war, dann legte sie noch eine CD ein von dem Flamencogitarristen Paco de Lucia. Das Stück hieß „entre dos aguas". Dann holte sie ihre Gitarre, die an der Wand hing hinunter und begleitet Paco de Lucia sanft. In diesem Moment trat José Francisco ein. Wäre er nicht schon längst verliebt in diese Frau gewesen, so wäre es ihm an diesem Abend passiert. Sie sah bezaubernd aus, wie sie da auf der Sofalehne saß, sinnlich, das lange, brünette Haar hinter das rechte Ohr geschwungen, die halb geschlossenen Lider, ihre Lippen, die leise die Melodie mitsummten, ihre geschickten Finger, die sich nicht einmal verspielten, trotz des anspruchsvollen Stückes. Guadalupe war eine ausgezeichnete Gitarristin. Er hatte sie so oft gebeten, mehr daraus zu machen, denn er hielt ihr Talent nur für zuhause einfach für verschwendet. Aber Guadalupe lachte immer nur und sagte, dass sie es als Hobby belassen wolle, alles andere würde nur Druck ausüben und den Zauber der Klänge zerstören. Langsam ging er auf sie zu, lächelte ihr entgegen und trat hinter sie, die Hände auf ihre Schultern legend. Er wollte sie beim Spiel nicht stören, und so stand er nur hinter ihr und lauschte dem Summen und dem Gitarrenspiel seiner Frau, mit Paco de Lucia im Hintergrund. Als das Stück endete, ging er in die Knie und setzte sich vor sie, nahm ihr die Gitarre aus der Hand und zog sie zu sich hinunter, hielt sie fest in seinen Armen, und begann, ihren Hals mit sanften Küssen zu bedecken. Guadalupe nahm die Küsse dankbar entgegen, und streichelte dabei seine Hände. Es würde alles wieder gut werden. Die Zeit würde helfen, ein wenig die Trauer zu ersticken und sich an die schönen Zeiten mit Isabel zu erinnern. Sie war überzeugt davon. Und ihr gemeinsames Baby würde neues Leben ins Haus bringen.

-17-

Am nächsten Nachmittag erwarteten José Francisco und Guadalupe Fernando im Cortijo Isabel. Ihre Stimmung war leicht angespannt. Sie waren neugierig in vielerlei Hinsicht.
Fernando hatte ja erwähnt, dass er ihnen dort noch etwas zeigen wollte und er ihnen einiges erklären würde. So saßen sie im Schatten der großen Dattelpalmen, hielten sich an den Händen und schauten ständig die Auffahrt hinunter. Sie mussten nicht lange warten, Fernando schien ein pünktlicher Mensch zu sein. Nur wenige Minuten

später erschien sein Wagen, er parkte unter dem schattigen Carport. Fernando stieg aus, und es schmerzte ihn, als er Jóse Francisco begrüßte, denn der junge Mann war seiner Mutter wie aus dem Gesicht geschnitten. So viel erinnerte Fernando an Isabel; die hellen klugen Augen, seine Gesichtszüge und die Art, wie er gestikulierte beim Reden.

„Ich grüße euch", sagte Fernando und gab Guadalupe die obligatorischen Küsse auf jede Wange und reichte José Francisco die Hand. „Es war ein traurige Tag gestern, für einen Moment lang hatte ich geglaubt, ich würde es gar nicht schaffen, an der Beerdigung teilnehmen zu können, Sie können sich den Schmerz nicht vorstellen, der in meinem Herzen stattfindet", fuhr er fort. „Lassen Sie uns gleich zu ein paar wichtigen Erklärungen kommen. Aber nicht hier." Fernando schaute sich nervös um. „Kommen Sie, wir gehen in den Weinkeller, da sind wir geschützt", sagte er.

Guadalupe schaute José Francisco fragend an, und auch er schüttelte ungläubig mit dem Kopf.

„Was geht hier vor, Don Fernando? Was in Teufels Namen ist hier los?", rief er fragend aus.

Fernando legte rasch den Zeigefinger an seine Lippen.

„Psssst, reden Sie leise, glauben Sie mir, es ist eine reine Vorsichtsmaßnahme, ich werde Ihnen alles erklären, aber jetzt kommen Sie bitte mit mir", sagte er beschwörend.

Guadalupe und José Francisco folgten Fernando verdutzt, der rasch in Richtung Haupthaus ging. Er schloss auf, und machte hinter den beiden die Tür zu und verriegelte sie auch von innen.

„So, hier geht es besser, ich will nicht der Gefahr laufen, dass uns irgendjemand hören könnte wenn wir nun über Isabel und das Cortijo Isabel reden. Es ist zu gefährlich. Wir könnten alle dabei drauf gehen", sagte er immer noch gedämpft im Tonfall.

„Verdammt, was reden Sie da? Sie müssen verrückt sein, komm, Guadalupe, wir gehen, der Kerl hat nicht mehr alle Tassen im Schrank!", rief José Francisco aus und nahm Guadalupe beim Arm und wollte Richtung Haustür. Ein Instinkt verriet Guadalupe, dass sie alles hören mussten was dieser Fernando zu sagen hatte. Sie hielt ihn keineswegs für verrückt.

„Halt, José Francisco, cariño, bitte, warte. Lass uns zuhören. Der Tod deiner Mutter war schon merkwürdig genug, irgendetwas *muss* doch dahinter stecken",versuchte sie ihren Mann zu überzeugen.

Jóse Francisco kannte den perfekten Instinkt seiner Frau nur zu gut, sie hatte immer Recht behalten, wenn ihr Gefühl ihr etwas mitgeteilt hatte. Aber er wollte sich irgendwie dagegen wehren, wollte es gar nicht hören, er lief davon. Er wollte schreiend davon laufen um dieser Geschichte, die nun von Fernando auf ihn zukommen würde, zu entkommen.

„Ich will es nicht hören!", schrie er nun plötzlich aus. „Ich will es gar nicht wissen, verdammt noch mal. Ist es denn nicht genug, dass sie

Tod ist? Ist das nicht schon Schmerz genug für mich? Soll ich mich noch mehr quälen, wollt Ihr mich noch mehr quälen?" Dann sank er auf den Boden und begann zu weinen.

Guadalupe und Fernando schauten ihn erschrocken an. Mit einem solchen Gefühlsausbruch hatten sie nicht gerechnet. Guadalupe wollte sich zu ihrem Mann begeben, aber Fernando bremste sie.

„Lassen Sie mich, bitte", flüsterte er ihr leise zu.

Er beugte sich zu Jóse Fransisco herab.

„Jóse Francisco, hör mir zu", versuchte er ihn zu beruhigen.

Er ging auf das Duzen über, damit Jóse Francisco mehr Vertrauen übermittelt bekam, und schließlich war er ja auch der Sohn seiner geliebten Isabel. Hätte er geheiratet, wäre er sein Stiefsohn gewesen. So nahm er nun die Hände des am Boden sitzenden Jóse Franciscos auf und hielt sie, während er sprach, geborgen in den seinigen.

„Es ist ganz wichtig dass du begreifst, was passiert ist. Komm bitte mit mir, ich werde euch alles erzählen, Ihr werdet viele schlimme Sachen über meine eigene Person erfahren, aber dafür auch viele gute Neuigkeiten. Ebenso wie Ihr beide mehr erfahren werdet von Isabels letzten Tagen auf dieser Erde, von dem, was sie empfunden und erlebt hatte. Lasst uns gehen, bitte", flehte er Jóse Francisco beinahe an.

Er stand auf und nickte ihm auffordernd zu. Jóse Francisco schien sich wieder zu besinnen. Endlich stand er auf, nahm Guadalupe bei der Hand und folgte Fernando in den Weinkeller. Dort angekommen zündete Fernando die Fackeln an den Wänden an, denn elektrisches

Licht gab es in diesem Trakt nicht. Er erinnerte sich schmerzlich daran, wie er an einem Abend Isabel in jenem Weinkeller geliebt hatte. Auch Jóse Francisco kamen schöne Erinnerungen hoch, er liebte den Geruch hier unten und die uralten Weinfässer. Fernando bat die beiden sich an dem kleinen Probiertisch mit Stühlen aus kleinen Holzfässern zu setzen.

„Also, ich werde beginnen mit meiner Erzählung. Versucht bitte ruhig zu bleiben, es wird nicht leicht sein für Euch."

Fernando verschränkte die Finger ineinander, Gudalupe und José Francisco schauten in gespannt, gleichzeitig aber auch besorgt an.

„Ich lernte Isabel im letzten Sommer kennen. Es war weder ein Zufall, dass ich ihr begegnet bin, noch, weil ich aus beruflichen Gründen mit ihr Kontakt bekommen habe, sondern es war geplant. Geplant von Menschen, die nichts anderes im Kopf hatten, als sich das Cortijo Isabel anzueignen. Ich wurde als Spielball oder Lockvogel benutzt, um daran zu kommen", begann Fernando.

José Francisco stand erregt auf und stieß dabei beinahe den Tisch um.

„Ich habe es gewusst, du Schwein, du hast was mit ihrem Tod zu tun!", schrie er los und wollte auf Fernando losgehen.

Nur die schnelle Reaktion von Guadalupe konnte ihn daran hindern, Fernando an die Gurgel zu springen. Sie stellte sich zwischen die beiden Männer, fasste ihren Mann an beiden Schultern, und drückte ihn zurück auf das kleine Holzfass.

„Hör ihm zu, höre ihm bitte erst mal zu", sagte sie eindringlich und ihr Tonfall deutete an, dass sie nun keinerlei Widerspruch seinerseits dulden würde.

Fernando hatte Glück, José Francisco setzte sich wieder, aber man ihm deutlich an, dass er innerlich kochte. Fernando fuhr fort, rasch und zügig, damit so ein Zwischenfall nicht mehr passieren konnte. Je schneller er erzählen würde, desto eher würden sie feststellen, dass er nun auf ihrer Seite war, und ihnen helfen wollte.

„Ich habe mich in Kreisen von sehr gefährlichen Leuten bewegt. Damit Ihr das richtig versteht, Ihr müsst euch das ähnlich vorstellen wie in Mafiakreisen. Hier geht es um organisiertes Verbrechen. Um eins vorneweg zu setzen, bevor Ihr mich umbringen wollt, ich werde versuchen, all das wieder gut zu machen und ich werde alles in meiner Macht stehende tun, das du, José Francisco, das Cortijo Isabel wieder zurückbekommst. Im Moment kann ich es dir nicht überschreiben, Du wärest sonst binnen 24 Stunden tot, wenn diese Leute das mitkriegen würden. Zu deinem eigenen Schutz möchte ich, dass wir es erst mal so belassen, aber auf alle Fälle werde ich ein Testament aufsetzen lassen, dass ich dich, im Falle meines Todes, als Erbe einsetze für das Cortijo Isabel", erklärte Fernando.

„Mein Gott, Fernando, dass klingt alles furchtbar, es scheint so, als wären wir alle in Gefahr. Was ist denn am Cortijo Isabel so interessant, dass es diese Leute haben wollen? Ich verstehe das alles nicht wirklich." Guadalupe runzelte die Stirn und ihr Mann schaute einfach nur noch völlig entgeistert von einem zu anderem, tausend Fragen standen ihm ins Gesicht geschrieben.

„Ist meine Mutter durch Dein Verschulden gestorben?", fragte er Fernando eindringlich.

„Nein, durch meine Schuld wohl nicht, ihr hätte nichts geschehen dürfen, nichts war in dieser Hinsicht je geplant gewesen. Mein Freund Rámon und ich, wir wissen nicht, wieso sie sterben musste. Der Tod Isabels kam für unser Geschäft eher ungelegen. Oder besser gesagt, für das Geschäft dieser anderen, denn ich wollte eigentlich seit Wochen nichts mehr damit zu tun haben. Rámon hatte mir von seinem Plan berichtet, dass sich ein hoher Politiker dieses Cortijo aneignen wollte, aus mehreren Gründen: Es gibt hier im Hause zwei wertvolle Skulpturen die dieser Politiker in seinen Besitz bringen will. Nächster Grund: Dieses Cortijo hat ein Recht auf Denkmalschutz, damit kann man viel Geld verdienen. Durch die Einrichtung eines Museums zum Beispiel. Da fließen Gelder in die Staatskasse und Subventionen, von denen sich der Kultusminister einen großen Teil abzwacken will. Dritter Grund: Das Haus ist voller hochwertvoller Boden- und Wandfliesen. Es gibt beispielsweise eine Wandfliese, in einem der oberen Wohnzimmer, auf dieser der Heilige Thomas zu sehen ist. Diese Fliese gibt es nur einmal auf dieser Welt. Isabel wusste sehr wohl um all diese Schätze in ihrem Haus. Und sie wusste auch von dem historischen Wert. Während des Bürgerkrieges in der Zeit um 1936 war das Cortijo Isabel ein Zufluchtsort für viele schwerverletzte und heimatlos gewordene Bürger. Damals war es unter dem Namen „Refugio Gongurra" bekannt, als es noch in der Hand von Ignacios Großvater war. Nach dem Bürgerkrieg hatte der Großvater von Ignacio gewusst, welche Dokumente er einreichen musste, damit man ihm dieses Cortijo von staatlicher Seite nicht abkaufen oder enteignen konnte. Allerdings ist dieses Dokument heute durch eine Gesetzesänderung seitens des Kulturministeriums nicht mehr aktuell. Aber wie dem auch sei; geplant war, dass ich mich bei Isabel beliebt machen sollte. Ich sollte erreichen, dass sie mir das Cortijo überschreibt. Ich hab ihr also erzählt, dass ich in einer Notlage wäre und vorübergehend bei der Bank Werte vorlegen muss, um mein neues Projekt finanziert zu bekommen. Wir liebten uns mittlerweile wirklich, und sie machte die Umschreibung ohne zu zögern. Ich wollte mit dem Plan von Rámon eigentlich nichts mehr zu tun haben, wusste aber nicht, wie ich aus dieser Misere heraus kommen sollte. Hätte ich Rámon auch nur ein Sterbenswort davon verraten, dass ich Isabel liebte, glaubt mir, er hätte uns beide getötet, und dich, José Francisco, dann später erpresst, dass du die Überschreibung auf seinen Namen durchführen lässt. Mit Knarre an den Kopf halten und alles, was dazu gehört. Ihr könnt euch nicht vorstellen, in welcher Gefahr wir nun alle schweben. Ich weiß nicht, wer Isabel getötet hat, aber es muss unmittelbar hiermit etwas zu tun haben. Insofern sehe ich uns als äußerst gefährdet an", endete Fernando seine lange Erklärung.

José Francisco schüttelte mit dem Kopf.

„Aber das kann doch nicht so schwer sein, wir schalten einfach die Polizei ein, die wird ein Sonderkommando beauftragen, um in dieser Hinsicht zu ermitteln, und dann wird alles aufgedeckt", sagte er sich seiner völlig sicher, dass dieses Problem hier so einfach zu lösen wäre.
„Ja, das klingt gut, José Francisco, nur eines hast du in deinem Plan nicht bedacht: Weißt du, welcher Polizeibeamte von der anderen Seite gekauft ist und welcher nicht?", fragte er.
„Ach komm, " meinte José Francisco entrüstet, „Du glaubst doch nicht etwa an so was wie Korruption bei solch staatlichen Stellen? Das gibt es doch nur in Büchern oder Filmen. Wir gehen da nachher einfach hin, und dann wirst du schon sehen, dass ich Recht habe." Er verschränkte die Arme siegessicher vor der Brust.
„Hast du dabei bedacht, dass ich unmittelbar darin verwickelt bin, und sie mich dort sofort fest nehmen werden, wenn ich auch nur ein Wort davon sage, dass ich in diesem Fall unmittelbar einer der Drahtzieher bin, und so war es ja wohl auch?", fragte Fernando zurück. „Ich hänge mich so selbst ans Kreuz."
José Francisco zog die Augenbrauen hoch.
„Soll ich jetzt Mitleid haben? Das fällt dir ja nun früh ein, weißt du. Mir reicht eigentlich alleine schon der Tatbestand aus, dass du so was überhaupt gemacht hast, um Dir kein Sterbenswörtchen mehr zu glauben oder dir auch nur noch ein Spur zu vertrauen. Menschen wie du sind Abschaum für mich. So oder so, ich werde zur Polizei gehen, da kannst du Gift drauf nehmen. Und ich werde dich nicht

verschonen, du kannst dich nicht davon frei waschen, dass du nichts mit dem Tod meiner Mutter zu tun hattest, Du bist einer der Hauptgründe, warum sie jetzt tot ist", erwiderte er zornig.

Fernando hatte keine milderen Umstände erwartet von José Francisco. Aber er hatte einen Plan.

„Ich kann dich verstehen, weiß Gott, aber hör mir noch einen Moment zu. Wenn wir alles mit Köpfchen angehen, wird alles gut werden und ich könnte mich so auch halbwegs aus der Sache hinaus retten, falls Ihr mir eine Chance dazu geben werdet. Meine Idee ist folgende: Wir brauchen Beweise, hieb- und stichfeste Beweise, wer dahinter steckt. Und zwar schnell. Noch bevor ich zu der Umschreibung der Eigentumsdokumente beauftragt werde. Solange müssen wir mit unserem Wissen hinter dem Berg halten, versteht Ihr?", fragte er hoffend.

„Und wie willst du diese Beweise bekommen?", fragte Guadalupe nun zweifelnd.

„Zusammen werden wir es schaffen, aber es muss schnell gehen. Ich muss bei Rámon auf der Lauer liegen, versuchen seine Gespräche mit dem Kulturminister zu belauschen und aufzuzeichnen. Ihr müsst Hinweise finden, zu dem Mord an Isabel, und zwar schleunigst. Kämmt alles noch mal durch, vielleicht gibt es doch noch einen Beweis, den die Polizei übersehen hat bei ihren Untersuchungen, befragt das Personal. Was haltet Ihr davon, wollen wir es probieren?", fragte Fernando.

Guadalupe kam plötzlich ein Geistesblitz.

„Sie hatte ein Tagebuch, verdammt, Isabel hatte ein Tagebuch, das muss irgendwo sein. Ich werde es gleich suchen gehen. José Francisco, befrage doch mal die Angestellten, zu dir haben sie vertrauen, möglicherweise haben sie am Mordtag doch jemanden gesehen. Lass uns was tun, lass uns Fernando helfen und uns allen, und lass uns den Mörder Deiner Mutter finden, Wir müssen das einfach tun." Ihre Wangen hatten sich gerötet vor Erregung, bei dem Gedanken helfen zu können.

„Ihr seid verrückt, einfach nur verrückt, das wird doch nichts", meinte José Francisco, der erstaunt war, dass seine Frau dabei mitmachen wollte.

„Doch, es könnte klappen, und wenn nicht, können wir immer noch zur Polizei gehen, lass es uns erst mal so versuchen, es sind ja nur ein paar Tage Zeit, wir schieben den Polizeigang einfach nur auf, aber vergessen ihn nicht. Willst du etwa nicht, dass sie unseren Kulturminister und alle, die dahinter stecken dran kriegen? Also ich für meinen Teil schon", sagte sie im Brustton der Überzeugung.

Jóse Francisco überlegte kurz und wägte ab.

„Gut, ich bin dabei, dann lasst uns anfangen. Du, Guadalupe, suchst das Tagebuch, ich werde die Angestellten befragen und du, Fernando, wirst einen Termin ausmachen mit Rámon. Ich weiß noch nicht wie, aber bei der Unterhaltung brauchen wir Tonträger, um das Gespräch aufzunehmen und vielleicht könnten wir mich mit einschleusen. als einer deiner engsten Vertrauten. Du kennst Rámon besser und weißt, in wie weit er dir vertrauen würde. Also los!" Er schlug sich kurz auf die Knie und erhob sich rasch, die beiden anderen folgten ihm.

-18-

Mendez war gereizt. In diesem verfluchte Mordfall Isabel Rodriguez war er noch kein Stück weiter gekommen. Die Fingerabdrücke, die im ganzen Zimmer verteilt gewesen waren, stimmten `überein alle identisch mit den Fingerabdrücken fast aller Angestellten dieses Cortijos, aber von fremden Personen war nichts zu finden gewesen. Im Prinzip waren also auch alle Angestellten verdächtig, und er hatte jeden Einzelnen vorgeladen und befragt. Aber dabei war auch nichts heraus gekommen. Irgendwie hatte Mendez das Gefühl, das hinter diesem Mord eine ganz große Geschichte stand. Die Sperma- und DNA Analysen hatten ergeben, dass Fernando Jesús Expósito Mártinez wohl die Wahrheit gesagt hatte. Er hatte am Abend zuvor Geschlechtsverkehr mit Isabel Rodriguez gehabt. Da aber auch sein Alibi überprüft worden war, für die Mordzeit, und der Wahrheit entsprach, war dieser Fernando Expósito nicht mehr tatverdächtig. Mendez grübelte und grübelte. Nach einer Weile entschloss er sich, aus dem Büro zu verschwinden. Er musste ans Meer, dort konnte er immer am besten nachdenken. So ging er aus dem durch Klimaanlagen wohl temperiertem Bürogebäude, und machte sich zu Fuß auf den Weg zum Strand. Die Hitze die ihm entgegenschlug, machte ihm das Atmen schwer. Kein einziger Mensch war zu sehen, in der Mittagszeit saßen alle Andalusier gewöhnlich in einer Bar oder einem Restaurant, um zu essen. Nicht so Mendez, er arbeitete meistens durch, ohne Pausen, und dieser Spaziergang war seinem Erachten nach keine Pausenzeit, sondern er musste an einen anderen Ort, um richtig nachdenken zu können. Die ständigen Störungen durch Mitarbeiter, die ihm irgendwelche Fragen stellten, das permanente Läuten der Telefone ging ihm auf die Nerven, und ließen es nicht zu, dass er in Ruhe ungestört nachdenken konnte. Als er so die Straße entlang lief, begann er stark zu schwitzen, und schaute sehnsüchtig auf die schönen Springbrunnen, die auf der Spazierwegpassage des Ramblas Federíco Lorca installiert waren.

Kind müsste man noch mal sein,dachte er sich. Dann könnte man jetzt einfach Hosen und Strümpfe und Schuhe ausziehen und durch diese herrlichen Springbrunnen waten, sich voll sprenkeln lassen von dem kühlen Nass.

Aber das Meer nahte, und dort konnte er sich gehen lassen, dort musste er nicht die Etikette wahren, wie hier in der Stadt. Am Wasser angelangt, schaute er verträumt auf ein großes Frachtschiff, das in weiter Ferne am Horizont zu sehen war. Das Meer glitzerte herrlich, es schlug nur sanfte, ruhige Wellen, die dezent rauschten. Mendez sog die salzhaltige Luft tief durch seine Nase, und ließ sie in seine Lunge gelangen. Er liebte das Wasser, er liebte Schiffe, und vor allem das Segeln fand er herrlich, hatte aber leider keine große Zeit mehr dazu. Früher, als er noch ein einfacher Polizeibeamter gewesen war, hatte er wesentlich mehr Freizeit gehabt. Er war an jedem Wochenende zum Segeln unterwegs gewesen. Aber das war nun vorbei. Karriere und ein dicker Gehaltsscheck an jedem Monatsende hatte seinen Preis. Man hatte überhaupt keine Zeit, sein vieles Geld auszugeben. Mendez seufzte einmal tief. Dann ließ er sich in den weichen, hellen Sand sinken, zog seine Schuhe und Socken aus, krempelte die Hosenbeine hoch und genoss die sanfte, kaum spürbare, aber dennoch Erleichterung bringende Brise, die ihm von Meer her entgegenwehte. Er legte sich ein wenig nieder, und begann, vor sich hin zu träumen. Er hörte die Rufe der Möwen und spürte, wie die sengende Sonne auf seinem Gesicht anfing zu brennen. Sein Versuch, sich auf weitere Kombinationen im Falle Rodriguez zu konzentrieren, endete in einem tiefen Schlaf. Mendez begann zu träumen. Er träumte einen wunderschönen Traum, weit weg von der Wirklichkeit. Er befand sich plötzlich in einem fremden Land, eine wunderschöne Frau saß vor ihm und schlang ihre Arme um seinen Oberkörper. Ihr schwarzes Haar streichelte sanft seine Brust. Sie flüsterte ihm zärtliche, aber auch provokative Dinge ins Ohr, die er sich in seinem Wachleben nicht getraut hätte, wieder zu geben, sie wären nicht über seine Lippen

gekommen vor Scham. Als die Frau ihn schließlich mit ihren Händen sanft zu Boden drückte und sich auf ihn setzte, hatte der Traum abrupt ein Ende. Jemand stieß ihm an die Füße und fragte:
„Sind Sie Baldomero Cárlos Mendez Mártinez?", wurde er gefragt.
Mendez hob schützend eine Hand vor die Stirn, denn die Sonne blendete und er konnte sein Gegenüber nicht richtig sehen.
„Ja, der bin ich, was wollen Sie von mir?", fragte er überrascht.
Und in diesem Moment erlosch sein Lebenslicht. Die Kugel traf ihn so schnell, dass er es gar nicht mehr mitbekommen hatte. Hier endete das Leben des karrierebesessenen Hauptkommissars Mendez.

-19-

Guadalupe rannte aufgeregt in das Schlafzimmer von Isabel. Sie suchte wie eine Verrückte nach dem Tagebuch ihrer verstorbenen Schwiegermutter, aber sie blieb erfolglos. Nachdem sie klitschnass geschwitzt war und sich eingestehen musste, dass die Suche wohl doch nicht so einfach war, wie sie sich das vorgestellt hatte, setzte sie sich auf einen kleinen Stuhl neben der Frisierkommode und dachte nach. Wo könnte eine Frau wie Isabel ihr Tagebuch aufbewahren? Es dauerte nicht lange und es kam ihr die Antwort wie von selber in den Kopf. „Natürlich, in ihrem Sekretär!", rief sie laut aus und rannte sofort hinunter in das Verwaltungszimmer des Cortijos Isabel. Sie wusste, dass dieser Sekretär ein verborgenes Fach hatte, das niemanden so einfach aufgefallen wäre, man musste schon wissen, dass es existierte. Sie erreichte völlig außer Atem das besagte Zimmer, und bückte sich vor dem Sekretär, schaute unter dem Pult nach, wo sich dieser kleine Ritz befand, um diesen von unten zu öffnen. Ohne Hilfsmittel gelang ihr das nicht, aber sie fand einen schmalen, spitzen Brieföffner auf dem Sekretär und damit erreichte sie, dass sich das Fach, das als solches gar nicht zu erkennen war, öffnete. Das Tagebuch fiel ihr geradezu in den Schoss. Guadalupe begann zu zittern. Das Buch war nicht verschlossen. Es war mit feinster Seide überzogen und die Blätter waren verziert mit einem Rosendruck. Sie begann die ersten Seiten zu öffnen und zu lesen, sie schaute nach dem Datum. Aufgeregt blätterte sie sich vor bis zu der Seite, als sie das erste Mal den Namen Fernando lesen konnte. Solas sie, unter dem Sekretär gekauert, was Isabel notiert hatte:

06. Juli 2008
Ich habe heute eine interessante Bekanntschaft gemacht. Der Mann heißt Fernando und ist von Beruf Bildhauer. Ein gebildeter Mann, dieser Fernando, klug und attraktiv außerdem auch noch. Er wird mir neue Skulpturen für den Garten anfertigen. Ansonsten war es heute wieder mal ein sehr heißer Tag. Ich komme nicht so recht vorwärts,

mit meiner geplanten Malerei, dafür war meine Siestazeit schön lang und ich schlief wie ein Stein.

Guadalupe sah im Geiste Isabel vor sich, wie sie diese Sachen hier in ihrem Tagebuch notiert hatte. Sie musste lächeln. Sicher hatte sich Isabel in diesen Fernando vom ersten Augenblick verguckt, denn wenn er so wichtig war, dass sie ihn in ihrem Tagebuch erwähnt hatte, dann musste es einfach so gewesen sein. Eifrig las sie weiter:

07.Juli 2008
Der Bildhauer war heute schon wieder hier. Es scheint uns nicht nur seine Arbeit zu verbinden. Ich genieße es, in seiner Gesellschaft zu sein und mit ihm zu reden. In den nächsten drei Tagen werde ich in Sevilla sein, auf der großen Kunstausstellung, aber danach habe ich eine Verabredung zu einem Essen mit ihm. Ich freu mich schon drauf.

Schmerzlich dachte Guadalupe daran, dass Fernando sie ja eigentlich zu diesem Zeitpunkt noch hintergehen wollte. *An welch schlechte Menschen man doch so geraten konnte*, dachte sie für sich. Eigentlich durfte man heutzutage niemandem mehr vertrauen. Das Fernando sie letztendlich doch geliebt hatte, war ein schwacher Trost. Sie seufzte einmal tief und wollte weiter lesen. Da hörte sie ihren Mann rufen. „Guadaaaaaaaalupe, komm her, bitte, sofort!", schrie er.

Das klang panisch. Guadalupe klemmte sich das Buch untern den Arm und rannte los nach draußen in Richtung Gartenteich, von wo sie die Stimme von José Francisco glaubte, gehört zu haben. Auch Fernando war losgelaufen, als er Jóse Francisco hatte schreien hören.

Beide trafen fast gleichzeitig am Gartenteich ein, wo ihr Mann mit bleichem Gesicht an einem Pfefferbaum gelehnt stand.

„Was ist los, ist was passiert?", fragte Guadalupe erschrocken.

„Seht Euch das an!", antwortete er fast tonlos, nur leise flüsternd, und mit der Hand auf den Boden deutend.

Es bot sich ein Bild des Grauens: Der alte Gärtner Juan José lag am Teichufer, seine Kehle war aufgeschnitten, der Boden um ihn herum war durchtränkt mit Blut.

Guadalupe schrie, sie schrie los und wollte nicht mehr aufhören damit. José Francisco war außer Stande zu reagieren, er war selber zu geschockt, ihm liefen Tränen die Wangen hinunter. Fernando fasste sich als Erster wieder. Er ging auf Guadalupe zu und schüttelte sie, aber sie schrie immer noch weiter. Es blieb ihm nichts anderes übrig, als ihr einmal feste auf die Wange zu schlagen. Das brachte sie zur Besinnung. Sie schaute ihn mit offenem Mund an.

„Ruf diesen Hauptkommissar Mendez an und bestell ihn her, inklusive die Spurensicherung",befahl er ihr schon fast, denn er musste sie aus diesem Schock herausholen, da halfen meist nur barsche Aufforderungen, damit der andere wieder einen klaren Kopf bekommen konnte.

Guadalupe griff fast schon mechanisch in ihre Jeanstasche, holte das Handy, und begann die gespeicherte Nummer des Kommissars Mendez zu suchen. Sie wählte das Kommissariat an.

Eine weibliche Stimme antwortete:

„Kommissariat, Lorena Sanchez am Apparat"

„Bitte verbinden Sie mich mit Kommissar Mendez, hier spricht Guadalupe Rodriguez, die Frau von José Francisco Rodriguez Mauer. Seine Mutter wurde vor 5 Tagen ermordet, hier in Lucainena de las Torres."

Lorena Sanchez wusste von dem Fall, und musste einen Moment schlucken.

„Doña Guadalupe, es tut mir sehr leid, aber ich muss Ihnen mitteilen, dass Kommissar Mendez gestern Nachmittag ermordet wurde", antwortete Lorena.

Guadalupe starrte das Telefon an. Sie war unfähig etwas zu erwidern.

„Doña Guadalupe, sind Sie noch dran? Halloooo, halloooo!", rief Lorena in den Hörer.

Fernando übernahm das Gespräch.

„Hier spricht Fernando Expósito. Doña Guadalupe fühlt sich nicht in der Lage, Ihnen zu antworten. Was haben sie Ihr mitgeteilt? Ich bin der Lebensgefährte der verstorbenen Doña Isabel", sagte er.

„Ich habe Doña Guadalupe mitgeteilt, dass Kommissar Mendez gestern getötet wurde. Es tut mir sehr leid, sie wollte den Kommissar sprechen. Kann ich denn etwas für Sie tun?", fragte Lorena.

Fernando sog tief die Luft ein, und für einen Moment lang wurde ihm übel, aber er versuchte sich zu konzentrieren und Haltung zu bewahren.

„Wir brauchen eine Einheit hier im Cortijo Isabel, es hat einen weiteren Toten gegeben. Der Gärtner liegt hier mit aufgeschnittener Kehle", antwortete Fernando gedrückt.

Lorena musste trotz ihrer Professionalität einmal tief durchatmen. Der Tod ihres Chefs hatte sie sehr mitgenommen, und nun wieder ein Mord. Das waren schon drei Morde hinter- einander, die alle anscheinend irgendwie etwas miteinander zu tun hatten.

„Wir schicken sie Ihnen sofort", erwiderte Lorena. „Sie werden so schnell wie möglich kommen, bleiben Sie ruhig, bitte."

„Ist gut", antwortete Fernando. „Wir werden hier warten. Vielen Dank, Auf Wiederhören."

Dann beendete er das Gespräch.

Alle ließen sich gemeinsam auf den Boden sinken. José Francisco hatte mittlerweile von Guadalupe gehört was geschehen war. So saßen sie eine ganze Weile da, ohne zu reden.

Fernando fasste sich als erster wieder.

„O.K. das ist genug. Wir kommen ohne Hilfe nicht weiter. Es war völliger Blödsinn, was ich mir da in den Kopf gesetzt hatte, mich selber schonen zu wollen. Das war es, ich wollte mich lediglich selber schonen und mir nicht eingestehen, auf was für ein gefährliches Geschäft ich mich da eingelassen habe. Ich werde mich stellen, werde sagen, was geschehen ist. Der Mörder von Isabel muss gefasst werden und ich muss weitere Morde verhindern, indem ich rede", sagte er und sprach damit all das aus, was auch Guadalupe und José Francisco für richtig hielten.

Sie blickten ihn an und nickten nur stumm. Guadalupe machte den Fehler, und schaute nochmals auf den toten Gärtner Juan José. Da war es um sie geschehen, sie musste sich übergeben, als sie seine offene Kehle erneut sah, und das viele Blut drum herum. Kurz darauf fiel sie in Ohnmacht. Fernando und José Francisco schauten erschrocken, und reagierten erst, als Guadalupe schon fast wieder zur Besinnung kam.

„Was ist passiert?", stammelte sie leise.

„Es ist alles gut, liebste Lupina, bleib ganz ruhig liegen. Warte, ich wische Dir Deinen Mund sauber", sagte José Francisco besorgt. Er nahm das Ende seines Sommerhemdes, und reinigte behutsam die Mundwinkel seiner Frau. Guadalupes Pupillen waren immer noch geweitet, und trotz der Hitze schien sie eiskalt zu sein, was er bemerkte, als er ihre Hände aufnahm.

„Du hattest dich übergeben und bist ohnmächtig geworden", antwortete er leise auf ihre Frage. „Es wird alles gut, Kleines, mach dir keine Sorgen, wir werden das alles klären, bleib ganz ruhig, bitte, ja?"

Guadalupe nickte geschwächt. Fernando erhob sich und sagte:

„Ich gehe ins Haus und hole frisches Wasser, sie muss etwas trinken."

„Ist gut, du hast Recht", erwiderte José Francisco und nickte ihm zu.

Fernando ging los in Richtung Haus, und José Francisco nahm seine Liebste behutsam in seine Arme. Neben ihr lag das Tagebuch seiner Mutter und er nahm es hoch.

„Ist dies das Tagebuch meiner Mutter?", fragte er sie.

Guadalupe nickte still.

Er begann, in dem Tagebuch zu blättern, und fand die Stelle, wo Guadalupe zuvor drin gelesen hatte.

„Hattest du schon mal rein gelesen?" fragte er sie.

„Ja", antwortete Guadalupe „bis zu der Stelle, wo sie zur Kunstausstellung musste nach Sevilla. Danach wollte sie mit Fernando das erste Mal zum Essen ausgehen."

José Francisco las kurz, bis er die Stelle fand.

„Ich lese es uns vor, wie es weiter geht, ja, Kleines?", fragte er seine Frau.

„Ja, bitte, das ist eine fantastische Idee", bestätigte ihm Guadalupe sein Vorhaben.

„Aber lass uns erst ein Stückchen von hier weg gehen, ich will nicht, das du mir noch mal ohnmächtig wirst." Er hob sie langsam hoch und stützte sie, bis sie seinem Erachten nach weit genug von dem toten Gärtner entfernt waren.

Sie ließen sich auf einer der Bänke des Gartens nieder, unter dem Schatten eines Eukalyptusbaumes. Isabel hatte hinter jeder geplanten Parkbank gleich einen Baum pflanzen lassen, denn sie wusste um die Hitze hier im Lande. Ohne Schatten war sie kaum zu ertragen.

José Francisco las weiter in dem Tagebuch:

12.Juli 2008

Es war herrlich, einfach nur herrlich. Ich weiß nicht, wie lange ich schon nicht mehr mit einem Mann ausgegangen war. Fast schon wusste ich gar nicht mehr, dass ich eine Frau bin.
Ich war mit Fernando in einem argentinischen Restaurant in Almería. Das Essen war vorzüglich und Fernando ist ein brillanter Unterhalter, und seine Umgangsformen sind einfach nur hervorragend. Oh, wie lang ist es her gewesen, dass mir ein Mann die Hand geküsst hat oder mir den Stuhl zu Recht gerückt hat. Schmerzlich erinnerte mich das an die Zeit mit meinem Liebsten, Ignacio. Er ist nach wie vor unvergessen in meinem Herzen aufbewahrt, aber ich glaube, es ist an der Zeit, mich wieder für andere Männer zu öffnen. Ich bin einfach auch zu alleine mit mir selber. Das ist nicht gut. José Francisco lebt sein eigenes Leben, er braucht seine Zeit für Guadalupe, ich kann nicht erwarten, dass er mich ewig umsorgt.

„Zweifelsohne, sie war verliebt in Fernando. Das steht nun wohl außer Frage",bemerkte er trocken.
„Ja, sie schrieb so euphorisch, so schreibt man nur wenn man verknallt ist", bestätigte Guadalupe seine Feststellung.

„Die Frage ist nur; war er es auch?", hinterfragte Jóse Francisco.

Guadalupe runzelte mit der Stirn.

„Zu Anfang sicher nicht, denn du weißt ja, auf was er und dieser Rámon aus waren, aber ich zweifele nicht daran, dass er sie am Ende wirklich geliebt hat. Man sieht es an seinem Kummer, den er mit sich rumträgt, man kann es in seinen Augen lesen und mit dem Herzen fühlen", sagte Guadalupe.

„Solche Feststellungen kann nur eine Frau machen. Männliche Intuition reicht dafür wohl nicht aus", gab Jóse Francisco bedauernd zu.

„Und sie hat recht", sagte nun Fernando, der leise dazu gekommen war.

Er reichte jedem einen Keramikbecher, und füllte aus einem Steinkrug das kühle, erfrischende Wasser hinein.

„Weiß Gott, ich habe sie geliebt. Schon alleine deshalb muss ich alles wieder gut machen", fuhr er fort.

„Dazu wirst du gleich reichlich Gelegenheit habe, dort kommt die bestellte Einheit." José Francisco deutete mit der Hand auf die Auffahrt, die im genauen Blickwinkel zur Parkbank lag. Eine Reihe von Guardia Civil Streifen näherte sich, und ein Leichenwagen, sowie ein Ärzteteam. Guadalupe nahm hastig noch einen weiteren Schluck Wasser zu sich. José Francisco winkte den nun aussteigenden Beamten zu, damit sie wussten, wo sie hin mussten.

Ein hoch gewachsener, gar nicht typisch spanisch wirkender, eleganter Mann trat als erstes auf sie zu.

„Ich bin Hauptkommissar Phillipe de Bourbon. Sozusagen der Nachfolger von Kommissar Mendez", stellte sich der Mann vor.

„Das klingt Französisch. Hatten wir im eigenen Land keine Leute mehr?", fragte Jóse Francisco sarkastisch.

Guadalupe zog die Augenbrauen hoch.

„Du bist unhöflich, José Francisco", sagte sie scharf zu ihrem Mann.

Sie reichte dem Kommissar die Hand.

„Entschuldigen Sie bitte, wir sind alle etwas verwirrt, und vielleicht auch deshalb sehr gereizt. Mein Name ist Guadalupe Rodriguez Blanca, das ist mein Mann José Francisco Rodriguez Mauer, der Sohn der verstorbenen Isabel Rodriguez, und dies hier ist Fernando Jesús Expósito Mártinez, der Lebensgefährte der toten Isabel Rodriguez", milderte Guadalupe das schlechte Benehmen ihres Mannes ab.

„Es ist schon gut, ich kann Sie alle verstehen. Könnten Sie mir bitte den Toten zeigen", fragte de Bourbon.

Er sprach sein Spanisch mit einem schwachen, französischen Akzent. Guadalupe fand das bezaubernd. Während Fernando voraus ging, und der Kommissar und Guadalupe mit ihrem Mann folgten, flüsterte Guadalupe ihrem Mann zu:

„Sein Akzent ist jedenfalls himmlisch, er klingt so herrlich charmant."

„Mmmmhh", knurrte ihr Mann zurück. „Dann wollen wir mal sehen, ob seine Arbeit genauso gut sein wird, wie sein charmanter Akzent."

Die Männer von der Spurensicherung folgten ebenso. Der Leichenwagen und der Krankenwagen fuhren näher heran. Kommissar Bourbon bückte sich zu dem Toten hinunter. Es gingen tausend Fragen durch seinen Kopf. Wer konnte ein Interesse daran haben, diesen alten Gärtner so zuzurichten? Seine lederne Gesichtshaut ließ verraten, dass dieser Mann sein Leben lang geschuftet hatte, und auch die Hände waren rissig, spröde und von jahrelanger, harter Arbeit gezeichnet. Niemand wurde von harter körperlicher Arbeit reich, sicher war dies also nicht das Tatmotiv. Aber man konnte nie wissen. Bourbon hatte im Laufe seiner Laufbahn als Kriminalbeamter schon die merkwürdigsten Sachen aufgedeckt. Am allerbesten war es immer, unvoreingenommen zu sein und sich niemals durch den Anschein blenden zu lassen. Den Kopf kühl bewahren, Emotionen außen vor lassen, aber auf Intuitionen hören. Das war seine Devise. In diesem Fall musste er besonders vorsichtig vorgehen. Der Tod seines Vorgängers hatte die ganze Stadt in helle Aufregung versetzt, und der Nachfolger des Kommissars Mendez würde ebenso gefährdet sein. Die letzten drei Morde in der Provinz Almerías mussten irgendwie miteinander zusammen hängen. Aber bisher war die Sondereinheit noch kein Stück weiter gekommen bei den Ermittlungen. Bourbon wurde geholt, da er sich in solch verzwickten Mordgeschichten bestens auskannte und auch schon etliche Mafiafälle aufgedeckt hatte. Er kam direkt aus Madrid. Gebürtig war er Franzose, er hatte seine Lehre als einfacher Polizeibeamter bei der Gendarmerie begonnen in

Dijón. Er stammte aus einer adeligen Familie ab, was ihn aber nicht daran gehindert hatte, Polizist zu werden. Er hatte schon von klein auf eine Begabung gehabt, versteckte Sachen wieder zu finden, Kombinationsrätsel zu lösen, Lügen andere Menschen zu erspüren. Er war geboren worden, um der Polizei zur Verfügung zu stehen, mit seinem natürlichen Talent. Es war seine Berufung. Er stieg rasch die Erfolgsleiter hoch und leitete normalerweise das Hauptdezernat von Madrid. Madrid war ein gefährliches Pflaster, man musste schon ausgesprochen gut sein, um dort all die Morde aufzudecken, die täglich in dieser Metropole stattfanden. Bourbons Weg nach Madrid hatte sich von Dijón über Bordeaux, dann über Paris entwickelt. Er sprach seit Jahren mehrere Fremdsprachen. Im ständigen Umgang mit Verdächtigen verschiedener Nationalitäten war es von Vorteil, viele Sprachen zu sprechen, und da er auch hierfür eine natürliche Begabung hatte, fiel es ihm geradezu in den Schoß, Sprachen zu erlernen. Er sprach fließend Russisch, italienisch, englisch, deutsch und spanisch. Almería war in einer Notlage; Mendez war erschossen worden, und es wurde dringend kompetenter Ersatz benötigt. Der Bürgermeister stand mächtig unter Druck und musste diesem nachgeben, indem er quasi dazu gezwungen wurde, von der Madrider Seite aus, diesen neuen Kommissar vorübergehend zu übernehmen. Bourbon war es ganz gleich, ob er nun in Bordeaux, Madrid oder Almería arbeitete. Und je schwieriger die Fälle, umso mehr freute er sich. Dieser Fall hier schien ihm ganz speziell, aber dennoch ähnelte er einem vorhergehenden, für den er in Madrid ermittelt hatte. Während er nun also angestrengt nachdachte, und die Leiche immer wieder anschaute und auch anfasste, trat Fernando neben ihn.

„Kommissar, ich muss mit Ihnen reden. Wahrscheinlich werden Sie mich dann gleich festnehmen, aber das muss ich wohl so hinnehmen", sagte er.

Erstaunt schaute Bourbon auf, in das Gesicht dieses Fernandos.

„Sie wollen doch nicht sagen, dass Sie den Gärtner hier ermordet haben? Das wäre das erste Mal in meiner Laufbahn, das ein Mörder sich direkt nach Verrichtung der Tat zu erkennen gibt." Bourbon stand langsam auf und sah Fernando prüfend in die dunklen Augen.

„Nein." Fernando schüttelte mit dem Kopf, „Nein, da muss ich Sie enttäuschen, ich bin auf keinen Fall ein Mörder, aber ich kann Ihnen das *Warum* dieser Morde eventuell erklären. Und ich bin ganz sicher, dass ich trotzdem eine Straftat begangen habe, nämlich die des vorsätzlichen Betruges. Können wir darüber reden?", fragte er.

Guadalupe beobachtete die Szene und irgendwie tat ihr Fernando unendlich leid. José Francisco stellte allerdings mit Genugtuung und Wohlwollen fest, dass der Kommissar Fernando nun an einem Handgelenk umfasste, und ihn in Richtung seines Wagens brachte.

„Na, der scheint fest genommen zu sein. Recht so, ich hab dem nie über den Weg getraut",meinte er.

„Ach ich weiß nicht, mir tut er leid. Wie geht es jetzt weiter hier?", fragte sie ihren Mann.

„Wir werden erst mal nach Hause fahren. Komm, wir verabschieden uns vom Kommissar", erwiderte dieser.

So gingen sie gemeinsam zum Wagen des Kommissars, verabschiedeten sich auch von Fernando, dann fuhren sie nach Hause. Guadalupe war völlig verrückt danach, das Tagebuch Isabels weiter zu lesen. Kaum zu Hause angekommen, legte sie sich auf das schöne, blaue Wildledersofa, und begann weiter zu lesen.

-20-

Rámon war heute etwas unleidlich. Irgendwie störte ihn der Umstand, dass dieser Hauptkommissar verendet war. Inständig hoffte er, dass der Kreis des Kultusministers nichts damit zu tun hatte. Aber so sehr er auch versuchte sich zu beruhigen, er wurde stattdessen immer nervöser. Er hatte versucht, Fernando zu erreichen, seit gestern schon, aber dieser ging nicht ans Telefon. Es wäre ein Einfaches gewesen, bei ihm vorbei zu fahren, aber es war auch gefährlich. Wenn irgendein Außenstehender mitkriegen würde, dass er und Fernando Kontakt hatten, könnte man das mit dem Cortijo Isabel in Verbindung bringen. Rámon wusste um seinen Ruf des gewieften Geschäftsmannes, der auch nicht Halt machte, vor gesetzeswidrigen Dingen. Das konnte ihm das Genick brechen, er musste so schnell wie möglich die Transaktion über die Bühne bringen, bevor er am Ende noch um seine Millionen und auch um sein Leben bangen musste. Im Hintergrund hörte er seine Frau im Badezimmer singen. Oh Gott, sie sang so falsch, und sie war eine einzige Plage. Er war gereizt ohne Ende. Aber Dolores hörte und hörte nicht auf zu singen. Wutentbrannt lief er zum Badezimmer, stieß die Tür auf und brüllte sie an:

„Verdammt noch mal, hör auf zu singen, das ist eine Beleidigung für jedes Ohr!" rief er, heftig. Als er im selben Moment auch noch auf ihren wabbeligen Bauch sah und den dicken Hals, bekam er fast das Würgen. Er war angeekelt. Er verließ das Badezimmer fluchtartig.

„Warum tu ich mir das an, warum in Gottes Namen tue ich mir das an? Muss ich so ein ekliges Weib an meiner Seite haben?", fluchte er laut vor sich hin.

Magdalena kam ihm gerade mit einem Wäschekorb entgegen. Er beachtete sie mit keiner Miene, sondern ging schnurstracks ins Wohnzimmer, und goss sich einen Brandy ein.

„Die Welt ist nur mit Brandy zu ertragen",murmelte er vor sich hin und setzte das Glas an die Lippen, um einen kräftigen Schluck zu sich zu nehmen.

Dolores saß geschockt in der Wanne. Ihr Singen war verstummt. Ihr Mann machte ihr Angst. In letzter Zeit schien er unter einem gewaltigen Druck zu stehen, aber immer wenn sie ihn darauf ansprechen wollte, wich er aus, oder fuhr einfach weg. Langsam und behäbig stieg sie aus der Wanne, schnell wäre es auch gar nicht gegangen, denn ihre Leibesfülle ließ agile Bewegungsabläufe gar nicht zu. Sie musterte sich kurz in dem großen hohen Spiegel, der die Südwand des Badezimmers zierte. So sehr sie es sich auch wünschte, ihrem Spiegelbild konnte sie nicht entgehen. Rámon hatte Recht, sie musste unbedingt abnehmen. So rasch es ging warf sie ihren Bademantel über und versuchte so, dem Spiegelbild zu entgehen. Es war wohl besser, wenn sie ihren Mann nicht an das abendliche, geplante Konzert erinnerte, dass sie im Opernhaus besuchen wollten. Die Stimmung, die er heute hatte, könnte das Zusammensein mit ihm gefährlich werden lassen. Aber sie musste raus aus dem Haus, es hatte schon mehrere, solcher Momente gegeben und sie wusste, wenn er genügend getrunken hatte, würde er sie ins Schlafzimmer drücken und zum Sex zwingen. Dolores Libido war nicht sehr ausgeprägt, zum einen weil sie sich bewusst war, dass sie so gut wie keine Attraktivität mehr zu bieten hatte mit ihrem fettleibigen Körper, zum anderen war sie seit eh und je nie wild darauf gewesen. Ihren Mann hatte sie sich gefangen, als sie noch halbwegs adrett war, ihr Trumpf in der Hand war ihr Reichtum. Sie dachte fieberhaft nach, wo sie heute Abend hingehen konnte, ohne ihn zu erzürnen. Das Beste wäre ein Besuch bei ihren Eltern. Rámon hasste ihre Eltern. Ihre Mutter war noch viel dicker als Dolores selbst, ihr Vater war in den Augen Rámons ein Langeweiler. Nichts hätte ihn dazu bewegt, seine Frau dorthin zu begleiten. Also beschloss sie, sich anzukleiden und schleunigst das

Haus zu verlassen. Sie würde erst spät in der Nacht wieder kommen, wenn Rámon schon schlafen gegangen wäre.

So stand sie vor ihrem Kleiderschrank, um sich ihre Abendgarderobe auszuwählen. Sie griff nach einem pastellfarbenen, blauen Sommerkleid und rief nach Magdalena, denn sie wusste, dass sie den Reißverschluss alleine nicht zu kriegen würde.

„Magdaleeeeeeeena, komm sofort her!", schrie sie durchs ganze Haus.

Selbst Rámon vernahm diesen Schrei bis ins Wohnzimmer und zuckte zusammen. Er dachte an Magdalena. Oh, ja, das war eine Frau nach seinem Geschmack, nicht zum ehelichen, verstand sich, aber sonst? Er bekam sexuelle Gelüste, als er sich ihren kleinen, knackigen Busen vor seinen Augen vorstellte. Magdalena eilte unterdessen zu seiner Gemahlin.

„Sie wünschen, Doña Dolores?", fragte sie beflissen.

„Mach mir diesen verdammten Reißverschluss zu, ich schaff das nicht alleine", keifte Dolores zurück.

Magdalena versuchte sofort zu helfen, aber das Kleid war einfach viel zu eng für Dolores geworden.

„Doña Dolores, Sie müssen ein wenig den Bauch einziehen, so bekomme ich den Reißverschluss nicht zu", flüsterte Magdalena ihr sanft zu.

„Herrgott noch mal, wie doof sind meine Bediensteten denn nur?", brüllte Dolores zornentbrannt los. „Lass doch einfach los, verdammt!"

Sie schubste Magdalena hart zur Seite und rupfte grob an dem Reißverschluss. Es dauerte nur Sekunden, und der feine Stoff des Kleides zerriss durch die Gewalteinwirkung.
Das brachte Dolores erst richtig in Rage.
„Raus hier, doofes Weib, raus, geh mir aus den Augen. Du bist so unfähig, ich frag mich was du hier zu suchen hast!", rief sie aus und wies Magdalena mit dem Zeigefinger den Weg zur Tür.
Magdalena flüchtete wie ein aufgescheuchtes Huhn in Richtung Küche. Tränen rannten ihr über die Wangen. In der Küche angelangt, kauerte sie sich auf den kleinen Stuhl, der neben dem Mülleimer stand, und vergrub ihre Hände vor das weinende Gesicht. Wenn sie nun entlassen werden würde? Sie brauchte doch das Geld. Wovon sollte sie ihre Familie ernähren? Sie wusste, dass auch der Sex mit ihrem Chef sie letztendlich nicht retten würde, denn ihr war klar, dass sie jederzeit ersetzbar war, durch eine andere junge Frau. Ihrem Chef wäre es egal, mit wem er seine amourösen Abenteuer abhalten würde, solange die Angestellte über einen knackigen Körper verfügte. Verzweifelt hoffte sie, dass ihre Chefin noch mal ein Einsehen mit ihr haben, und nicht mit Rámon darüber reden würde. Die Stimmung im Haus war ohnehin schon geladen, ihr Chef war seit Tagen ungenießbar, die Streitereien des Ehepaares waren fast nicht mehr zu ertragen. Alle Angestellten des Hauses erledigten ihre Arbeiten rascher und leiser als sonst, aus Angst, beim nächsten Wutanfall einer der beiden, raus geschmissen zu werden. Jeder war abhängig von

dieser Arbeit. Der Küchenchef Beltran kam herein, mit einer Kiste voller Paprika in den Armen. Er sah Magdalena weinend auf dem Stuhl und stellte die Kiste ab.

„Was ist los, Mädchen? Haben sie dich wieder geärgert?", fragte er sie mitfühlend.

Magdalena nickte nur hilflos. Beltran nahm sie in den Arm, und begann sie leicht hin und her zu wiegen, wie ein kleines Mädchen. Er mochte Magdalena sehr und er wusste, dass sie gut arbeitete. Umso weniger verstand er, dass man ihr immer wieder so zu setzte. Er selber hatte keine große, finanzielle Abhängigkeit wie Magdalena, er wusste, dass er jederzeit als Küchenchef woanders anfangen könnte, zu gut waren seine Kochkünste. Er war ein wahrer Meister auf diesem Gebiet. Dementsprechend wurde er allerdings auch entlohnt. Im Hause des Rámon Fernando López Casasola erhielt er ein erstklassiges Gehalt. Andere Küchenchefs konnten davon nur träumen. Was sonst so in dem Haus vorging, interessierte ihn allerdings relativ wenig. Seine Devise war immer gewesen; Augen und Ohren zu, und ansonsten seine Arbeit machen, dann konnte nichts passieren. So war er bisher immer gut gefahren. Allerdings mochte er keine Ungerechtigkeiten. Das brachte ihn in Rage.

„Was ist denn passiert, erzähl mal?", forderte er Magdalena ermutigend auf.

Magdalena hatte sich inzwischen beruhigt, und war imstande wieder zu reden.

„Die Chefin hat sich aufgeregt, weil ich ihren Reißverschluss nicht zugekriegt habe. Da ist sie ausgerastet und hat mich erbost weggeschickt. Aber was kann ich denn dafür, wenn ihr das Kleid zwei Nummern zu klein ist? Sie ist so dick geworden", antwortete sie.

Beltran musste lächeln.

„Nimm dir doch so was nicht so zu Herzen, nichts wird so heiß gegessen, wie es gekocht wird", sagte er tröstend.

Aber Magdalena schüttelte nur mit dem Kopf.

„Sie werden mich feuern, so wie die Stimmung hier derzeit ist, reicht der kleinste Anlass aus, um einen von uns hinaus zu werfen", erwiderte sie.

„Nicht doch, nicht doch, das werden sie nicht tun. Und wenn sie es tun sollten, gehe ich mit dir, das verspreche ich dir", sagte Beltran.

Magdalena schaute ihn aus ihren großen Augen an:

„Meinst du das ernst? Das würdest du tun?", fragte sie ungläubig.

„Natürlich, Kleines, für dich jederzeit", bestätigte er ihr, indem er sie ganz sanft auf den Mund küsste. Sein Herz pochte laut und aufgeregt. Magdalena konnte nicht wissen, wie lange er schon in sie verliebt gewesen war. Wenngleich er ihre Situation jetzt nicht ausnutzen wollte, so spürte er doch instinktiv, dass der Moment, sie zu küssen, der richtige war. Magdalena stutzte zunächst, aber sie fühlte von diesem Mann eine Liebe zu ihr ausgehen, die sie veranlasste, den Kuss zu erwidern. Sanft und vorsichtig begann sie ihre Zunge um seine kreisen zu lassen, ihre Küsse waren lieblich und süß, Beltran konnte sein Glück nicht fassen.

„Ich meine es ernst mit dir, Magdalena. Du bist die wunderbarste Frau, die ich je kennen gelernt habe in meinem Leben", flüsterte er ihr sanft ins Ohr.

Magdalena konnte ihr Glück gar nicht fassen. Sie mochte Beltran auch schon seit langer Zeit, sie fand ihn attraktiv, liebte sein langes, schwarzes Haar und wie er es trug, leicht verwegen und etwas wild. Außer, wenn er seine Kochmütze auf hatte, dann trug er es im Nacken als Pferdeschwanz zusammen gebunden. Sein kräftiger Körper imponierte ihr, diebreiten Schultern und seine tiefe eindringliche Stimme. In seiner Nähe hatte sie sich immer schon beschützt gefühlt. So müsste ihr Mann sein, so müsste er aussehen. Es war für sie kaum zu verstehen, dass er gerade sie ausgewählt zu haben schien. Magdalena war sich anscheinend nicht bewusst, wie schön sie wirklich war. Und ihre liebenswerte Art, die viel Herz verriet, hatte es Beltran von Anfang an angetan, seit Magdalena in diesem Hause vor zwei Jahren angefangen hatte, zu arbeiten. Er wusste auch um ihre Lebensumstände. Zu gerne würde er ihr auch finanziell unter die Arme greifen, und nichts wäre ihm lieber, als sie sofort aus dem Loch heraus zu holen, wo sie derzeit mit ihren Eltern und Großeltern zusammen wohnte. Er war einmal bei ihr zuhause, weil er sie zur Arbeit abgeholt hatte, als sie mit dem Bußgeld knappdran war. Das alte Haus war vermodert, und an den Wänden hing eine dicke

SchichtSchimmel. Im Winter war es dort drinnen eiskalt, nur ein kleiner Gasofen stand zur Verfügung. Im Sommer kochte es im Inneren des baufälligen Hauses. Er würde dem allem ganz gerne ein Ende setzen, und ihr ein neues Leben in einem besseren Umfeld bieten. Aber ganz so überstürzt würde das nicht gehen, er musste ganz langsam anfangen ihr zu helfen. Um nichts auf der Welt wollte er sie erschrecken, durch ein zu schnelles Vorgehen. Während er seinen Überlegungen nachging, wurde er unsanft gestört durch die schrille Stimme der Chefin.

Erschrocken fuhren die beiden auseinander.

„Magdalena, verdammtes Weib, komm sofort her", brüllte Dolores.

Im Inneren Beltrans kochte es. So ging das nicht weiter.

Magdalena war aufgesprungen und wollte zu ihrer Chefin eilen, aber er hielt sie zurück, indem er sie wieder auf den Stuhl hinunter drückte.

„Warte hier bitte, eine Sekunde",sagte er bestimmt.

Magdalena schaute ihn erstaunt an.

Was hatte er bloß vor, dachte sie.

Beltran ging hinaus auf den Wohnflur und lief der Chefin ruhig entgegen. Da fauchte diese ihn auch schon an:

„Haben Sie Magdalena, dieses unfähige Weib, gesehen?", herrschte sie ihn an zu antworten.

Beltrans Gesicht wurde ernst.

„Mit Verlaub, Doña Dolores, ich muss an Ihre Menschlichkeit appellieren. Es ist nicht sehr schön, so mit seinen Mitarbeitern umzugehen, und Magdalena hat dies sicher nicht verdient. Ich bin überzeugt davon, dass all Ihre Angestellten dreimal besser und schneller arbeiten würden, wenn hier ein angemessener Ton herrschen würde, oder glauben Sie nicht? Sie kommen doch aus gutem Hause und aus den besten Kreisen, dort bedient man sich sicher nicht einer solchen Sprache, wie sie hier gerade herrscht, oder irre ich mich?", fragte Beltran gewandt.

Dieser eindrucksvolle Auftritt des Küchenchefs ließ Dolores beschämt zu Boden sehen. Sie erkannte, dass sie sich völlig verkehrt verhalten hatte, und über die Maße hinaus geschossen war.

„Verzeihen Sie, Beltran, selbstverständlich haben Sie Recht. Wir haben eine harte Woche hinter uns. Nächste Woche wird hier wieder das alte Arbeitsklima herrschen, dass verspreche ich Ihnen. Ich bräuchte Magdalena einen Moment, haben Sie sie gesehen?", fragte sie nun milde.

„Allerdings, sie sitzt in meiner Küche und weint sich die Augen aus, wegen der Sache mit Ihrem Kleid, Gnädigste",bemerkte Beltran pikiert.

Nun war Dolores peinlich berührt, und sie schämte sich, denn sie wusste genau, dass der Vorfall mit dem Kleid allein ihre Schuldgewesen war. Sie war einfach zu dick. Schuldzuweisungen an Magdalena gerichtet zu haben, war vollkommen verkehrt gewesen.

„Oh, aber ich bitte Sie, sie soll sich das nicht so zu Herzen nehmen. Das war doch nicht so gemeint. Ich werde mal rasch zu ihr gehen und mich entschuldigen", sagte sie und wollte los.

Aber Beltran wollte die Gunst der Stunde nutzen und noch mehr für Magdalena raus holen.

„Doña Dolores, eine Sache noch, bevor Sie gehen", meinte er.

Dolores hielt inne.

„Ja?", fragte sie

„Magdalena arbeitet hier für nicht gerade viel Geld. Meinen Sie nicht, es wäre angebracht, nachdem sie so viel für Sie geleistet hat, ihr Gehalt mal etwas anzupassen? Die Zeiten haben sich geändert, und sie hätte eine Gehaltserhöhung verdient", äußerte er selbstsicher.

Dolores war perplex. Was der sich rausnahm, fragte sie sich. Vor lauter Überraschung stand ihr für einen Moment lang der Mund offen. Beltran merkte dies und versuchte ihr ein wenig zu schmeicheln, um seinen Vorschlag auch durchzudrücken.

„Kommen Sie, Doña Dolores, Sie haben doch so ein liebenswertes Herz, Sie werden das verstehen. Wie soll Magdalena denn ihre Familie ernähren?", fragte er diplomatisch.

Nun kam wirklich der liebenswerte Kern der Doña Dolores zum Vorschein.

„Nun, Sie haben wahrscheinlich Recht, Beltran. Ich werde ihr gleich ein neues Angebot machen. Also, ich hole sie mal zu mir. Ich danke Ihnen", meinte sie und zog los.

Beltran verschränkte die Arme zufrieden vor der Brust. Das war geschafft. Er beobachtet, wie Dolores in der Küche verschwand. Dann zog er los, um weitere Gemüsekisten in die Küche zu bringen.

Dolores stieß die Tür mit Schwung auf, so dass Magdalena erschrocken von ihrem Stuhl aufsprang. Ihre Chefin begutachtete sie kurz; die Wimperntusche der jungen Frau war verschmiert, die Augen gerötet. Klarer Fall, sie hatte wirklich geweint.

„Magdalena, verzeihen Sie mir, ich bin etwas gereizt im Moment. Sie müssten mir gerade mal helfen, ich finde meine Seidenstola nicht, aber ich brauche sie, ich werde gleich meine Eltern besuchen", sagte sie entschuldigend.

„Sofort, Doña Dolores, ich weiß wo die Stola liegt, folgen Sie mir bitte", erwiderte Magdalena.

„Ah, aber bevor wir gehen noch etwas: Sie werden ab nächsten Monat 300 Euro mehr Gehalt bekommen. Sie leisten uns gute Dienste, wir sind sehr zufrieden mit Ihnen", sagte Magdalenas Chefin plötzlich.

Magdalena starrte sie ungläubig an.

„Ist das wirklich wahr?", fragte sie.

„Wollen Sie meiner Worte Lüge strafen?", bemerkte Doña Dolores.

„Oh, nein, natürlich nicht, verzeihen Sie mir. Ich danke Ihnen sehr, vielen vielen Dank." Magdalena verneigte sich mehrere Male unterwürfig vor Doña Dolores.

„Ist schon gut, Kind, lassen sie uns die Stola suchen, ich bin spät dran", erwiderte Dolores.

Und so gingen die beiden Frauen los zur Garderobe.

Beltran begann zufrieden lächelnd, die Paprika und Auberginen zu schneiden.

Rámon hatte gerade das Gespräch mit dem Kultusminister beendet. Es war zufriedenstellend verlaufen. Nun musste er nur noch Fernando erreichen. Aber auch der erneute Versuch, ihn anzuwählen scheiterte, es ging ständig die Mailbox an. Er wurde wieder zornig. Seine Stimmung neigte in letzter Zeit öfters dazu, rasch umzuschlagen. Er riss wütend die Tür zum Flur auf.

„Dolores!", rief er. Sie antwortete nicht. „Verdammt noch mal, Dolores, wo bist du?", brüllte er.

Magdalena hatte ihren Chef gehört und eilte zu ihm.

„Die gnädige Frau ist zu ihren Eltern gefahren, das soll ich Ihnen von ihr ausrichten", sagte sie leise.

„So, ist sie das?", antwortete er und sie merkte an seiner Stimme, dass er vollkommen betrunken war.

Sie versuchte, vorsichtig zurück zu gehen und antwortete ihm:

„Ja, sie sagte, dass Sie etwas Ruhe bräuchten und sie Sie deshalb ein wenig allein lassen wollte."

„Na, dann steht uns ja jetzt nichts mehr im Wege, uns zu amüsieren, Schätzchen", meinte er und kam auf sie zu.

Magdalena begann zu zittern. Wenngleich sie früher auch immer drauf aus war, mit ihm Sex zu habe, so war das doch eher immer wegen den Geldzuschüssen, die sie von ihm bekam, nicht aber des Genusses willen. Jetzt, wo ihr seine Frau die 300,- € mehr angeboten hatte monatlich und Beltran sich zu ihr bekannt hatte, war sie weit davon entfernt, sich diesem Mann nochmals hinzugeben. Die Situation drohte zu eskalieren, denn in ihr wehrte sich alles, mit ihrem Chef noch mal ins Bett zu gehen.

„Heute muss ich zeitig zuhause sein, meine Oma ist krank, ich muss sie zum Arzt begleiten. Verzeihen Sie Don Rámon, bitte, heute nicht. Ich kann nicht", versuchte sie vorsichtig die Situation umzuwandeln.

Doch Rámon war nicht mehr zu bremsen. Er stürzte auf sie zu und riss sie an sich. Die kleine Magdalena hatte keine Chance zu entkommen. Ehe sie sich versah, riss er ihr fast animalisch sämtliche Kleider vom Leib und schliff sie hinter sich her in sein Schlafzimmer. Dort angekommen, warf er sie brutal aufs Bett. Magdalena schrie so laut sie konnte, aber ehe sie sich versah, hatte sie seine zwei Fäuste im Gesicht. Blut spritzte aus ihren Lippen und aus einer tiefen Wunde in einer ihrer aufgeplatzten Schläfen. Rámon riss sich seine Hose runter, drehte Magdalena auf den Rücken, und führte sein Glied brutal in ihren Anus ein. Magdalena schrie erneut, der Schmerz machte sie fast besinnungslos, aber sie durfte die Hoffnung nicht aufgeben, dass jemand sie hörte.

„Beltran, " wimmerte sie, „oh, Beltran, bitte rette mich!"

Beltran hatte zur gleichen Zeit die Paprika in kleine Streifen geschnitten. Als er den Schrei Magdalenas vernahm, reagierte er sofort. Er ließ das große, scharfe Küchenmesser aus der Hand fallen vor Schreck und rannte los so schnell er konnte, in Richtung, aus der der Schrei gekommen war. Er fand sich vor der Schlafzimmertür seines Chefs wieder. Ohne zu zögern öffnete er sie und erfasste das Bild innerhalb des Bruchteils einer Sekunde. Das Bett war blutverschmiert, Rámon kopulierte im Anus seiner Magdalena. Das war zuviel für Beltran. Er nahm Anlauf und stürzte sich auf Rámon. Sein Chef war viel zu betrunken und überrascht, um dem kräftigen Küchenchef etwas entgegensetzen zu können. Mit einem heftigen Fausthieb setzte Beltran ihn Schach Matt, hob Magdalena behutsam vom Bett hoch in seine Arme, und ging mit ihr zum Aufenthaltsraum der Angestellten. Dort legte er sie auf der dort stehenden Couch nieder, suchte hastig in ihrem Schrank nach anderen Sachen. Er nahm das Erstbeste was er fand, zog Magdalena um, denn sie war nicht in der Lage, auch nur irgendetwas eigenständig zu tun, seinen Anweisungen hätte sie nie folgen können, sie war traumatisiert, seelisch wie auch körperlich. Aus dem Verbandskasten, der an der Wand hing, nahm er zwei Kompressen heraus und deckte die Wunden behutsam damit ab. Dann hob er sie wieder mit seinen Armen hoch und trug sie hinaus aus dem Hause López Casasola. Dies war der letzte Arbeitstag der beiden dort, soviel war sicher. Beltran bettete Magdalena in seinem Auto nieder, startete den Wagen und fuhr direkt in Richtung Polizei. Was genug war, war genug. Magdalena wimmerte vor Schmerzen und Pein auf dem Rücksitz.

„Es ist gut, mein Kleines, alles wird gut, ich bin ja bei dir", flüsterte er fast tonlos. Dann liefen ihm Tränen an den Wangen hinunter.

-21-

Fernando offenbarte alles was er wusste. Er erzählte Kommissar Bourbon die ganze Geschichte, in allen Einzelheiten und noch so kleinsten Details. Er war geschockt über den Tod des Gärtners Juan José. Nicht nur das nicht schon der Tod von Isabel gereicht hätte, es durften keine weiteren Menschen sterben. Er musste das verhindern. Kommissar Bourbon schaute äußerst alarmiert, als Fernando seinen Vortrag beendete. Ersetzte sich in seinem Stuhl zurück, stellte die Fingerspitzen seiner beiden Hände spitz nach oben, so dass sie sich gegenseitig berührten, und lies dann seine Stirn darauf sinken. So saß er einen Moment, und Fernando schwieg und wartete ab. Dann begann derKommissar zu reden.

„Das ist eine ernste Geschichte,Don Fernando", sagte er.

„Ich weiß",erwiderte Fernando.

„Halten wir also mal folgendes fest: Allem Anschein nach haben wir es hier mit einer Art Mafia Methode zu tun. Was anfänglich für Sie noch halbwegs überschau war, ist eskaliert, indem wir es mittlerweile mit drei Morden zu tun haben. Und ich bin fest davon überzeugt, dass diese drei Morde alle unmittelbar miteinander zu verbinden sind.Sie haben sich in der Tat natürlich strafbar gemacht, von Ihrem Freund

Rámon wollen wir gar nicht erst reden, denn er hat sie dazu angestiftet. Aber Sie sind darauf eingegangen, sei es aus Geldgier oder einem anderen Motiv. Dass Sie sich letztendlich tatsächlich in die Witwe Isabel verliebt haben, ist für mich relativ unbedeutend. Auch hierfür müssten Sie mir erst mal Beweise bringen", erläuterte Bourbon.

„Es gibt ein Tagebuch von ihr, Doña Guadalupe hat sich daran erinnert, sie hat es gefunden und liest es gerade",meinte Fernando schwach zu seiner Verteidigung.

„Gut, wir werden das überprüfen, aber wir müssen dann auch sehen, ob dieses Tagebuch auch echt ist. Überprüfung der Handschrift der Verstorbenen, im Vergleich mit anderen Dokumenten, die sie nachweislich geschrieben hat. Das alles wird Sie aber nicht von Ihrer Schuld frei waschen. Sie verstehen mich richtig?", fragte der Kommissar.

„Natürlich", antwortete Fernando, „Sie wissen doch, dass ich deshalb hier bin, ich will ja gestehen was ich getan habe. Aber ich möchte nicht,dass weiter gemordet wird und wenn ich dies mit meinem Geständnis verhindern kann, nehme ich jede Strafe in Kauf, die mir auferlegt wird."

„Dann sind wir uns also einig. Erzählen Sie mir etwas über die Skulpturen. Oder wissen Sie davon nicht viel?", fragte Bourbon.

„Oh doch, diese Skulpturen sind von einzigartigem Wert. Eine entstammt einer Art jesuitischen Stil, sie nennt sich Jesin del Belén.

Sie wurde aus erstklassigem, arabischem Stein gefertigt. Die andere Skulptur stellt eine afrikanische Frau dar, die einen Tonkrug auf ihrem Kopf trägt. Diese afrikanische Frau soll die ehemalige Königin Saba des arabischen Reiches darstellen. Der Bildhauer hatte sie bewusst als einfache Tonkrugträgerin darstellen wollen, aus Liebe zu seiner Geliebten Eleonora. Eleonora stammte nämlich aus ärmlichen Verhältnissen, aber sie bewunderte und vergötterte geradezu die Königin Saba und die afrikanische Kultur und Geschichte. Der Bildhauer war verheiratet, eine Beziehung mit Eleonora von Dauer wäre unmöglich gewesen zu damaligen Zeiten, als Scheidungen noch verpönt waren und man deshalb von der Gesellschaft verachtet und ausgestoßen wurde. Beide Skulpturen haben einen geschätzten Wert von etwa 5 Millionen Euro",erklärte Fernando.

DerKommissar pfiff laut durch seine Lippen.

„Unglaublich, diese Skulpturen gehören wohl demnach eher in ein Museum, aber nicht in die Hände irgendwelcher Privatsammler", meinte er.

„Diese Ansicht kann ich nur vertreten", antwortete Fernando mit dem Kopf nickend.

„Don Fernando, ich will ehrlich zu Ihnen sein. Wenn wir Sie jetzt einer Verhandlung aussetzen, werden Sie ins Gefängnis kommen. Aber dort nützen Sie mir persönlich eigentlich nicht viel. Ich brauche Sie vielmehr frei. Ich möchte Ihnen einen Vorschlag machen", sagte Bourbon.

„Und der wäre welcher?", fragte ihn Fernando.

„Wenn wir einen Handel abschließen könnten, würde mir das wesentlich mehr bringen. Sie werden mir helfen die Fadenzieher dieser Geschichte mit zu entlarven, will heißen, ich mache Sie zu meinem Lockvogel. Sie bekommen natürlich verdeckten Polizeischutz, rund um die Uhr. Von jetzt an lassen wir Sie nicht mehr aus den Augen, denn Sie werden selber wissen, dass Sie, sobald Sie die Eigentumsrechte vomCortijo Isabel umschreiben lassen, eventuell ein toter Mann sein könnten. Diese Leute schrecken vor nichts zurück, glauben Sie mir. Jeder Mitwisser wird ermordet, auch wenn Sie das ganze Projekterst möglich gemacht haben, das interessiert niemanden hinterher. Hier geht es um Macht und Geld, und um sonst gar nichts. Den Sohn der verstorbenen Isabel und seine Frau müssen wir auch schützen. Mir scheint ebenso der Notar in Gefahr zu schweben. Wir werden also folgendes tun; Sie veranlassen, dass dieses *Geschäft* wie geplant weiter laufen wird. Sie lassen das Cortijo Isabel umschreiben auf den Namen Ihres Freundes Rámon. Danach werden wir diesen beobachten,wieerweitervorgehen wird.DerKultusminister undsein Stab werden überwacht, und jeder derSchrittediemandortunternehmen wird,werden verfolgt. Als erstes sollten Sie also in Kontakt treten mit diesem Rámon, veranlassen Sie die Überschreibung auf seinen Namen, Sie kassieren das ausgemachte Geld und geben mir es dann. Unser Beweismittel Numero eins. Da dies vor einem Notar stattfinden wird, haben wir eine Person, die die Transaktion bestätigen wird.

Sofern dieser Notar dann nicht auch noch umgebracht wird, aber das werden wir zu verhindern wissen. Danach wird Rámon überwacht, Sie brauchen nichts mehr zu tun. All dies wird sich mildernd auf Ihr Strafmaß auswirken, wahrscheinlich kommen Sie mit einer Bewährung davon. Ich werde das jedenfalls für Sie in die Wege leiten, wenn die große Bombe dann platzten wird und alle auf der Anklagebank sitzen werden."

„Das klingt alles vernünftig", meinte Fernando. „Aber wie schützen wir die Skulpturen?"

Bourbon schaute ihn ernst an.

„Sie wissen, wo sie sich befinden in diesem Cortijo Isabel?", fragte er.

„Ja, natürlich, es ist ein sehr sicherer Platz, aber ich hoffe sie werden noch dort sein. Ich weiß nicht, warum der Gärtner ermordet wurde, aber es könnte sein, das er wusste wo die Skulpturen standen und es unter Todesangst sagen musste. Ist nur so eine Vermutung von mir, ich hoffe, dass das nicht so sein wird", meinte Fernando skeptisch.

„Gut, Sie könnten eventuell Recht haben. Fahren Sie in das Cortijo, so schnell wie möglich, und sehen Sie nach. Ich werde zwei Männer in sicherer Entfernung hinterherschicken. Wenn Sie die Skulpturen finden sollten, übergeben Sie sie bitte an die Beamten. Ich werde Ihnen die Mobiltelefone der Herren mitteilen. Sie werden genaue Anweisungen bekommen, wie die Skulpturen in Sicherheit gebracht werden. Wir werden die Originale gegen Fälschungen tauschen. Denken Sie daran, niemand darf merken, was Sie vorhaben, sonst fliegt unser Plan auf. Erledigen Sie das mit Rámon direkt danach, ja?", fragte er Fernando.

In diesem Moment trat seine Sekretärin ein. Sie flüsterte ihrem Chef leise zu, damit Fernando es nicht mitkriegte:

„Chef, wir haben hier ein Vergewaltigungsopfer. Es ist eine der Angestellten des Großfabrikanten Rámon López Casasola. Ihre Begleitung sagte uns, dass Rámon Casasola sie höchstpersönlich vergewaltigt hätte."

Fernando konnte allerdings jedes Wort verstehen und zuckte erschrocken zusammen. Das konnte doch wohl nicht wahr sein? Nie hätte er seinen Freund so eingeschätzt, dass er solche Sachen tat.

Die Sekretärin verschwand wieder und Bourbon erhob sich.

„Auch das noch, Sie haben das sicher mitgekriegt. Gerade jetzt muss verhindert werden, dass Rámon verhaftet wird. Wir werden eine geringe Kaution aussetzen, damit er rasch wieder frei kommt. Ich schicke Ihnen die zwei Beamten rein, die Sie ins Cortijo Isabel begleiten werden. Wir telefonieren später, ich muss rüber zu dem Vergewaltigungsfall. Bis später." Er reichte Fernando die Hand.

„Ist gut, also, bis später dann", erwiderte Fernando und blieb wartend sitzen, wie ihm befohlen.

Indessen begab sich Bourbon ins Nebenzimmer, wo er die vergewaltigte Magdalena und Beltran vorfand. Magdalena traute sich nicht aufzuschauen vor Scham, vergrub ihre Hände vor ihrem Gesicht. Beltran hielt schützend ihre Arme um ihre Schultern.

„Ich bin Kommissar Bourbon", sagte Phillipe und reichte Beltran die Hand. Magdalena bot er seine Hand gar nicht erst an, er kannte Vergewaltigungsopfer nur zu gut, sie standen unter Schock und bekamen meist gar nicht mehr mit, was um sie herum passierte.

„Erzählen Sie bitte, ich denke die junge Dame wird dazu nicht in der Lage sein", forderte er Beltran leise und freundlich lächelnd auf.

„Er hat sie brutal vergewaltigt, Sie sehen ja wie sie zugerichtet ist. Er muss sie geschlagen haben, ich kam wohl erst dazu, als er sich sexuell an ihr vergangen hatte. Ich hab ihn nieder geschlagen und Magdalena daraus geholt und sofort hier her gebracht",schnaufteBeltran vor Wut hervor.

„Das haben Sie gut gemacht. Die meisten Vergewaltigungsopfer wollen meist nicht aussagen aus Scham, oderweilsie abhängig sind von der Person, die ihnen das angetan hat", erwiderte Bourbon wissend.

Magdalena nahm die Hände vom Gesicht, sie sah schlimm aus; die aufgeplatzte Schläfe wollte nicht aufhören zu bluten, die Lippen waren dick angeschwollen und aufgerissen, und in ihrem Gesicht machten sich zwei große Hämatome breit von Rámons Fausthieben.

Sie sagte schluchzend:

„Ich kann ihn nicht anzeigen, ich brauche doch das Geld. Wie soll ich meine Eltern und meine Großeltern denn ernähren?", weinte sie.

„Oh doch, du musst dieses Schwein anzeigen. Wegen dem Geld mach dir keine Sorgen, ich werde mich darum kümmern", erwiderte Beltran.

„Aber du hast doch jetzt keinen Job mehr, Du hast ihn nieder geschlagen, in seinem Haus wirst du sicher nicht weiter arbeiten können", meinte Magdalena verzweifelt.

„Darüber mach dir keine Sorgen, ich kann morgen sofort woanders anfangen, und dort finden wir sicher auch Arbeit für dich. Aber erst mal wirst du dich erholen. Ich habe genug Geld gespart, um Euch alle zu versorgen", sagte Beltran sicher.

Bourbon unterbrach diese Konversation nur ungern, aber er musste es tun, sonst würden sie hier keinen Schritt weiter kommen.

„Ihr Name ist Magdalena Jímenez?", fragte er Magdalena nun sanft.

„Ja", antwortete Magdalena immer noch schluchzend.

„Schauen Sie, Doña Jimenez, es steht Ihnen natürlich frei Anzeige zu erstatten oder nicht, aber glauben Sie mir, auch wenn es Ihnen jetzt direkt danach noch schwerfällt, darüber zu reden, es wird sich später für Sie und eventuell viele weitere Frauen auszahlen. Männer, die eine solche Tat begehen, gehören bestraft. Was halten Sie davon, wenn wir Ihnen zunächst einmal unsere Psychologin Dr. Segura Garro vorstellen und Sie sich ein wenig mit ihr unterhalten? Völlig zwanglos, und danach können Sie dann frei entscheiden?" Bourbon sprach bewusst sanft, aber auch bittend, so dass Magdalena gar nicht anders konnte. Sie willigte ein.

„Gut, dann werde ich Sie mal zu unserer Frau Doktor Segura Garro begleiten. Kommen sie bitte mit mir", forderte er sie auf.

Beltran schaute ihn fragend an.

„Sie können natürlich mitkommen", bemerkte Bourbon einfühlsam.

„Danke, es ist wahrscheinlich auch am besten, wenn ich sie begleite", erwiderte Beltran dankbar.

Im Sprechzimmer der Ärztin angekommen. nahmen die beiden Platz, nachdem Bourbon der Psychologin kurz erläuterte hatte, um was es ging.

Bevor er wieder aus dem Zimmer trat, sagte er noch eindringlich: „Doña Jímenez, sollten Sie sich für eine Anzeige entschließen, melden Sie sich dann bitte sofortwieder in meinem Büro. Es wäre gut, wenn wir diesen Mann dann gleich fest nehmen könnten, bevor er sich aus dem Staub machen kann." Er zwinkerte ihr verschwörend zu und schloss die Tür hinter sich. Er hatte bewusst keine Antwort abgewartet. Das war psychologisches Geschick. Mit dieser Methode konnte er in 90 % der Fälle erreichen, dass die geschändeten Frauen wirklich Anzeige erstatteten.

-22-

„José Francisco, hör doch mal", sagte Guadalupe aufgeregt.

Ihr Mann schaute von seinem Buch hoch, das er gerade in der Hand hielt. Es war ein Exemplar von Heleno Saña mit dem Titel: „Die Lüge Europas". Es war äußerst interessant, aber als er feststellte, das

Guadalupe ihm eine Passage aus dem Tagebuch seiner Mutter vorlesen wollte, legte er sein Buch rasch zur Seite.
Wie könnte Heleno Saña auch nur annähernd mit meiner Mutter mithalten?, dachte er für sich.
„Also, pass auf, ich les mal vor!", rief sie aus, rutsche ein wenig zu ihm aufs Sofa rüber, und begann aus dem Tagebuch zu zitieren:

13. August 2008

Fernando hat die Skulpturen von Jóse Maria Berenguel Ruiz begutachtet. Er sagte mir, dass ihr Wert unschätzbar hoch wäre. Ich solle gut darauf Acht geben. Mir war zwar bewusst, dass ich da zwei kleine Kostbarkeiten besitze, aber dass sie so hoch im Wert liegen sollen, einfach unfassbar. Ich werde diese Skulpturen niemals hergeben, sie sind mein ein und alles, und ich werde durch sie immer wieder an Ignacio erinnert. Er hatte sie mir doch zu unserer Hochzeit übergeben mit den Worten:
-Liebling, ich übergebe sie dir, sie sind seit Jahrhunderten in Familienbesitz, aber ich möchte dass sie nur dir alleine gehören. Wenn du mal nicht mehr sein wirst, sollen sie in die Hände unseres Sohnes gehen.-

Ignacio muss mich wirklich über alles geliebt haben. Aber ich habe heute auch eine Neuigkeit für mein Tagebuch: Ich habe mich neu verliebt, das, was ich niemals gedacht hätte, ist eingetroffen: Fernando hat mein Herz erobert.

„Es ist herrlich, das mit ihr und Fernando zu lesen. Sie war wirklich ganz stark verliebt in ihn", meinte Guadalupe verträumt.
„Na ja, meine Begeisterung hält sich in Grenzen. Ich mag den Kerl nicht sonderlich", antwortete José Francisco säuerlich. „Jeder andere, nur nicht dieser Fernando."
„Nun sei doch nicht so. Klar, hat er etwas Dreck am Stecken, aus seinem vorherigen Leben, aber ich zweifele nicht einen Moment an seiner aufrichtigen Liebe, die er für deine Mutter empfunden hat", erwiderte Guadalupe milde. „Aber hör doch mal weiter zu:"

18. August 2008

Fernando hat mir ans Herz gelegt, die Skulpturen besser geschützt aufzubewahren. Ich habe so gemeinsam mit Juan José einen neuen Platz gefunden, wo sie sicherer untergebracht sind. Er hat in der Außenanlage eine kleine Höhle geschaffen, ein wahres Kunstwerk, das mein Gärtner dort vollbracht hat. Er sagt, sobald der Efeu drüber gewachsen wäre, könnte man die Skulpturen dort unterbringen. Er würde den Efeu dann so zu Recht schneiden, dass ich ihn praktisch jederzeit wegfalten könnte, wenn ich Zutritt zu dieser Höhle haben will. Er hat mir auch eine dezente Innenbeleuchtung angebracht, so dass die Skulpturen in einem einmaligen Licht getaucht sind. Einfach nur herrlich.

„Das heißt, Juan José hat von den Skulpturen gewusst. Wahrscheinlich musste er deshalb sterben", meinte José Francisco nervös.

„Wir müssen hin und die Höhle suchen. Nicht auszudenken, wenn sie nun weg wären. Lass uns sofort hinfahren." Guadalupe sprang auf und zog ihm am Handgelenk.

„Stopp, Stopp, Stopp, ich glaube du verrennst dich da in was." José Francisco zog sie wieder zu sich aufs Sofa. „Jetzt hör mir mal zu; du bist im vierten Monat schwanger, denkst du nicht, es wäre mal an der Zeit, an unser zukünftiges Baby zu denken, statt an Aufklärungen von möglichen Verbrechen?", fragte er sie eindringlich.

„Na hör mal, mir geht es doch gut, du erwartest doch nicht von mir, dass ich hier tatenlos sitzen bleibe, nur weil ich schwanger bin?", fragte sie ihn erstaunt.

„Eben, siehst du, genau darum geht es; du sagst, dir geht es gut. Du darfst aber nicht nur an dich denken. Du hast ein Baby im Bauch, unser Baby, wir dürfen es nicht gefährden", meinte er eindringlich.

„Aber ich gefährde es doch gar nicht, nur weil ich nachschauen will, ob die Skulpturen noch da sind", widersprach sie.

„Oh doch, das tust du sehr wohl. Es sind drei Morde passiert und du würdest es glatt darauf ankommen lassen, dass du auch noch ermordet wirst? Und das Baby dann mit dir? Und ich komm dann womöglich mit dem Leben davon, und werde mir die Augen ausweinen, weil ich alle Menschen, die ich liebe, dann wirklich verloren hätte? Du darfst nicht so egoistisch denken, Guadalupe, das ist nicht fair anderen gegenüber", meinte er enttäuscht über ihre Denkweise.

Guadalupe schien zur Besinnung zu kommen. Sie lehnte ihren Kopf nun an seine Brust und erwiderte:

„Du hast vollkommen Recht, wie konnte ich nur so einfältig denken. Verzeih mir, Liebster, bitte", flüsterte sie nun reumütig.

„Aber wir sollten auf alle Fälle den schlauen charmanten Franzose darauf hinweisen, dass Juan José sicherlich den Aufbewahrungsort der Skulpturen kannte", meinte José Francisco.

„Da hast du Recht", bejahte Guadalupe. Sie grübelte einen Moment lang, und fragte dann ihren Mann:

„Sag mal, die Angestellten, wer zahlt die eigentlich für ihre Arbeit auf dem Cortijo Isabel?"

„Das ist eine interessante Frage. Entweder Fernando, ich könnte mir vorstellen, dass meine Mutter einen Fond dafür eingerichtet hat, für den Fall eines Falles. Oder aber dieser Freund von Fernando, Rámon hieß er, glaube ich", mutmaßte José Francisco.

„Ja, das wäre möglich. Am besten wird sein, wir fragen mal Fernando danach. Das Cortijo gehört zwar nicht mehr dir, aber irgendwie fühlt man sich doch immer noch verantwortlich, oder wie siehst du das?"

José Francisco nickte.

„Also, ich für meinen Teil schon. Noch dazu will Fernando es mir ja wieder überschreiben, oder mich zumindest schon mal als Erbe einsetzten, falls ihm etwas passieren sollte. Ich hoffe bei Gott, dass nicht noch ein Mord passieren wird. Dein Franzose, dieser Kommissar, lebt gefährlich. Womöglich ist er der nächste", sagte er nachdenklich.

Guadalupe schnaubte entrüstet durch ihre Nasenflügel.

„Er ist nicht MEIN Franzose, was erzählst du denn da?", rief sie empört aus.

„Wieso sollte er es nicht sein, er hat doch so einen charmanten Akzent, der dir ja soooo gut gefällt",neckte er sie.

„Oh, du Mistkerl,na warte nur,dir kann man aber auch gar nichts erzählen",erwiderte sie und nahm das erstbeste Sofakissen, das sie fand und begann, es nach ihmzu werfen. Der Abend endete so ausgesprochen wild und fröhlich imHause Rodriguez.

-23-

Es klingelte an der Haustür von Rámon Casasola. Ein Bediensteter öffnete und meldete aufgeregt den Besuch bei Rámon an. Ein Kommissar mit zwei Beamten wollte mit seinem Chef reden. Das machte den Angestellten Mariano sehr nervös. Er fragte sich, warum sein Chef einen solchen Besuch bekam. Rámon trug es gefasst, lässig ging er zur Tür und begrüßte die Herren. Aber seine Eleganz und sein anscheinend souveränes Auftreten konnten nicht verhindern, dass er sofortfest genommen wurde.

„Verdammt noch mal, was solldas, lassen Sie mich los!", rief er aus, alsman ihm Handschellen anlegte und zu demwartenden PKW brachte.

Kommissar Bourbon wies ihn auf seine Rechte hin und erklärte ihm den Grund seiner Verhaftung kurz und knapp.

„Sie haben Ihre Angestellte Magdalena Jímenz missbraucht und vergewaltigt. Es gibt einen Zeugen. Ihre Chancen stehen schlecht, dass Sie aus dieser Sache ungeschoren herauskommen werden, also halten Sie sich zurück."

„Diese Schlampe, sie wollte es doch, sie hat mich förmlich angefleht, sie zu vögeln, was soll das also alles?", fragte Rámon erbost.

„Die Untersuchungen haben ergeben, da sie gewaltsam genommen wurde, von freiwillig kann da keine Rede sein. Aber der Richter wird das schon klären", antwortete Bourbon trocken.

„Und nun halten Sie Ruhe bis wir auf dem Kommissariat angekommen sind."

Rámon schwieg und sein Verstand arbeitete messerscharf. Gerade jetzt, kurz vor der Umschreibung des Cortijos Isabel, kam er in diese verzwickte Situation.

„Diese verdammte Hure von Magdalena, dachte er sich, *ich werde schon dafür sorgen, dass sie in Zukunft schweigen wird.*

Er konzentrierte sich auf das folgende Telefongespräch, dass er mit dem Kultusminister führen würde. Er musste ihn hier rausboxen. Anders würde es nicht gehen. Nachdem er seine innere Sicherheit wieder zurückgewonnen hatte, weil er sich ganz sicher war, dass José Carlos ihn nicht hängen lassen würde, belächelte er seine Festnahme nun eher, als das er sie ernst nehmen würde. Im Kommissariat angekommen, musste er zunächst einmal alle Fragen beantworten, die Bourbon an ihn gerichtet hatte. Rámon stellte die Geschichte völlig anders dar, als es Beltran und Magdalena getan hatten.

„Wie dem auch sei, der Zeuge ist ausschlaggebend. Sie werden in Untersuchungshaft genommen. Übermorgen wird Ihre Kaution festgesetzt, dann könnten Sie eventuell vorläufig noch mal auf freiem Fuß sein, vorausgesetzt, Sie können die Kaution auch bezahlen", meinte Bourbon angewidert. Dieser Rámon stieß ihn ab, nicht nur weil er sich ganz sicher war, dass er diese Vergewaltigung tatsächlich begangen hatte, sondern auch wegen der Geschichte um das Cortijo Isabel.

„Ich will telefonieren, das steht mir zu", trumpfte Rámon auf.

„Ja, natürlich, hier bitte!" Bourbon drehte das Festnetztelefon in seine Richtung.

„Alleine, wenn ich bitten darf", sagte Rámon scharf.

Bourbon zog eine Augenbraue hoch.

„Ich habe kein persönliches Interesse daran Ihr Gespräch mit anzuhören", sagte er und stand auf, um den Raum zu verlassen.

Rámon atmete erleichtert auf. Er wählte die Nummer von José Carlos an.

„José Carlos, ich bin es, Rámon!", rief er in den Hörer.

„Oh, gut, alter Freund, was gibt es, geht es voran in unserer Sache?", fragte er neugierig.

„Hör zu, ich sitze hier im Kommissariat, man hat mich fest genommen, weil ich angeblich meine Angestellte vergewaltig haben soll. Man, du weißt ja wie diese Mädchen sind, wenn die mit einem reichen Mann vögeln wollen, wie ich es bin, lassen die sich alles mögliche einfallen. Sicher will sie mich erpressen hinterher, wenn ich hier wieder raus bin, und wollte mir erst mal nur einen Schrecken einjagen, kannst Du mich hier raus holen? Ich muss doch das Geschäft mit Fernando erledigen. Ausgerechnet jetzt, verdammter Mist."

José Carlos musste lachen.

„Nun, bleib ruhig, mein Freund, ich werde alles in die Wege leiten. Euer Kommissar ist Phillippe de Bourbon, nicht wahr?"

„Ja, dieser aufgeblasene Franzose aus Madrid, ein widerlicher, schleimiger Kerl, kann ich dir sagen", antwortete Rámon.

„Kein Problem, ich werde dem Froschfresser schon das Maul stopfen. Spätestens morgen früh wirst du frei sein. Und die Anklage werden sie fallen lassen, ich habe die nötigen Richter für so was. Klär das aber dann sofort mit Fernando, das Cortijo muss auf deinen Namen überschrieben werden, noch in dieser Woche. Ich brauche es so schnell wie möglich. Die Projekte für das Subventionsprogrammwerden gerade vorbereitet, und auch die Anträge für die Gutachter habe ich erledigt, wegen dem Denkmalschutz. Ein Kulturmuseum dort drin habe ich auch schon in Planung. Allesläuft also Bestens. Du wirst bald ein noch viel reicherer Mann sein, als du es jetzt schon bist, Rámon",sagte José Carlos. Er schwiegeinen kurzen Moment und sagte dann:

„Sag mal, hast du das Mädchen wirklich vergewaltigt?"

„Wie könnte sich so ein Mädchen je vergewaltigt fühlen?", konterte Rámon nur grinsend und legte auf.Er sah allem Weiteren nun gelassen entgegen.

-24-

Fernando lief den gepflasterten Weg im Park des Cortijos Isabel entlang. Der Park war etwa 3000 qm groß, und bis zu der Stelle, wo der Efeu angepflanzt war, gab es noch einiges zu laufen. Die Geheimbeamten folgten ihm unauffällig. Sie gingen durch das Dickicht des Parks.

Wie eh und je genoss Fernando diesen Spaziergang durch diese herrliche Anlage. Er kam an der *tanzenden Schlange* vorbei, eine Skulptur, die er selber gefertigt hatte für Isabel. Es war immens viel Arbeit gewesen diese Skulptur aus Stein auszuarbeiten. Die Schlange schien sich aufzubäumen und gleichzeitig zu liegen, es war ein wahres Meisterwerk. Nur wenn man Passion für eine Sache besaß, war man in der Lage eine solch prachtvolle Skulptur anzufertigen. Wehmütig dachte Fernando an Isabel zurück. Er fühlte einen körperlichen Schmerz, seine Brust wurde enger, sein Herz schmerzte. Tränen stiegen wieder in ihm hoch und so begann er schneller zu laufen. Er musste die Skulpturen in Sicherheit bringen, das war er Isabel schuldig. Dieser Gedanke machte ihn wieder stark. Er besann sich auf das, was er tun wollte. Bald würde die Stelle mit dem Efeu kommen. Noch zwei Biegungen. Und da war sie auch schon; der Efeu war hoch gewachsen und erstreckte sich über eine etwa vierzig Meterlange, bergige Sand- und Steinwand. Fernando musste nicht lange suchen, er kannte exakt genau die Stelle, an der der Efeu zugänglich war. Er machte sich daran, die Rankpflanze auseinander zu klappen und durchzuschlüpfen. Hinter dem Efeu verbarg sich eine sandfarbene Tür, die in das Innere der etwa 15 qm großen Höhle führte. Fernando schaltete das Licht ein. Er musste einmal tief Luft holen, und stieß einen Seufzer der Erleichterung hervor. Die Skulpturen waren noch da. Zum vorläufig letzten Mal bewunderte er sie noch mal aufs Neue. Dann ging er wieder aus der Höhle hinaus, um nach seinen Begleitern Ausschau zu halten. Sie waren in kürzester Zeit an seiner Seite.

„GottseinDank, sie sind noch hier", meinte Fernando leise und deutete auf die Höhle.

„Gut, ich würde vorschlagen, Sie fahren wieder zurück. Wir werden uns um einen unauffälligen Abtransport kümmern", sagte einer der Spezialbeamten.

„Dann werde ich das tun. Seien Sie äußerst vorsichtig, ich hoffe Sie wissen, welchen Wert diese Skulpturen haben, sowohl in finanzieller Hinsicht, als auch ihr historischer Wert", bemerkte Fernando noch, bevor er die Hand zum Gruß hob und sich wieder auf den Rückweg machte durch den großen Park. Hier im Schatten der hohen Bäume war die Hitze, die wieder mal herrschte, halbwegs zu ertragen. Aber durstig wurde er trotzdem. Er beschloss, beim Haus angekommen, hinein zugehen um sich etwas Wasser zu holen. An der Haustür angelangt fasste er in seine Hosentasche, um den Schlüssel hervor zu holen, als sich plötzlich eine Hand auf seinen Arm legte. Fernando

fuhr erschrocken herum, aber die Person die vor ihm stand legte sogleich einen Zeigefinger auf ihre Lippen und wisperte leise:
„Pssssssssssst, nicht hier reden."
Fernando erkannte die Wäschefrau Marie Salud. Er schloss das Haus rasch auf und zog sie hinein.
„Was ist los, Marie Salud?", fragte er die kräftige Spanierin besorgt. Er kannte die Wäschefrau, seit er mit Isabel zusammen war.
„Juan José, er wusste wo die Skulpturen waren. Als die Männer kamen, um sie zu holen, hat er ihnen mit keinem Wort verraten, wo sie sich befanden. Deshalb musste er sterben."
Die alternde Frau begann zu zittern vor Angst, ihre Stimme war brüchig.
„Don Fernando, wir haben alle Angst, wer wird als nächstes ermordet werden?", fragte sie ihn mit Tränen gefüllten Augen.
„Bleiben Sie ruhig, Marie Salud", versuchte er sie zu beruhigen. „In Anbetracht der Umstände würde ich sagen, dass ich sie alle erst einmal vom Dienst befreie. Lassen Sie sich hier nicht mehr blicken, bis alles aufgeklärt sein wird und keine weitere Gefahr für unsere Angestellten besteht. Mein Gott, warum habe ich das nicht direkt nach dem Tode Isabels in die Wege geleitet? Juan José hätte nicht sterben dürfen. Sie werden alle ihren Lohn weiter gezahlt bekommen, darüber machen Sie sich bitte keine Sorgen. Haben Sie die Männer gesehen, die die Skulpturen stehlen wollten?", fragte er sie eindringlich.

Marie Salud dachte kurz nach.

„Ich würde sie sicher wieder erkennen, es schienen Katalanen zu sein, dem Akzent nach zu urteilen", antwortete sie schließlich.

„Gut, Sie werden das Kommissar Bourbon erzählen müssen", sagte er. Marie Salud riss angstvoll die Augen auf.

„Keine Sorge, Sie werden geschützt werden, das verspreche ich Ihnen. Lassen sie uns morgen früh ins Kommissariat gehen. Soll ich Sie nach Hause begleiten?", fragte er sie.

„Nein, danke, ich hab doch mein altes Fahrrad", meinte sie.

Bei der Vorgestellung, die alternde Frau auf einem klapprigen alten Fahrrad nach Hause zu schicken, wurde es Fernando ganz weich ums Herz.

„Ich bringe Sie heim, das Fahrrad packen wir in den Kofferraum. Morgen früh hole ich sie ab, gegen 10.00 Uhr, ist das O.K. für Sie?"

Diese nickte nur.

„Wo steht Ihr Fahrrad? Ich werde es einladen, kommen Sie, meine Liebe." Er reichte ihr schützend den Arm und Marie Salud hing sich dankbar bei ihm ein.

-25-

Bourbons Gehirn arbeitet auf Hochtouren. Was lief hier? Er hatte vor 10 Minuten einen Anruf vom Polizeipräsidenten erhalten. Er wurde zurückgeordert nach Madrid. Man hatte ihm Honig um den Bart geschmiert und ihm erzählt, er würde dort dringend gebraucht, wegen eines Kapitalverbrechens, ein anderer könnte diesen Fall nicht lösen. Das war zumeinen zwar sehr schmeichelhaft für ihn, aber zum anderen passte der Zeitpunkt gerade jetzt überhaupt nicht, für den Rückweg nach Madrid. Er hatte hier in Almería einen fetten Fisch an der Angel, und er wollte diesen Fall aufklären. Wenn er nun nach Madrid musste, hätte er keine Befugnis mehr für die Provinz Almería, und ein anderer an seiner Stelle würde den Fall übernehmen. War das ein abgekartetes Spiel? Wollte ihn jemand hier rauskicken? Ausgerechnet jetzt? Rámon saß in Untersuchungshaft, Mendcz war umgebracht worden, der Gärtner, Isabel? Sollte er es als Wink mit dem Schicksal nehmen, dass jemand ihn hier raus holen wollte, bevor er auch noch draufgehen würde? Er war sich sicher, dass derjenige, der hier seinen Job weiter machen würde, gekauft war. Rámon würde ohne Probleme aus dem Vergewaltigungsfall entlassen werden, der Polizeischutz für José Francisco und Guadalupe würde aufgehoben werden. Und Fernando wäre ein toter Mann, sobald die Umschreibungen durchgeführt wären. An die wertvollen Skulpturen wollte er gar nicht denken. Er musste seine Versetzung nach Madrid verhindern. Es musste doch eine Möglichkeit geben, dem Polizeipräsidenten diesen Fall zu erklären? Aber wenn er auch gekauft war? Möglicherweise steckte er mit dem Kultusminister unter einer Decke? Bourbon überlegte und überlegte. Was war zu tun? Er entschloss sich für den Weg nach vorne, ohne aber viel zu verraten. Denn falls der Polizeipräsident auch mit unter einer Decke steckte, musste er Vorsicht walten lassen. Er suchte nach einer Ausrede. Wie lange würde er in etwa noch brauchen, um den Fall aufzuklären? Drei bis 4 Wochen schätzte er, wenn er fleißig dran blieb. Er musste eben delegieren; Arbeiten, für die er nicht unbedingt gebraucht wurde, konnte er an andere Bedienstete weiterleiten und sich nur noch auf den Fall Cortijo Isabel konzentrieren. Und er brauchte Hilfe von vertrauenswürdigen Kollegen von früher. Er dachte daran, Kontakt zu seinen alten Freunden Ricardo und Samuel aufzunehmen. Die beiden waren schon außer Dienst, waren aber seinerzeit, alssie noch fürdie Polizei arbeiteten, die brillantesten Hauptkommissare im ganzen Land gewesen. Nun fühlte sich Bourbon inspiriert. Es kam ihm fast vor wie in der Geschichte der drei Musketiere. Mit ihrer Hilfe würde er die drei Verbrechen in null Komma nichts aufklären, dessen war er sicher. So entschloss er sich den Polizeipräsidenten anzurufen, um noch 3 Wochen Aufschub zu bekommen.

„Don Pablo", sagte er, als er zum Polizeipräsidenten durchgestellt wurde. „Hier spricht Bourbon."

„Ah, mein Freund Bourbon. Haben Sie es sich überlegt?", fragte Don Pablo.

„Allerdings, also ehrlich gesagt, habe ich von dieser Provinz hier die Nase gestrichen voll. Madrid käme mir also sehr gelegen. Allerdings würde ich gerne noch drei oder vier Wochen abwarten. Wegen einer persönlichen Sache, Sie wissen schon, es geht um Frauen. Da ist eine Dame, die sich einbilden könnte, dass ich wegen ihr zurückkomme. Sie wird nächsten Monat nach Brasilien reisen, da wäre mir der Wechsel lieber. Könnten wir das so machen?", fragte er.

Der Polizeipräsident war alles andere als begeistert, konnte aber nicht anders, als dem Plan von Bourbon zuzustimmen. Alles andere wäre zu auffällig gewesen.

„Gut, dann machen wir das so. Sie sagen mir Bescheid, wenn Sie zurückreisen werden, ja?", fragte er Bourbon.

„Selbstverständlich, sobald ich das genaue Datum weiß. Ich danke Ihnen. Lassen Sie es sich gut gehen", beendete Bourbon das Gespräch.

Er seufzte einmal tief durch. Einer plötzlichen, inneren Eingebung folgenden ging er zu seiner Bürotür und verschloss sie von innen. Dann begann er, nach versteckten Wanzen zu suchen. Alles an dem Fall Cortijo Isabel erinnerte ihn an zwei vorhergehende Mafia – Fälle. Er hatte diese erfolgreich lösen können. Das lag schon Jahre zurück, aber er hatte danach lange Zeit ziemlich gefährlich gelebt. Man hatte ihm nach seinem Leben getrachtet, aber er war gut aus der Sache heraus gekommen. Es schien ihm erforderlich, auch in diesem Fall alle wichtigen Vorsichtsmaßnahmen zu treffen. Er begann mit seiner Suche an den Stellen, an denen Wanzen gerne angebracht wurden; unter dem Schreibtisch, an den Garderobenhaken, unter dem Festnetztelefon. Er filzte sein gesamtes Büro durch. Es war sauber. Dann begann er seine Schuhe auszuziehen. Mit Präzision begutachtete er sie und tastete sie ab. Sein Instinkt hatte ihn richtig geleitet; unter dem linken Absatz einer seiner Schuhe erfühlte er eine winzig kleine Erhebung. Er suchte nach der Schere, die für gewöhnlich auf seinem Schreibtisch in einer Halterung steckte. Glücklicherweise war sie an ihrem Platz, was in einem Büro durchaus nicht üblich war. Immer wenn man den Locher, den Brieföffner oder eben die Schere suchte, waren genau diese Utensilien verschwunden, weil sie ein Kollege gerade gebraucht hatte. Mit der Schere bewaffnet, begann Bourbon an dem Absatz herum zu pulen. Mit Erfolg; er hatte die Wanze binnen weniger Sekunden in der Hand. Er vernichtete sie sofort. Sicherheitshalber prüfte er noch seine weitere Kleidung, konnte aber keine erneute Wanze entdecken. Er fragte sich, wann und wo sie in seinem Schuh deponiert worden war. Die einzige Möglichkeit wäre, dass man sie in seinem Haus eingebaut hatte. Bei diesem Gedanken war ihm nicht ganz wohl. Warum hatte er das nicht bemerkt? Er, die Super-Spürnase. Nun konnte ihn erst recht niemand mehr davon abhalten, mit seinen Freunden zu telefonieren. Er tat das rasch und mit gedämpfter Stimme. Es wurde ein baldiges Treffen arrangiert. Dann schloss er sich mit Fernando kurz.

„Fernando, hören Sie mir zu", sagte er, als Fernando das Gespräch annahm. „Die Sache spitzt sich zu, ich soll zurückversetzt werden nach Madrid. Ich denke, irgendjemand will nicht mehr, dass ich meine Nase länger in diesen Fall stecke. Legen Sie los, machen Sie die Umschreibung fertig. Erst dann kommen wir weiter. Wenn es geht morgen noch",beschwor er Fernando.

Fernando konnte die Dringlichkeit aus seiner Stimme entnehmen.

„Natürlich, ich rufe gleich Rámon an. Aber entgeht dann José Francisco nicht sein rechtmäßiges Erbe?"

„Sorgen Sie dafür, dass Sie ein Testament aufsetzen, für den Fall des Falles. Denn wenn der Fall aufgedeckt wird, geht das Cortijo Isabel wieder rechtmäßig an Sie zurück. Dann können Sie es ihm überschreiben. Aber falls etwas passieren sollte mit Ihnen, was ich nicht hoffe, wäre zu mindestens José Francisco begünstigt in diesem Falle."

Fernando dachte kurz nach.

„Das scheint mir eine gute Lösung, man weiß nie. Ich werde den Notar von Isabel darum bitten. Wird er derzeit eigentlich geschützt von ihren Leuten?"

„Ja", erwiderte Bourbon, „er braucht sich nicht zu sorgen."

„Noch etwas", erwiderte Fernando, „die Wäschefrau vom Cortijo hat mir erzählt, dass Juan José unter Druck gesetzt wurde, von zwei katalanischen Männern, die die Skulpturen an sich bringen wollten. Deshalb musste er sterben. Marie Salud bestätigte mir, dass sie die

Männer wieder erkennen würde. Soll ich sie morgen mal bringen zwecks Phantombilder erstellen oder Verbrecherkartei durchsuchen?"
Bourbon freute diese Information sehr. Alles, was zur Aufklärung dieses Falles in kürzester Zeit beitragen könnte, kam ihm wie gerufen.
„Sicher, natürlich, bringen Sie sie her, gleich morgen. Wir sehen uns dann, ja?", erwiderte Bourbon.
„Gut, so verbleiben wir. Bis morgen."

-26-

Richter Marcos Ruiz Berenguel schaute kurz noch mal die Unterlagen durch. Dann begab er sich in den Gerichtssaal. Er musterte die Anwesenden eindringlich. Der Angeklagte Rámon Casasola wirkte entspannt und ruhig. Die Klägerin Magdalena Jímenez rutschte nervös auf ihrem Stuhl hin und her, und presste die Hände ständig gegeneinander. Richter Berenguel erhob sich, alle Anwesenden ebenso.
„Im Namen des spanischen Gerichtes von Almería eröffne ich hiermit die Verhandlung im Falle Jímenez/Casasola", begann er und setzte sich wieder.
Sein Assistent las die Anklageschrift laut vor.

„Der Angeklagte Rámon Casasola trete bitte vor, um zu seiner Verteidigung Stellung zu nehmen", forderte der Richter dann Rámon auf.

Gelassen erhob sich Rámon. Er hatte auf das Tragen eines perfekten Anzuges geachtet, sein Erscheinungsbild war einwandfrei, niemand hätte je vermutet, dass dieser Mann eine seiner Angestellten verprügelt und vergewaltigt hatte.

„Erzählen Sie uns, was am besagten Morgen geschehen ist", bat Berenguel.

„Nun ja", antwortete Rámon ruhig und sicher, „Doña Magdalena Jímenez öffnete meine Schlafzimmertür, als ich mich gerade umziehen wollte. Sie kam auf mich zu und öffnete langsam ihren Kittel. Darunter trug sie nichts, aber wirklich gar nichts, sie war komplett nackt. Ich war überrascht, konnte gar nicht begreifen was sie da vorhatte."

„Das ist eine verdammte Lüge!", schrie Beltran heftig und erhob sich von seinem Sitz.

„Ich muss doch sehr bitten, warten Sie, bis Sie an der Reihe sind, oder Sie werden wegen Missachtung des Gerichtes aus diesem Saal verwiesen", erwiderte der Richter zornig.

Magdalena starrte angstvoll zu Beltran. Er versuchte, sie mit seinen Blicken zu beruhigen, aber es gelang ihm nicht wirklich. Sie wurde immer nervöser.

„Schildern Sie weiter, Don Casasola, bitte", forderte Berenguel Rámon auf.

„Nachdem sie dann ihren Kittel hatte fallen lassen, begann sie die Arme um mich zu legen und küsste mir den Hals. Euer Ehren, mit Verlaub; ich bin auch nur ein Mann. Es ist ja nicht von der Hand zu weisen, dass Doña Jímenez eine äußerst attraktive Frau ist. Ich fragte sie, was sie von mir wolle, und da sagte sie wortwörtlich, und entschuldigen sie bitte diese vulgäre Ausdruckweise, die in meinem Hause normalerweise nicht präsent ist: „Fick mir meinen Arsch, liebster Rámon."

„Ich schwöre bei Gott, dass sie das genauso gesagt hat", endete Rámon mit einem pikierten Blick, so als müsste er sich schämen, für diesen ausgesprochenen, obszönen Satz.

Der Richter wirkte gefasst, er hatte schon viele Sachen in seinem Leben als Richter gehört, ihn konnte so schnell nichts aus der Ruhe bringen.

„Und was taten Sie dann?", fragte er Rámon.

„Nun", antwortete Ramon, „ich fragte sie zunächst, ob sie klar hätte, was sie da sagte, und sie beteuerte immer wieder eindringlich und mit ständigen neuen Küssen, dass das genau das sei, was sie von mir wolle. Ich gab ihr zu verstehen, dass ich schließlich verheiratet wäre. Aber das war ihr egal, immer wieder murmelte sie mir Liebesschwüre ins Ohr und begann an meinem Geschlechtsteil herum zu fummeln. Herrgott, Richter Berenguel, ich bin auch nur ein Mann.

„Also, was taten Sie dann?", fragte Berenguel zielstrebig und schielte kurz auf die Uhr. Gleich war Frühstückszeit, er wollte den Fall schnell beenden.

„Ich ließ mich von ihr verführen und hatte so dann Analsex mit ihr. Wo ihre Verletzungen herkommen, weiß ich nicht, wahrscheinlich hat der Koch sie ihr zugefügt, während ich nach seinen Schlägen ohnmächtig wurde. Er kam während des Aktes herein gestürmt wie eine Furie, und schlug mich nieder. Möglicherweise war er eifersüchtig, weil Doña Jímenez ihn nie beachtet hatte. Ich wusste aber seit Langem, dass er eine Schwäche für sie hatte. So war er zornig auf mich und Magdalena", mutmaßte Ramon.

„Lügner, Drecksack, das ist einfach nicht wahr!", schrie Beltran aufgebracht.

Der Richter warf einen Blick auf den Gerichtsdiener und sagte:

„Bringen Sie diesen Mann hier raus. Sollte er ein Zeuge sein, darf er nicht aussagen."

„Neeeeeeeeein, Doña Jímenez wird Unrecht getan, nichts stimmt was dieser Mann gesagt hat, bitte, glauben Sie mir doch!", rief Beltran verzweifelt.

Beltran wurde aus dem Gerichtssaal geschafft. Magdalena begann zu weinen. Den einzigen Halt den sie hatte, war ihr Beltran gewesen. Jetzt wo er der Tür verwiesen worden war, fühlte sie sich hilflos wie ein kleines Mädchen. Obwohl sie zuvor noch von der Polizeipsychologin bestärkt worden war, wusste sie nicht, wie sie

ihren ehemaligen Chef nun anklagen konnte. Man würde sie befragen, genau wissen wollen, wie er sie vergewaltigt hatte. Sie konnte sich kaum vorstellen dass man ihr, ohne einen Zeugen an ihrer Seite, glauben würde. Dieser Rámon war so redegewandt und sicher.
Der Richter brachte sie aus ihren Gedanken.
„Haben Sie dem noch etwas hinzu zu fügen?", fragte er Rámon.
„Nein, das ist alles was ich Ihnen sagen kann. Es war keine Vergewaltigung, sondern ein gewollter Akt, und zwar von beiden Seiten ausgehend", antwortete Rámon fest.
Dolores zuckte auf ihrem Stuhl zusammen. Er hatte tatsächlich Sex gehabt mit dieser Magdalena. Sie konnte es kaum glauben, wusste aber, dass sie ihren Mann nun unterstützen musste. Sie würde wohlwollend für ihn aussagen, wenn sie befragt werden würde.
Der Richter bat nun Magdalena in den Zeugenstand.
„Wie schnell man sich doch statt auf der Zeugenbank auf der Anklagebank befinden kann, junge Frau", begann er sie zu verunsichern.
Magdalena blinzelte ungläubig, sie dachte, sie wäre in einem falschen Film.
„Dann erzählen Sie mir mal Ihre Version", forderte er sie scharf auf.
„Ich ging in das Schlafzimmer meines Chefs, weil ich ihm von seiner Frau ausrichten sollte, dass diese den Abend bei ihren Eltern verbringen würde. Da Don Rámon in letzter Zeit sehr angespannt war, sagte seine Frau mir, ich solle ihm sagen, dass sie ihm ein bisschen

Ruhe gönnen wollte an diesem Abend. Daraufhin bat mich mein Chef zu sich herein und machte mir klar, dass er sich mit mir amüsieren wollte", sagte Magdalena.

Hier lenkte der Anwalt von Rámon ein:

„Haben Sie sich schon öfters mal mit Ihrem Chef amüsiert?", fragte er sie drohend. „Die Wahrheit bitte, Sie wissen, Sie sitzen vor Gericht."

Es war alles verloren, Magdalena durfte nicht lügen, das war ihr klar.

„Ja, ab und dann haben wir sexuell miteinander verkehrt, aber auf freiwilliger Basis",sagte sie ehrlich. „Aber an diesem Abend musste ich dringend nach Hause, außerdem hatte ich mich zuvor in den Koch Beltran verliebt, der gerade hier raus geworfen wurde. Ich hatte keinerlei Interesse, mit meinem Chef weitere sexuelle Erlebnisse zu haben", antwortete sie nun fest.

„Sie haben gelegentlich sogar Geld angenommen, für diese Dienste, ist das wahr?", fragte der Anwalt durchdringend.

„Don Rámon hat mir ab und dann mal ein Extra Taschengeld gegeben, das ist richtig. Aber ich habe es immer als eine Art Lohnerhöhung gesehen, für meine Arbeit als Hausbedienstete, nicht aber für sexuelle Handlungen", versuchte Magdalena das Gesicht zu wahren.

„Da hören Sie es, Herr Richter, Sie ist eine Prostituierte, was anderes haben wir hier nicht vor uns", erwiderte der Anwalt hart.

„Das ist nicht wahr!", rief Magdalena aus.

„Ruhe bitte!", rief der Richter in den Saal.

Die Menge, die vor Aufregung begannen hatte zu murmeln, fasste sich wieder.

„Fahren Sie fort, Doña Jímenz", forderte Berenguel die Zeugin auf.

„Ich versuchte meinem Chef klar zu machen, dass ich nach Hause musste, meine Oma war krank an diesem Tag. Aber es war ihm egal, er kam auf mich zu und riss mich auf sein Bett. Ich schrie und schrie, da schlug er mit hart ins Gesicht mit seinen Fäusten, riss mir meine Kleidung vom Leib und stieß mir seinen Penis in meinen Po", weinte Magdalena nun bei ihrer Schilderung.

„Ihnen fällt also keine bessere Entschuldigung ein, als Ihre kranke Oma. Wie armselig", meinte Rámons Anwalt.

„Also Euer Ehren, ich muss wirklich sagen, dass hier keinerlei Beweis vorliegt, dass mein Mandant die Zeugin vergewaltigt hat. Ich lege Einspruch ein und beantrage Klageabweisung."

Der Richter prüfte kurz noch mal das aufgenommene Protokoll und sagte schließlich:

„Einspruch angenommen, die Klage wird abgewiesen. Die Verhandlung ist geschlossen."

Entsetzen machte sich im Gesicht Magdalenas breit. Die Menge applaudierte. Alle hielten sie für eine Prostituierte, als sie aufstand und die Tür hinausging. 95 % aller Anwesenden waren der Meinung, dass das Gericht korrekt geurteilt hatte. Rámon erhob sich langsam, mit einemzufriedenen Lächeln. Er näherte sich Magdalena und raunte ihr zu:

„Siehst du, Süße, das hast du nun davon, Freu dich schon mal auf unsere nächste Begegnung. Das wird nichts im Vergleich zu dem sein, was du vorher mit mir erlebt hast", grinsend zog er davon.

Beltran kam aufgeregt auf Magdalena zugelaufen.

„Wie ist es gelaufen? Was wollte der Dreckskerl von dir?", fragte er ungeduldig.

„Die Klage wurde abgewiesen. Und er hat mir gedroht, wenn er das nächste Mal mit mir zu tun haben wird, würde es noch schlimmer werden, als dieses Mal", sie fiel im schluchzend um den Hals.

„Es wird kein nächstes Mal geben, Liebes, das verspreche ich dir. Und wir werden gegen dieses *Urteil* - er stieß das Wort fast verächtlich aus- „Einspruch einlegen", meinte er tröstend.

„Nein, das werden wir nicht, Beltran. Ich wusste von Anfang an, dass mir niemand glauben würde. Lassen wir es auf sich berufen."

„Aber du würdest Schmerzensgeld bekommen!", rief er aus.

„Ich bin nicht auf das Geld von diesem Kerl aus, ich will nie wieder etwas mit ihm zu tun haben. Das einzige, was ich möchte ist, in Ruhe gelassen zu werden", antwortete sie bestimmt. „Kannst du mich bitte nach Hause bringen?"

„Ich nehme dich mit zu mir, ich kann dich doch jetzt nicht alleine lassen", sagte er sanft.

„Du wirst es müssen, versteh doch, ich kann im Moment mit keinem Mann der Welt zusammen sein, auch nicht mit dir", stellte sie klar.

Beltran dachte kurz nach um kam dann zu der Erkenntnis, dass Magdalena absolut Recht hatte.

„Mach dir keine Sorgen, ich verstehe das. Du hast Schreckliches durchgemacht. Lass dir Zeit, dies alles zu verarbeiten. Ich werde dein Freund sein, Du kannst mich anrufen, wann immer du mich brauchen solltest. Komm, ich bring dich heim, morgen sieht die Welt wieder anders aus." Er vermied es, sie in die Arme zu nehmen, sondern reichte ihr nur seine Hand. Sie legte ihre dankbar in seine. Es tat so gut, dass er sie verstand und sie nicht bedrängte. Gemeinsam gingen sie zum Parkhaus.

Richter Berenguel war nicht ganz so zufrieden mit dem Ausgang des Falles. Er war sich ganz sicher das dieser Rámon Casasola diese Magdalena vergewaltigt hatte, ihre Verletzungen im Gesicht sprachen Bände und die Liebe dieses aufsässigen Zeugen zu dieser Magdalena war dermaßen offensichtlich, dass man sich niemals hätte vorstellen können, dass dieser Mann Magdalena diese Verletzungen zugefügt hatte. Aber er handelte im Auftrag des Polizeipräsidenten. Von ihm ist er angewiesen worden die Klage abzuweisen. Er hatte dafür eine recht große Summe Geld bekommen. Aber das half ihm auch nicht, sein Gewissen zu beruhigen. Er schämte sich vor sich selber. Das Geld die Menschen zu solch einem Handeln trieb. Kopfschüttelnd ging er aus dem Gerichtsgebäude. Er brauchte einen Kaffee.

-27-

Fernando kam pünktlich zu seinem Termin mit Rámon. Er wollte ihn so schnell wie möglich hinter sich bringen. Er begrüßte Rámon und setzte sich erwartungsvoll in einen der blauen Ledersessel.
„Hast du die Hausurkunde dabei?", fragte Rámon gierig.
„Ja, selbstverständlich, oder hältst du mich für vertrottelt?", erwiderte Fernando leicht genervt.
Vor seinem Besuch bei Rámon war er noch bei Isabels Notar gewesen. Er hatte ein Testament aufsetzen lassen. Kommissar Bourbon hatte ihm ja zugesichert, dass sobald dies alles hier vorbei sein würde, er das Cortijo Isabel wieder auf seinen Namen umgeschrieben bekäme. Das hatte er vor dem Besuch bei Rámon heute erledigen müssen. Der Notar hatte ihm anvertraut, dass er in der Tiefgarage seines Appartementhauses bedroht worden war. An dem Tag, als Fernando Jóse Francisco und Guadalupe in seinem Büro kennen gelernt hatte. Fernando hatte dem Notar Javier Móron versichert, dass sie das an Kommissar Bourbon weiter leiten würden. So würde sich das Puzzle Stück für Stück zusammen fügen. Wenn jeder Beteiligte ein paar Informationen hatte, würde dieser Verbrecherring sicher bald dingfest gemacht werden.
Rámon riss ihn aus seinen Gedanken.

„Na, wenigstens hatte ich Glück, und bin heute Morgen vom Gericht frei gesprochen worden", sagte er zufrieden. „ Sonst wäre unser wichtiges Geschäft heute wohl geplatzt."

„Haben sie dich laufen lassen? Wie hast du das gemacht? Oder hattest du sie gar nicht vergewaltigt?", fragte Fernando, aber noch während er diese Frage stellte, bemerkte er, dass er einen furchtbaren Fehler begangen hatte. Es war ihm einfach so raus gerutscht. Er sah es im Gesicht von Rámon, dass dieser sich gerade fragte, woher Fernando von dieser Vergewaltigung wusste.

„Oh, man ließ mich ohne große Umschweife laufen, die Anklage wurde mangels genügender Beweise fallen gelassen. Diese Hausmädchen sind aber auch bescheuert, was die für Geld alles machen, unglaublich."

Rámon lachte leicht aufgesetzt. Er ließ sich nun mit keiner Miene mehr anmerken, dass er Fernandos Wissen merkwürdig fand. Fernando fühlte, dass er sich, sobald er das Geld in der Hand halten würde für das Cortijo Isabel, in erheblicher Gefahr befinden würde. Er war froh dass er Begleitschutz hatte für den Heimweg. Zwei Beamte des Sonderkommandos Cortijo Isabel waren immer in seiner Nähe.

„Ja, das ist wohl wahr", versuchte Fernando sein vorheriges Verhalten runter zu spielen.

„Einen Pingus, mein Freund? Habe ich extra geordert für uns", meinte Rámon.

„Ist noch ziemlich früh am Morgen für Rotwein", bemerkte Fernando, „aber na ja, wenn du schon einen da hast, kann ich ihn wohl kaum abschlagen." Fernando versuchte sich ein Lächeln abzugewinnen, was ihm halbwegs gelang. In diesem Moment ging die Tür auf und der Notar Rámons trat ein mit zwei weiteren Männern, einer von ihnen trug einen Geldkoffer in der Hand.

„So, also, Fernando, das ist mein Notar Don Gutierrez. Er hat den Vertrag vorbereitet, du brauchst nur noch zu unterschreiben, dann bekommst du dein Geld und bist raus aus allem", sagte Rámon. „Hier, lies es dir durch und unterzeichne dann unten rechts." Er legte Fernando den Vertrag vor. Fernando studierte ihn penibel genau, so dass Rámon sich entschuldigend in Richtung seines Notars räusperte. Der hob nur abwehrend die Hände hoch und meinte:

„Das ist schon in Ordnung, nehmen Sie sich alle Zeit die Sie brauchen, Don Fernando."

Fernando blickte kurz hoch und nickte ihm dankbar zu. Er las beflissen weiter und ließ sich durch nichts mehr stören. Nach einer guten Viertelstunde zückte er seinen Kugelschreiber, und unterzeichnete den Vertrag. Der Mann mit dem Geldkoffer wurde aufgefordert ihn an Fernando zu übergeben.

„2,5 Millionen Euro, mein Freund, die sind nun für dich." Rámon grinste.

Fernando wusste genau, dass Rámon selber den 5- fachen Betrag erhalten würde, wenn er das Cortijo weitergab an den Kultusminister.

Er konnte sich nicht so Recht über sein Geld freuen, denn es war ihm nichts mehr wert. Sein derzeit einziger Wunsch war, dass diese schmierige Bande bald auffliegen würde. Und José Francisco musste das Cortijo zurückbekommen. Rasch stand er auf, nach Prüfung des Geldes.

„Ich bin spät dran, ich hab noch einiges vor heute, Rámon. Entschuldige mich bitte." Fernando erhob sich, und nahm den Koffer an sich.

„Wir müssen da kurz noch was bereden, unter vier Augen, darf ich also die Herren bitten mich mit meinem Freund alleine zu lassen? Ich danke Ihnen alle für Ihr Kommen." Er reichte dem Notar und seinen Begleitern die Hand. Fernando blieb nichts anderes übrig, als sich Rámons Wunsch zu fügen und verabschiedete die Herren ebenso. Dann setzte er sich wieder auf seinen Sessel und sah erwartungsvoll zu ihm hoch.

„Es geht um die Skulpturen, Fernando. Du wirst mir sagen, wo sie sind, ich werde sie sicher nicht alleine finden", meinte Rámon.

„Wenn es weiter nichts ist; ich denke wir werden zusammen dorthin fahren, sonst wirst du dich verirren in der Parkanlage. Dort sind sie untergebracht. Passt es dir morgen Nachmittag?", fragte Fernando.

Rámon ließ erleichtert etwas Luft aus seinen Lungen. Nachdem er gehört hatte, dass der Gärtner Juan Jóse ermordet worden war, dachte er, die Skulpturen wären gestohlen worden.

Nun fühlte er sich ruhiger. Die Skulpturen würden ihn noch weit mehr Reichtum bringen, als das Cortijo selbst.

„Ja, das passt mir sehr gut. Treffen wir uns um16.00 Uhr dort, ja?", rief er erfreut.

„Ist gut, verbleiben wir so. Pass auf dich auf, Rámon", sagte Fernando und ging zur Tür.

Kaum war er aus dem Büro raus, machte sich Rámon daran Juan Antonio anzurufen, denn er wollte so schnell wie möglich das Cortijo an den spanischen Staat abgeben, und weitere 10 Millionen Euro dafür einstreichen.

-28-

Auf einen prachtvollen Felsen nahe der Bucht des kleinen Dorfes Agua Amarga thronte das eindrucksvolle Haus des Kommissars Bourbon. Er hatte es gekauft, als er nach Almería versetzt wurde, weil er die Abgeschiedenheit liebte und sich nach seinem anstrengenden Berufsalltag danach sehnte, Friede, Natur und Ruhe um sich zu haben. Der Blick auf das Meer und das Rauschen der sanften Wellen wirkte beruhigend auf ihn. Bourbon begab sich in die Küche, es war früh morgens 8.00 Uhr, die Sonne ging gerade auf. Er setzte einen Kessel mit Wasser auf und freute sich auf seinen Morgenkaffee. Spätestens in einer Stunde würde sein Haus voll sein mit Leuten. Er hatte beschlossen, alle Beteiligten des Falles Isabel Rodriguez Mauer zu sich einzuladen. Sämtliche Untersuchungen, Verhöre und Analysen wollte er von hier aus erledigen. Er hatte sich einen Tag frei genommen und bei seinem Arbeitgeber Unpässlichkeit vorgeschoben. Sein Instinkt leitet ihn derzeit, er fühlte, dass er diesen Fall besser verdeckt behandeln sollte. Das Wasser begann zu kochen und er brühte sich seinen Kaffee auf. In diesem Moment kam Ricardo in die Küche. Er war bereits gestern Morgen angereist, gemeinsam mit Samuel. Binnen kürzester Zeit hatten die beiden sein Arbeitszimmer in eine Art High Tech Zone verwandelt. Es wurden neue Computer angeschlossen, spezielle Programme installiert, eine Art Labor wurde errichtet, um Analysen direkt vor Ort durchführen zu können. Ricardo schnüffelte durch die Nase.

„Hmmmmmmmmm, das riecht nach Kaffee", meinte er und näherte sich Bourbons Kaffeetasse.

Ohne große Umschweife nahm er sie und begann Zucker hinein zu schütten. Er liebte seinen Kaffee süß und stark. Bourbon zog missbilligend die Augenbrauen hoch.

„Heee, das ist meiner gewesen", sagte er gespielt entrüstet.

„Gewesen, du sagst es. Nichts desto trotz, so was nennt man Gastfreundschaft", gab Ricardo grinsend zurück.

„Was ist mit Samuel? Ist er schon wach?", fragte Bourbon, und gähnte einmal herzhaft während er sich zwischenzeitlich einen neuen Kaffee aufgoss.

„Ja, schon seit einer Ewigkeit, er kümmert sich gerade um die PC Programme, er will sicher sein, dass alles funktioniert, wenn die Beteiligten hier sein werden", antworte Ricardo und schlenderte dann Richtung Terrasse. „Man, du hast es echt schön hier, ich kann dir sagen, in Paris nervt mich einfach alles. Nirgendwo hat man Ruhe." Ricardo lauschte sehnsüchtig den Rufen der Möwen.

Bourbon kam hinter ihm hinaus geschlendert und lehnte sich, in einer Hand seine Kaffeetasse haltend, an das Terrassengeländer.

„Man kann weiß Gott auch schlechter wohnen, da muss ich dir Recht geben", bestätigte Bourbon Ricardos Worte.

„Weißt du noch, damals, in Dijón, als wir uns kennengelernt hatten? Das war vielleicht eine Bude, in der wir da gehaust hatten."

„Von Kakerlaken bis Ratten, es gab dort einfach alles", lachte Ricardo fröhlich.

Der mittlerweile 54 jährige Franzose, der Sohn eines spanischen Vaters war, dachte gerne an diese Zeit zurück, als er noch studiert hatte. Er fühlte sich immer noch im Herzen jung, wenngleich sein Haar an den Schläfen schon leicht begann zu ergrauen, aber seine Figur war immer noch schlank und athletisch, und er hatte nichts eingebüßt von seiner jugendlichen Fröhlichkeit.

Bourbon ließ sich anstecken von der guten Laune seines ehemaligen Kollegen. In der Erinnerung daran, als die erste Kakerlake in Richtung Toilette gelaufen war, wo er gerade draufgesessen hatte, damals in der Studentenbude in Dijón, musste er lauthals lachen.

„An was denkst du gerade?", fragte Ricardo grinsend.

„An Francoise, die Kakerlake, die erste ihrer Art, aber nicht die Letzte",brüllte Bourbon lachend los.

Da konnte sich die beiden nicht mehr halten, Sie mussten sich vor Lachen die Bäuche halten.

Samuel gesellte sich dazu, er wusste nicht um was es ging, aber er fand es einfach nur herrlich, seine alten Freunde hier so fröhlich zusammen zu sehen. Samuel hatte ebenfalls in Frankreich studiert, er war jüdischer Abstammung. Er hatte es im Laufe seines 56 jährigen Lebens sehr weit gebracht. Neben Ricardo und Phillipe Bourbon war er einer der gefragtesten Kriminalkommissare Europas. Derzeit hatte er sich eine Auszeit genommen, er brauchte mal etwas Ruhe für sich, während Ricardo bereits gänzlich in den Vorruhestand getreten war. Aber ganz wollte sich Samuel noch nicht von dem Aufspüren von Verbrechen lösen. Dazu hatte er viel zu viel Passion in sich. Er konnte es nicht lassen.

„Guten Morgen alle zusammen. Wo gibt es denn hier den Kaffee?", fragte Samuel

„Das Wasser ist noch heiß, du findest alles dort. „Bourbon deutete mit der Hand auf die Arbeitsfläche der Küche.

„Ah ja, gut", sagte Samuel, „über was habt Ihr so gelacht?"

„Francoise, die Kakerlake", verriet ihm Ricardo.

„Die ist einfach unvergesslich, oder? Die erste Kakerlake, die man in seinem Leben sieht, vergisst man nie. Keine zweite ist so schön und interessant", erwiderte Samuel und alle drei begannen wieder zu lachen.

Während die drei Männer ihren Kaffee tranken, waren José Francisco und Guadalupe auch in Agua Amarga angekommen.

„Wo soll denn das sein?", meinte Guadalupe, sich suchend umschauend.

„Da, schau mal, leichter kann es einem nicht gemacht werden, es ist das einzige Haus weit und breit das auf einem Felsen steht." José Francisco deutete mit der Hand auf das Haus Bourbons.

„Ach, wirklich, du hast Recht. Das ist aber ein hübsches Anwesen", meinte sie entzückt.

Wie immer, wenn es um Sachen von diesem Bourbon oder um Bourbon selber ging, antwortete José Francisco nur mit einem leichten Gebrummel. Er war irgendwie eifersüchtig auf diesen französischen Kommissar. Guadalupe fand ihn attraktiv, und alle Männer die Guadalupe attraktiv fand, lehnte er generell ab. Auf den Gedanken, dass Bourbon schon alleine seines höheren Alters wegen Guadalupes Vater hätte sein können, kam er gar nicht.

Geschickt fuhr er nun den geschlängelten Einfahrtweg hoch. Die Parkfläche war überdacht, man war hier für jeden Schatten dankbar. Die Sonne stieg langsam höher, aber trotz der frühen Morgenzeit brannte sie ungnädig auf Mensch und Tier nieder. Guadalupe stieg aus dem Sport Coupé, was nicht mehr ganz so einfach war wie früher, jetzt im 5. Monat ihrer Schwangerschaft störte das kleine Bäuchlein, das sich gebildet hatte, doch schon etwas. Jóse Francisco kam rasch zu ihr, um ihr seinen Arm zu reichen. Gemeinsam gingen sie zum Haustor und stellten fest, dass dieses sogar mit einer Videokamera überwacht wurde. Jóse Francisco klingelte, der Summer ertönte und er stieß das Tor auf, das ein bisschen hing. Bourbon erwartete sie an der offenen Haustür.

„Schön dass Sie kommen konnten, treten Sie ein." Mit einer galanten Bewegung seines Armes wies er sie ins Haus.

Guadalupe schaute verzückt, José Francisco verdrehte daraufhin die Augen ein wenig, aber aus einem Blickfeld, das außerhalb des Kommissars lag. Guadalupe knuffte ihm spielerisch in die Rippen.

„Mein Gott, ist doch nicht so schlimm, oder? Er ist nun mal ein eleganter Mann und eine attraktive Erscheinung."

„Ja, ja, schon gut", flüsterte José Francisco leise zurück.

Als sie im Haus eintraten, trafen sie auf Ricardo und Samuel. Bourbon stellte ihnen die beiden vor.

„Ich würde sagen, Ihr geht schon mal ins Arbeitszimmer und beginnt gleich. Die anderen werden jeden Moment hier sein. Ich komme dann mit ihnen nach." meinte Bourbon.

Ricardo führte die beiden in den High Tech Palast. Die beiden staunten nicht schlecht; es waren Computer und Geräte aufgebaut, die in der Welt der Otto Normal Bürger noch nicht bekannt waren. Ricardo begann mit der Befragung der beiden. Er wollte alles wissen, jedes auch noch so kleine Detail.

Bourbon sah indessen die anderen ankommen. Sie waren zahlreich vertreten; sämtliche Angestellte des Cortijos Isabel, der Notar Javier Móron, Beltran und Magdalena waren auch gekommen. Die Familie des alten Gärtners Juan José und die Wäschefrau Marie Salud. Bourbon winkte alle herein, aufmunternd zwinkerte er jedem einzelnen zu.

„Nur Mut, kommen Sie, Sie werden alle mithelfen, diesen Fall zu lösen, ich freue mich dass Sie so zahlreich erschienen sind." Er schloss hinter den angekommenen Gästen die Haustüre und verriegelte sie gut von innen. Nicht, weil er dachte, dass die geladenen Gäste wieder verschwinden würden, sondern wegen eventuellen Gefahren, die von außen drohen könnten.

Samuel wies den Leuten den Weg in das große Besprechungs- und Arbeitszimmer. Es gab dort genügend Sitzgelegenheiten für alle. Bourbon begann mit der Einleitung dieser Versammlung:

„Wir wollen erst einmal die Fakten zusammentragen: Isabel Rodriguez Mauer wurde ermordet. Zunächst sollte ein Selbstmord vorgetäuscht werden, in dem man ihr nach dem Brechen ihres Genicks die Pulsadern aufschnitt. Durch Fernando erfuhren wir, dass hier eine Betrügerei im Spiel war, die bis zum Kulturminister reicht. Fernando bekam von Isabel das Cortijo noch vor ihrem Tode überschrieben. Fernando hatte sie zunächst versucht zu betrügen, als er aber ihre Liebe zu ihr erkannte, wusste er nicht mehr, wie er aus dieser Geschichte heraus kommen sollte. Er war darin tief verwickelt und ist es auf unfreiwilliger Weise immer noch. Das Cortijo soll an den spanischen Staat gehen. Es stecken Millionen von Geldern dahinter, von denen sich einen großen Teil der Kulturminister einstreichen will, als aber auch der ehemalige Auftraggeber von Fernando für diesen Komplott: Rámon Casasola. Fernando hat mittlerweile das Cortijo Isabel auf den Namen Rámons überschrieben, wie vorher vereinbart. Er hatte derzeit keine andere Möglichkeit, Rámon und der Kulturminister müssen sich in Sicherheit wiegen, sonst können wir sie nicht dingfest machen. In dem Cortijo Isabel befinden sich zwei Skulpturen von immensem Wert. Wir vermuten, dass Isabel deshalb sterben musste, ebenso der Gärtner Juan José. Aber ob das stimmt, ist noch fraglich. Als Kommissar Mendez, mein Vorgänger, den Tätern auf der Spur war, wurde er getötet."

„Wie ist er eigentlich umgekommen?", wollte Fernando wissen.

„Man hat ihm das Gehirn weggepustet. Er wurde von Spaziergängern gefunden. Sie waren auf ihn aufmerksam geworden, weil sie eine Horde wilder Katzen beobachteten hatten, die sich anscheinend an einem Gaumenschmaus weideten. Als sie näher kamen, war Kommissar Mendez komplett aufgebissen und zerrissen gewesen, Teile seines Gehirns konnte man im Umkreis von 10 Metern überall entdecken, und der Sand schwamm vor Blut. Man hatte ihm eine Kugel eines 45 er Kalibers in den Kopf gejagt. Es war weiß Gott kein schöner Anblick. Die Frau des Ehepaares, die ihn gefunden hatte, war in Ohnmacht gefallen bei seinem Anblick. Wir vermuten hinter der ganzen Geschichte eine organisierte Mafiabande."

Guadalupe verzog angeekelt das Gesicht, und ihr Magen rebellierte.

„Das ist ja widerlich", meinte sie erschüttert.

„In der Tat, das ist es, und es geht noch weiter. Der Gärtner Juan José sah auch nicht besser aus, wie Sie wissen, Doña Guadalupe. Man hat ihm die Kehle aufgeschnitten. Die Täter scheinen auf Blut zu stehen, denn es gibt weiß Gott auch andere Tötungsmethoden. Isabels unnötigerweise aufgeschnittenen Pulsadern, Mendez Gehirn weggepustet und Juan Josés Kehle aufgeschlitzt."

Allgemeines Gemurmel macht sich breit unter den Anwesenden. Bei dem Wort Mafia waren sie alle miteinander zusammen gezuckt.

Bourbon fuhr fort:

„Ich schlage vor, dass das wir nun mit den Vernehmungen beginnen. Wir werden jeden befragen und hoffen, dass Ihr Euch auch an die noch so kleinsten Details, Beobachtungen oder sonstige wichtige Sachen erinnern werdet. Wir beginnen alphabetisch, nach Vornamen sortiert. Alle, die noch nicht dran sind, können sich gerne im Haus umschauen, Fernsehen schauen, auf die Terrasse gehen, die Küche benutzen. Was immer sie wollen. Also, wir beginnen: Beltran, gehen Sie bitte zu Samuel, Fernando gehen Sie bitte zu Ricardo, und Guadalupe, Sie kommen zu mir."

Alle taten wie ihnen geheißen. José Francisco brachte ein leicht verzerrtes Grinsen zustande. Wer anders könnte Guadalupe auch vernehmen, als dieser Franzose Bourbon? Guadalupe grinste keck zurück. Die exzellenten Kommissare waren geschickt bei ihren Befragungen und perfekt vorbereitet auf diesen Fall. Sie konnten so manches aus den Gedächtnissen der Leute herauskitzeln, von dem die Betroffenen gar nicht wussten, dass diese Details hätten wichtig sein können. Nach stundenlanger Arbeit waren die Anhörungen beendet. Es war ein hartes Stück Arbeit gewesen. Am Schluss zog Bourbon Fernando noch mal zur Seite.

„Sie werden heute mit Rámon zum Cortijo Isabel fahren wegen der Skulpturen, oder?", fragte er.

„Ja, so war es abgemacht", meinte Fernando

„Ich hoffe sehr, dass Rámon die Fälschungen dieser Skulpturen nicht bemerken wird", gab Bourbon zu bedenken.

„Keine Sorge, er hat überhaupt keinen Kunstverstand. Ich denke, ich bin noch einen Tag lang sicher. Ab Morgen sieht die Sache dann anders aus. Sobald seine Fachmänner erkennen werden, dass diese Skulpturen eine Fälschung sind, wird er mir an den Kragen gehen. Ab Morgen dann bin ich nicht mehr sicher." Fernando grinste leicht leidend.

„Passen Sie auf, Fernando", meinte Bourbon nachdenklich, „ich möchte nicht, dass Sie alleine sind im Moment. Darum möchte ich Sie bitten, hier für eine Weile bei uns zu wohnen. Mit Ricardo und Samuel im Rücken haben Sie den besten Schutz den man sich wünschen kann."

Fernando schaute überrascht hoch. Einen kurzen Moment lang musste er nachdenken. Dann antwortete er mit Bedacht:

„Sehen Sie, Kommissar, das ist ein sehr gut gemeinter Vorschlag, allerdings möchte ich nicht, dass jemand anderes durch mich gefährdet wird. Wie können wir uns sicher sein, dass die nicht Samuel und Ricardo gleich mit umbringen werden, wenn sie mir wirklich was antun wollen? Ich kann andere Menschen nicht dieser Gefahr aussetzen." Er schüttelte nochmals wie zur Bestätigung verneinend mit dem Kopf.

„Ihre Einstellung ehrt Sie, aber ich hätte es doch lieber gesehen, wenn Sie hier bleiben. Insofern ist dies ein amtlicher Befehl und keine Bitte mehr. Auf den Weg zum Cortijo werden Sie wie immer begleitet", erwiderte Bourbon bestimmt.

Fernando gab sich geschlagen, dagegen konnte er schlecht etwas einwenden.

In diesem Moment kam Samuel dazu.

„Phillippe, pass mal auf, wir haben hier was: Doña Guadalupe hat uns das Tagebuch ihrer Schwiegermutter überlassen. Darin wird erwähnt, dass in einer der Skulpturen ein hochkarätiger Diamant verborgen ist. Der teuerste, blaue Diamant der Welt, 18 Millionen Euro", rief er aufgeregt.

Bourbon stutze und schaute Fernando an:

„Wussten Sie etwas davon?", fragte er Fernando ernst.

Fernando guckte verdutzt.

„Nein, sie hatte das nie erwähnt, mit keiner Silbe. Ist ja unglaublich."
Bourbon wandte sich an Samuel:
„Gib der technischen Abteilung Anweisungen, die Skulpturen zu durchleuchten", ordnete er an.
Samuel wollte sich schon auf dem Weg zum Telefon machen, da wurde er von Bourbon gebremst.
„Halt!", rief er hinter ihm her. „Ich hab meine Meinung geändert. Fahr dorthin und mach das persönlich. Ich rufe den Wachmann an, damit er dich rein lässt. Und mach das nach Feierabend, wenn niemand mehr dort ist. Sei auf der Hut. Ich traue niemanden mehr."
Samuel blickte nur fest zu ihm zurück und antwortete:
„Geht klar, ich verstehe", und machte sich auf den Weg.
„Und Sie, Don Fernando, erledigen das jetzt so schnell wie möglich mit Rámon, und danach vermeiden Sie jeden weiteren Kontakt mit diesem *Freund*", sagte er bestimmt.
So machte sich Fernando auch auf den Weg und Bourbon ging zu seinen Gästen, um alle zu verabschieden. Er wollte noch heute bis spät in die Nacht hinein weiter arbeiten, die Ergebnisse und Aussagen auswerten, um mehr Aufschlüsse zu bekommen. Er musste diesen Mafia - Ring so schnell wie möglich auflösen. Eiligst machte er sich auf den Weg zu Ricardo.
„Also, leg los, wie sieht es bei dir aus?", fragte er Ricardo.
„Wir haben hier einige neue, sehr wichtige Informationen. Die Wäschefrau Marie Salud konnte anhand von Phantombildern wichtige

Informationen bieten. Ich habe in der Verbrecherkartei zwei Männer entdeckt, auf die die Beschreibung perfekt passt. Es sind Katalanen, hier, sieh mal", sagte er und reichte Bourbon die Computerausdrucke der beiden Kriminellen.

Bourbon studierte die beiden Ausdrucke. Die beiden aufgelisteten Verbrecher bewegten sich in der Mafiaszene. Er kannte sie nur zu gut. Ganz oft hatten sie Deckung bekommen, von höchster Stelle aus.

„Ist ja interessant, der eine ist Jaime Mayor und der andere Bernado Atxaga Oreja. Ich setzte mich sofort mit Pamplona in Verbindung, das die beiden festgenommen werden."

Bourbon sprang auf zum Telefon. Während er die Nummer in Pamplona anwählte rief er Samuel zu:

„Sende die Ausdrucke sofort an das Pamplona - Kommissariat. Beeil dich."

„Wird gemacht",antwortete Ricardo sofort.

Bourbon wurde zumHautkommissar Batasuna durchgestellt.

„Don Batasuna, hier spricht Kommissar Bourbon, derzeit in der Provinz Almería tätig. Wir haben hier eine dringende Festnahme für zwei Personen aus Ihrer Region."

„Ah, Kommissar Bourbon, schön mal wieder von Ihnen zu hören. Na, dann legen Sie mal los, wer sind die beiden?"

„Jaime Mayor und Bernado Atxaga Oreja. Sofortige Festnahme, wegen dringendem Verdacht, schuldig zu sein am Mord des Juan José Maron Alcantara. Tatdatum 13. August 2009. Tatort:Cortijo Isabel in

Lucainena de las Torres. Es gibt eine Zeugin, ihr Name muss geheim bleiben. Mein Kollege sendet Ihnen gerade die Computerausdrucke zu, und die Phantombilder. Wenn Sie sie festgenommen haben, bitte ich um Überstellung in unsere Provinz. Die Verhörung möchte ich selber vornehmen, der Fall ist zu wichtig, ich muss da noch mehr Sachen rauskriegen. Wir sprechen von drei Morden in Folge", klärte Bourbon auf.

Batasuna schätze seinen Kollegen Bourbon sehr, er wusste was dieser schon alles geleistet hatte. Insofern hinterfragte er überhaupt nichts weiter, sondern antwortet:

„Keine Sorge, wir werden die Jungs sofort aufspüren lassen. Ich melde mich sobald ich sie habe. Soll ich das über den Inkognitoweg machen? Wäre sicher das Beste in diesem Fall", fragte Batasuna.

„Ich bitte darum, ja, vielen Dank, Kollege Batasuna", und Bourbon legte auf. Er ließ sich von Ricardo das Tagebuch von Isabel bringen.

„Zeig mir mal die Stelle, wo das über den Diamant steht", sagte er zu Ricardo.

„Ja, warte, Moment, ich hab eine Markierung reingelegt", antworte Ricardo und begann in dem Buch zu blättern.

„Da ist es, sieh mal." Ricardo reichte ihm das Buch.

Bourbon begann zu zitieren:

23.03.2006

Mir wurde durch meinen Gärtner Juan José mitgeteilt, dass eine meiner Skulpturen einen wahren Schatz beherbergt. Ein 35,56-karätiger, naturblauer Diamant. Sein Wert wird auf annähernd 18 Millionen Euro beziffert. Er stammt ursprünglich aus Indien und ist weit durch die Welt gereist. Viele Sammler haben versucht ihn zu kaufen, aber er galt lange Zeit als völlig unverkäuflich. Er befand sich in den Händen eines Londoner Juweliers. Ignacio hatte in einem schwachen Moment des Juweliers die Gunst der Stunde genutzt und ihn für sehr, sehr viel Geld gekauft. Das Geschäft wurde streng geheim gehalten, insofern sucht die ganze Kennerwelt dieser Branche verzweifelt nach dem Verbleib dieses Diamanten. Ich finde diese Geschichte furchtbar spannend, allerdings auch etwas bedenklich, in Anbetracht dessen, einen solch wertvollen Diamanten in meinem Besitz zu haben. Ich lasse ihn am besten einfach da, wo er ist und übe mich in Stillschweigen. Irgendwann einmal wird er José Francisco gehören, wenn ich mal nicht mehr sein werde. Er kann ihn dann seiner Liebsten, Guadalupe, schenken. So wie einst der König von Spanien, Philipp der IV. Er hatte ihn als Mitgift für seine Tochter Infantin Margarita Teresa ausgewählt. Ich bin nur froh, dass Juan José so ein verschwiegener und überhaupt nicht materialistisch eingestellter Mensch ist. Er würde niemals auch nur ein Sterbenswörtchen davon an Dritte verraten. Und aus diesem Grunde hatte Ignacio ihn wohl eingeweiht. Trotzdem, ich fühle mich unwohl mit diesem Diamanten hier.

Bourbon pfiff durch die Zähne. 18 Millionen Euro, das war ein gewaltiger Wert für einen Diamanten.
„Glaubst du, dass der Kultusminister das auch weiß?", fragte er Ricardo.
„Die Frage habe ich mir auch schon gestellt. Möglicherweise hat er keine Ahnung von diesem Diamanten. So hätten wir mit einigen verwirrenden Umständen in diesem Fall zu tun. Zum einen geht es um das Cortijo Isabel, unabhängig davon die 2 Skulpturen, die möglicherweise von jemand ganz anderem gesucht werden, als von der Kulturministerseite, und der Diamant, der wiederum von jemand anderen aufgespürt werden soll. Das erschwert die Sachlage ungemein, Wir müssen sehr clever sein, ich glaube, dass wird eine grüblerische Nacht werden. Der Schlüssel für alle drei Fälle muss gesucht werden, der Ursprung des Ursprungs, sozusagen", antwortete Ricardo nachdenklich.
„Du hast Recht, das riecht nach Nachtschicht. Und ich glaube, ich werde mich krank melden, denn mit einem freien Tag ist die Klärung dieses Falles nicht möglich, aber im Büro kann ich daran nicht weiter arbeiten", gab Bourbon zu bedenken.
„Ich denke auch, das wäre der beste Weg. Lass uns dran bleiben. Hier habe ich übrigens noch eine interessante Aussage vom Notar Javier

Morón. Bevor er mit Fernando, José Francisco und Guadalupe das erste Mal verabredet war, um José Francisco den Mann vorzustellen, der nun der Besitzer des Cortijos seiner Mutter Isabel war, wurde er in der Tiefgarage seines Appartementhauses bedroht und dann mit einem Tritt zwischen seine Beine ziemlich grob zum Schweigen gebracht. Er sagte, man hätte ihm angedroht, wenn er versuchen würde, in dieser Sache etwas nachzuforschen, könnte er seine Knochen einzeln auf der Straße auflesen."

„Die Sache wird immer interessanter", antwortete Bourbon daraufhin angespannt. „Hat er seine Erpresser sehen können?"

„Leider nicht, er war unfähig sich auch nur zu bewegen. Aber er glaubt, einen katalanischen Akzent heraus gehört zu haben", meinte Ricardo.

„Wäre also durchaus möglich, dass diese die gleichen Täter sind, wie die von den Skulpturen. Wir brauchen also zunächst diesen Jaime und Bernado für ein Verhör. Das ist unser erstes Teil für dieses Puzzle", stellte Bourbon fest.

„Gut, das haben wir ja schon in die Wege geleitet. Lass uns weiter in den Aussagen nachsehen, was noch auffällig ist. Diese Magdalena hat mir auch so einiges berichtet aus dem Hause Rámon Casasola. Da würde ich mich auch gerne noch mal rein lesen. Wollen wir also?", fragte Ricardo.

„Ja, also los, auf in den Kampf. Mit Euch beiden, als zwei weitere „Musketiere" werden wir den Fall lösen", grinste Bourbon seinem alten Freund zu.

„Einer für alle, alle für einen", gab Ricardo lächelnd zurück.

-29-

Fernando traf sich mit Rámon an der Hofeinfahrt vom Cortijo Isabel. Rámon hatte zwei ihm unbekannte Begleiter mitgebracht. Die Männer sahen beinahe schon gruselig aus. Fernando hoffte inständig, dass er sie niemals wiedersehen würde in seinem Leben. Der Terminator aus dem Kinofilm mit Arnold Schwarzenegger schien ihm dagegen fast schon lächerlich. Das hier war die nackte Realität. Der eine war ein Bulle von Mann, er sah aus wie ein alter, deutscher Eichenkleiderschrank, ewig breite Schultern, durchtrainierte Muskulatur am ganzen Körper, und er verzog das Gesicht mit keiner Miene. Todernst schaute er auf Fernando mit eisigem Blick. Der andere unterschied sich nur insofern von seinem Kollegen, als das er etwas kleiner war, die Schultern vielleicht nicht ganz so breit, aber in der Gesichtsmimik stand er seinem Kollegen in nichts nach. Die beiden waren zum Fürchten. Pechschwarze Haare und kräftige Vollbärte machten das unheimliche Bild komplett.

„Also, zeig uns den Weg zu den Skulpturen, Fernando", sagte Rámon zur Begrüßung. Er schaute sich kurz um und pfiff fröhlich vor sich hin. Dann sagte er weiter:

„Nur gut, dass ich eine Besitzurkunde habe für dieses Anwesen, so können mir die dritten, verdeckten Augen, die hier herum lauern, nichts anhaben."

„Wie meinst du das?", fragte Fernando scheinbar erstaunt, obwohl er genau wusste, das mindesten 10 Beamte hier in seiner Nähe waren, die ihn schützen sollten. Rámon war nicht dumm, das musste er zugeben, und sein Instinkt leitete ihn wirklich gut.

„Na, das Anwesen wird doch überwacht, verdammt, hier sind zwei Morde passiert. Ich bin doch nicht von vorgestern, ab und zu schaue ich mir auch mal einen Krimi im Fernsehen an",
erwiderte er nun.

„Ja, das ist durchaus möglich. Aber niemand kann dich schließlich daran hindern, dein Eigentum hier heraus zu holen und hinzubringen, wohin du es auch immer hinbringen willst, oder?", stellte Fernando klar.

„Das ist wohl wahr, da hast du Recht." Rámon lacht einmal herzhaft, aber doch mit boshaftem Klang. „Also los, mein Freund, lass uns die Skulpturen holen."

Fernando tat wie ihm geheißen und führte den kleinen Trupp an. Als er vor der Höhle stand, atmete Fernando einmal tief durch. Er hoffte zum einen, dass die Skulpturfälschungen auch wirklich dort standen, und zum anderen, dass sie auch identisch waren mit dem Original. Er schaltete das Licht ein und stieß unhörbar die Luft erleichtert aus, als er den Atem angehalten hatte. Das waren perfekte Fälschungen, das erkannte er auf den ersten Blick. Nicht mal er, als absoluter Kunstfachmann, hätte daran gezweifelt, dass diese Skulpturen nicht echt waren. Er führte Rámon in die Höhle. Rámon hatte wirklich keine Ahnung von Kunst, aber er erkannte den Liebreiz dieser beiden Skulpturen und diese eigenartige Faszination, die von ihnen ausging.

„Das sind ja Prachtstücke, kein Wunder, dass sie so viel Geld wert sind", rief er aus." Jungs, nehmt sie und tragt sie bitte behutsam zum Wagen. Hüllt sie in diese Decken, bitte." Rámon warf den beiden Männern jeweils eine Decke zu, die er in seinen Armen getragen hatte. Er beäugte seine dafür angeheuerten Männer etwas kritisch, denn beide sahen so aus, als wenn sie die Skulpturen nur durch bloßes Anfassen schon zerquetschen könnten und sie zu Sand in den Boden zerbröseln würden. Aber die Männer gingen behutsam vor und Rámon entspannte sich nun wieder etwas. Fernando war froh diese Sache nun hinter sich zu haben. In weniger als einer Stunde hatte er seinen letzten „Auftrag" in diesem Fall erledigt. Er war sehr erleichtert. Die beiden Bullen an der Seite Rámons trugen die Skulpturen zu Rámons Wagen.

Rámon drückte Fernando einmal kurz bevor er sich verabschiedete.

„Danke mein Freund, du hast mir das alles hier erst möglich gemacht. Ich denke mal, es wäre klug, wenn wir uns in der nächsten Zeit weder sehen noch hören werden. Also, irgendwann in weiter Zukunft hören wir dann wieder von einander, ja? Wir werden zuerst wegfahren, warten noch 5 Minuten und danach kannst du auch los, reine Vorsichtsmaßnahme", bestimmte Rámon.

Fernando schaute Rámon in seine verlogenen Augen und dachte sich, dass das wohl das Beste war, was ihm je passieren könnte. Keinen Kontakt mehr mit diesem Mann zu haben, bis an sein Lebensende.

„Sicher, das ist wohl der beste Weg. Ich freue mich, dass ich dir helfen konnte, und mein Schaden war es ja auch nicht, dank Deiner großzügigen Geldzuteilung. Dann lass es dir nur gut gehen, Rámon", erwiderte Fernando und lief in Richtung seines Wagens.

Rámon hatte ganz rasch in seinem eigenen Wagen Platz genommen. Die zwei „Bullen" stiegen in den Rücksitz des Jaguars und mit durchdrehenden Reifen fuhr Rámon davon. Fernando wartete noch ein paar Minuten bei seinem Wagen und lies währenddessen den Blick über das prächtige Anwesen schweifen. Der Gedanke an Isabel, der ihm dabei wieder hochkam, schmerzte heftig in seiner Brust. Er lauschte den Rufen der Wiedehopfe, mit Isabel zusammen hatte er sie immer beobachtet, diese herrlichen Vögel mit ihren langen, krummen Schnäbeln, und dem hellbraunen Gefieder mit den schwarzen Zebrastreifen an den Flügeln. Plötzlich zerriss ein ohrenbetäubender

Knall die Natur aus ihrer Harmonie: Das Auto von Fernando explodierte in tausend Teilen.

-30-

In einer verruchten Kneipe in der Altstadt von Pamplona, die zu allem Übel auch noch den Namen „Los Guarros" - die Dreckigen- trug, herrschte eine aufgeheizte Atmosphäre. Zwei Stripperinnen heizten der anwesenden Männerwelt ordentlich ein, der Alkohol floss in unmessbaren Mengen und der Wirt der Kneipe grinste zufrieden, während er an seiner fetten Zigarre einen ordentlichen Zug nahm. In jeder Ecke roch es nach Koks, und es wurde auch reichlich davon konsumiert. Albatros, so hieß der Wirt leider Gottes, seine Mutter war leicht geisteskrank gewesen, als er zur Welt kam, und hatte ihm diesen Namen in einem Anflug von Wahnsinn verpasst, kümmerte die Kokserei nicht wirklich. Keine Polizeirazzia konnte ihmwas anhaben. Im Gegenteil; die Bullen betraten noch nicht mal die Kneipe,denn sie wussten, wenn sie das tun würden, wären sie alle tot. Seine Kneipe war geschützt, er hatte sich diesen Schutz teuer erkauft durch viele Verbrechen, die er für den Kopf der Organisation erledigt hatte. Das war gleich zusetzen mit einer Lebensversicherung. Albatros hatte hunderte von Geldwäschereien durchgeführt, mindestens 50 Nutten arbeiteten höchstpersönlich nur für die Bosse der Organisation, er hatte die Mädchen selbst dafür ausgewählt. Er wurde gebraucht, er war völlig unentbehrlich für die Organisation. Sein Reichtum war in den letzten Jahren enorm gestiegen. Er wohnte privat in einem prachtvollen Haus im Nobelviertel von Pamplona, und hatte außer einer Ehefrau auch noch 5 Geliebte, die auch in seinem Haus ein und ausgingen. Seine Frau störte das wenig. So hatte sie mehr Ruhe vor seinen sexuellen Gelüsten. Sie hasste es mit ihm Sex zu haben, ertrug seinen übergewichtigen Körper nicht mehr auf ihr. Er schnürte ihr fast die Luft ab, wenn er auf ihr lag mit seinen 160 Kilo. Keine Frau der Welt konnte auf so etwas abfahren. Es wunderte sie sehr, dass er 5 weitere Frauen für sich gewinnen konnte, wusste aber sehr wohl, dass es an der fetten Geldbörse ihres Mannes lag. Albatros brauchte viel Sex, er konnte ohne gar nicht leben. Während er gerade an eine seiner Geliebten dachte, wurde die Tür zur Kneipe plötzlich aufgestoßen und er sah vollkommen verdutzt auf das Bild, das sich ihm bot: Etwa 20 schwer bewaffnete Männer in Uniformen stürmten herein, die Waffen in schussbereiter Position auf alle Kneipenbesucher gerichtet, eine davon hatte ihn direkt im Visier. Das hatte er in den ganzen Jahren, die er nun unter dem Schutz der Organisation stand, noch nicht erlebt. Der Mann, der seine Waffe direkt auf ihn gerichtet hatte, kam näher an ihn heran, seine Kollegen waren wachsam und achteten mit scharfen Augen auf jede noch so kleinste Bewegung der Kneipengäste.

„Was wollen Sie hier, verdammt noch mal?", fragte Albatros entsetzt. „Dies hier ist eine ordentliche Kneipe mit aktueller Lizenz, Gesundheitsamtszertifikat und bester Küche. Wir haben uns nichts zuschulden kommen lassen", setzte er erbost hinzu.

Der Mann, der die Waffe auf ihn gerichtet hatte, griff in seine Jacke und holte zwei Fotos zum Vorschein.

„Wir wollen diese beiden Männer, und dann sind Sie uns sofort wieder los", antwortete er mit ruhiger, leiser Stimme.

Albatros warf einen Blick auf die Fotos, und obwohl in seiner Kneipe ein schummeriges Licht herrschte, erkannte er die Beiden auf den Bildern sehr gut.

„Die kenne ich nicht, nie gesehen", sagte er bestimmt.

„Pass mal auf, mein Freund, du hast zwei Möglichkeiten; entweder Du rückst freiwillig mit Informationen raus, oder wir stellen dir hier den Laden auf den Kopf, nehmen alle Anwesenden fest und entziehen dir deine Lizenz", sagte der Uniformierte leise zu ihm hinüber gebeugt.

Albatros stellte sich im Geiste die zweite Möglichkeit vor; das bedeutete für ihn Schlagzeilen in der Tageszeitung, Aufruhr innerhalb der Organisation, Entzug seiner Lizenz. Soweit durfte er es nicht kommen lassen, er wäre ein toter Mann. Angestrengt dachte er nach. Scheinbar etwas widerwillig formulierte er dann seine vorsichtige Antwort:

„Also, wenn ich es mir Recht überlege, gesehen habe ich die beiden schon mal. Aber heute sind sie nicht hier. Ich weiß aber nicht wie sie heißen, die waren ab und zu mal hier. Wenn Sie wollen, kann ich mal meine Gäste fragen, da vorne sitzen zwei, die vielleicht mehr wissen könnten." Er warf einen Blick auf seine zwei besten Freunde Jorge und Luis.

„Los, gehen wir zu ihnen, aber schön langsam, Bursche", sagte der Uniformierte.

Albatros ging zu Jorge und Luis.

„Sagt mal, wisst Ihr, wie die beiden heißen und wo die sich aufhalten?", fragte er seine Kumpel. Er zeigte ihnen die Fotos.

„Ja doch", meinte Jorge, „der eine heißt Jaime, der war letzte Woche mal hier, wir haben ne Runde gepokert. Den anderen kenne ich nicht. Hab aber auch keinen Plan wo die wohnen. Warum will das jemand wissen? So schön sind die nun auch wieder nicht", lachte er über seinen eigenen Witz.

„Spar dir deine Witze für später auf", sagte der Uniformierte und rief zu seinen Leuten:

„Filzt den Laden, aber gründlich, jede Ecke, den Keller eingeschlossen, sofort!!!", brüllte er.

Innerhalb von Sekunden wurden alle Anwesenden durchsucht und an die Wände gestellt, der Rest der Einheit begab sich in die Küche, in die Nebenräume und in das Kellergeschoss.

Jaime saß im Keller und war gerade an einem verbotenen Glücksspiel beteiligt, als er auf den Kamerabildern die Uniformierten in die Kneipe kommen sah. Er sprang auf und sagte:
„Ich muss untertauchen Leute, macht den Geheimgang frei." Sofort wurde der Teppich zurück gerollt, auf dem der Spieltisch stand und die Bodenklappe hochgeklappt. Jaime verschwand durch einen schmalen, unterirdischen Höhlengang und gelangte so in den Kanalisationstrakt von Pamplona. Er eilte sich wie ein Verrückter. Bald schon musste er halb schwimmend weiter ziehen. Er ekelte sich vor der Abwasserbrühe, es stank fürchterlich und immer wieder flüchteten die überraschten Kanalratten vor ihm. Bald schon hatte er einen Verteiler erreicht, der eine Treppe hatte nach oben zur Straße hin. Ausgerechnet heute herrschte reges Treiben auf der Straße, eine Menge Passanten liefen über den Kanaldeckel. Aber Jaime musste da raus. So zog er aus seinem Hosenbund eine Warnweste heraus und streifte sie über. Er hatte diese Weste immer dabei, für den Fall, dass er solche Maßnahmen wie heute ergreifen musste. Mit einem kräftigen Ruck drückte er den Kanaldeckel nach oben. Und schon konnte er aus dem Schacht klettern auf die Straße. Er guckte sich kurz um. Keine 20 Meter von ihm entfernt stand ausgerechnet ein Verkehrspolizist.
Bleib ruhig, Jaime, ganz ruhig, dachte er sich. Er begann, sich wie ein Kanalarbeiter zu bewegen. Behäbig, ohne große Eile schloss er mit anscheinender Sorgfalt den Kanaldecke wieder. Der Polizist schaute kurz in seine Richtung, stellte aber nichts Auffälliges fest, und

widmete sich weiter dem Regeln des Altstadtverkehrs. Jaime atmete einmal tief durch und schlenderte dann in Richtung nächster Seitengasse. Außerhalb der Sichtweite des Polizisten begann er nun zu rennen wie der Teufel. Als er halbwegs in Sicherheit war, atmete er einmal tief aus.

Glück gehabt, Junge, dachte er sich. Er lief nun langsamer, in Richtung Finca Robel, diese lag außerhalb der Stadt. Der 32 jährige Katalane hatte schon viele krumme Sachen in seinem Leben gedreht. Seine Mutter war Alkoholikerin gewesen, seinen Vater hatte er nie kennen gelernt, er war nach seiner Geburt spurlos verschwunden. Schon früh verbrachte er sein Leben im Kinderheim, denn seine Mutter war nicht mehr zurechnungsfähig gewesen und verfiel außer dem Alkohol auch noch den Drogen. Eine Überdosis Kokain hatte ihr Leben ausgelöscht. Jaime hatte nie Liebe und Wärme empfangen, geschweige denn kannte er so etwas wie ein Zuhause. Im Kinderheim hatte er auch Bernado kennen gelernt. Er hatte eine ähnlich missglückte Kindheit gehabt wie Jaime. Seine Mutter war eine Prostituierte, sein Vater ein neurotischer Schläger und Trinker. Schon früh hatte ihn das Jugendamt von zu Hause weg geholt. Er und Bernado wohnten zusammen in der Finca Robel, gemeinsam mit drei weiteren Verbrecherfreunden. Die Finca war heruntergekommen und stammte vom Urgroßvater einer seiner Freunde. Es gab weder fließendes Wasser, noch Strom. Aber es war das perfekte Versteck. Niemand würde vermuten, dass dort tatsächlich noch jemand drin

wohnen würde. Die Männer hatten sich das Kellergeschoss halbwegs wohnlich hergerichtet. Das Erdgeschoss war ruinös, ohne Fensterscheiben, und nur mit einer brüchigen Tür versehen. Anders konnten sie derzeit nicht leben. In ein paar Jahren, wenn ihre Hauptaufträge erledigt sein würden, wären sie alle steinreich und würden sich ihre erträumten Villen in Sankt Tropez kaufen. Aber vorerst blieb ihnen keine andere Wahl, als so zu leben, wie eben jetzt. Jaime öffnete das Haargummi, das sein langes schwarzes Haar zusammen gehalten hatte. Missmutig bemerkte er, dass er stank wie eine Kanalratte. Es würde keine Freude sein in dem Wasserfass, das ihn erwartet, zu baden, noch dazu begleitet mit den schadenfrohen Bemerkungen seiner Kumpels. Er seufzte einmal tief.
Na, dann rein in die Höhle des Löwen, dachte er, und öffnete die marode Haustür.

-31-

Guadalupe war entsetzt. Sie konnte immer noch nicht glauben, was sie eben am Telefon gehört hatte. Langsam wie in Trance lief sie durchs Haus und machte mechanisch Sachen, wie etwa mit dem Finger über ein Regal den Staub weg wischen, Krümel vom Boden aufheben, die gar nicht da waren. José Francisco schaute sie irritiert an.
„Was ist los, Lupina?". fragte er sie besorgt.

Sie hatte so einen merkwürdigen Gesichtsausdruck. Sie kam ihm fast schon gespenstisch vor.

„Fernando", sagte sie nur tonlos.

„Was ist mit Fernando?"

„Es war eine Autobombe, sagte Kommissar Bourbon eben am Telefon", erwiderte Guadalupe fast tonlos.

„Was, er ist tot?", rief José Francisco entsetzt.

Guadalupe ließ sich kraftlos auf das Sofa sinken. Dann begann sie zu weinen. Sie brach völlig zusammen. José Francisco nahm sie in die Arme und ließ sie einfach erst mal gewähren. In ihm machte sich eine große Unruhe breit. Diese Verbrecher schienen vor nichts Halt zu machen. Er musste Guadalupe hier weg bringen. Möglicherweise waren sie alle in größter Gefahr. Es durfte nichts mehr riskiert werden. Er stand auf und holte für seine Frau ein Paket Taschentücher. Liebevoll trocknete er ihre Augen und putzte ihr die Nase.

„Kleines, bleib ruhig, ich bin doch bei dir", versuchte er zu trösten.

„Was ist hier los, Liebster, verdammt noch mal, was ist hier los? Warum das alles?", fragte sie ihn verzweifelt.

„Ich weiß es nicht, ich weiß es auch nicht, aber es wird langsam zu gefährlich hier für uns. Ich werde Bourbon sofort anrufen. Möglicherweise ist es besser, wenn wir eine Weile von hier verschwinden. Wir könnten nach Deutschland gehen."

„Oh verdammt, ich fürchte mich so sehr, sind wir die nächsten?",
fragte sie ihn mit angsterfüllten Augen.

„Weißt du, ich will dir nichts vormachen, es wäre gelogen, wenn ich das verneinen würde, denn wissen können wir es einfach nicht. Aber ein Instinkt sagt mir, das wir besser gehen sollten, weit weg, aus Spanien raus. Ich klär das mit Bourbon. Kommst du eine Weile alleine zurecht?"

Sie nickte nur. José Francisco griff zum Telefon und wählte die Nummer Bourbons an. Er war insgeheim zornig auf diesen arroganten Franzosen. Wenn er so gut wäre, wie alle meinten, warum hatte er dann in diesem Fall noch nichts erreicht?

„Bourbon, verdammt, was ist passiert? Konnten Sie das nicht verhindern?", brüllte er in den Hörer.

„Nun beruhigen Sie sich doch, José Francisco. Sie wissen doch, dass wir es hier mit organisiertem Verbrechen zu tun haben. Man weiß nie, wann diese Leute zuschlagen. Fernando wurde von uns bewacht", versuchte der Kommissar zu seiner Verteidigung zu bemerken.

„Schöne Bewachung. Mir ist es scheiß egal, mit welcher Art von Verbrechern wir es hier zu tun haben, Sie sind anscheinend nicht in der Lage alle Beteiligten zu schützen. Wir werden nach Deutschland reisen." brüllte José Francisco zurück.

„José Francisco, ich kann Sie dort nicht bewachen lassen, reisen Sie nicht ab, bitte", rief Bourbon entsetzt.

„Na hier können Sie es ja anscheinend auch nicht. Meine Frau ist voller Angst, verdammt noch mal, sie ist im 5. Monat schwanger." Sein Ton dem Kommissar gegenüber wurde immer aggressiver. „Wir reisen morgen ab, wenn Sie irgendwas von uns wollen, Sie kennen ja meine Handynummer. Leben Sie wohl, sie verdammter, arroganter Froschfresser." Und dann schmiss er den Hörer auf.

Guadalupe starrte ihn entsetzt an.

„Wie kannst du nur so mit ihm reden?", fragte sie.

„Er hat es nicht anders verdient. Er ist ein Versager für mich. Dämlicher französischer Trottel. Einen *möchte gern* Kommissar haben sie uns hier her geschickt. Wäre Mendez noch am Leben, wäre der Fall sicher schon gelöst. Wir hätten doch besser auf eigene Faust etwas unternehmen sollen, wie Fernando vor ein paar Wochen vorgeschlagen hatte. Vielleicht sollte ich selber aktiv werden."

„Neeeein, bloß nicht, bitte nicht. Du wirst der nächste Tote sein. Wir haben doch gar keine Ahnung, wie diese Organisation arbeitet. Sie werden uns immer meilenweit voraus sein", rief Guadalupe entsetzt.

Sie dachte fieberhaft nach, wie sie ihren Mann von dieser Idee abbringen könnte. Da fiel ihr plötzlich ihr Geschenk für ihn ein. Der Kururlaub in Deutschland, es wäre sicher kein Problem für eine weitere Person nachzubuchen, Dort könnten sie sich erst mal entspannen und José Francisco würde von seinen eigenartigen Gedanken wieder Abstand nehmen.

„Hör zu, Liebster, ich habe dir einen Urlaub gebucht in einem Kurhotel in Deutschland. Er war als vorgezogenes Geburtstagsgeschenk gedacht, nach dem Tode deiner Mutter. Was hältst du davon, wenn wir da erst mal gemeinsam entspannen, und dann wieder zurückkommen, wenn hier Ruhe eingekehrt sein wird?", fragte sie ihn hoffnungsvoll.

Er schaute ihr tief in die Augen.

„Lupinchen, ich denke das ist ein fantastischer Vorschlag. Ich bin dabei", meinte er.

„Gut, dann kümmere ich mich morgen um das Buchen der Flüge und die Buchung für mich, im selben Kurhotel. Ich freue mich sehr." Sie nahm ihn in die Arme und schmiegte sich sanft an ihn.

„Kannst du denn reisen, mit deinem Bauch, die Schwangerschaft, das Baby? Ist das nicht ein bisschen viel für dich?", fragte er besorgt.

„Nichts, was mit uns beiden und dem Baby zu tun hat, könnte mir je zuviel sein", flüsterte sie ihm leise als Antwort ins Ohr, und begann an seinem Ohrläppchen zu knabbern.

José Francisco vergaß alle Probleme um sich herum. Er begann ebenso, sie zärtlich zu liebkosen. Plötzlich setzte sie sich mit einem Ruck wieder hoch.

„Wir können nicht weg!", rief sie.

„Warum denn nicht?", fragte er erstaunt zurück.

„Na ja, Fernando wird doch sicher spätestens in drei Tagen beerdigt werden. Wir müssen doch dabei sein, das sind wir ihm schuldig", meinte sie.

„Ich weiß nicht, warum wir ihm etwas schuldig sein sollten. Die letzte Ehre erweisen, pah, welche letzte Ehre?", fragte er sarkastisch.

„Immerhin hat er deine Mutter geliebt, und sie ihn auch. Du solltest etwas mehr Respekt zeigen", bemerkte sie schon fast tadelnd.

Er setzte sich auf und schaute sie ungläubig an.

„Uns hat nur der Umstand miteinander verbunden, dass meine Mutter ermordet wurde. Sie hat ihn mir gegenüber nicht mit einem Wort erwähnt. Sie ließ das Cortijo auf seinen Namen überschreiben, ohne dies zuvor mit mir besprochen zu haben. Im Grunde genommen müsste ich sogar sauer auf meine Mutter sein. Gott sei Dank bin ich das nicht. Aber auf diesen Fernando sehr wohl. Ich will nicht mal mehr mit seinem Tod was zu tun haben, und ich bin schon fasst froh, dass dieser Kriminelle unter die Erde kommt."

„José Francisco!", rief Guadalupe entsetzt aus und bekreuzigte sich schnell. Sie war sehr gläubig erzogen worden. Solche Sachen durfte man ihrer Meinung nach nicht äußern, ja nicht einmal denken.

„Du kannst denken, was du möchtest, aber ich will nicht hier bleiben nur weil die Beerdigung von diesem Fernando bevor steht. Und ich verbiete dir, dort zu erscheinen." Er verschränkte die Arme vor der Brust und setzte das sturste Gesicht auf, das man sich nur vorstellen konnte.

Guadalupe sprang auf.

„Verbieten? Du willst mir etwas verbieten? In welchem Jahrhundert lebst du denn? Die Zeiten als Methusalem noch was zu sagen hatte, sind vorbei!", rief sie zornig aus.

Plötzlich krampfte sie sich zusammen. Ein irrsinniger Schmerz zog durch ihren Unterleib, und sie war kaum noch in der Lage vernünftig zu atmen. Ihr Mann sprang erschrocken auf und bettete sie behutsam auf das Sofa.

„Was ist, mein Kleines? Soll ich den Arzt anrufen? Kann ich was tun um Dir zu helfen?", fragte er bestürzt.

Er fühlte sich schuldig für diese Schmerzen, die Guadalupe jetzt ertragen musste. Und er hatte Angst, Angst um sie und um das Ungeborene.

„Es geht schon wieder", flüsterte sie leise. „Ich bin nur zu abrupt aufgestanden, glaube ich, das tut einer Schwangeren wohl nicht so gut."

„Ich fahre dich zum Arzt, sicher ist sicher", meinte er und stand auf um seinen Autoschlüssel und seine Papiere zu holen.

„Nein, nein, es geht schon wieder, wirklich, wir müssen nicht zum Arzt", versuchte sie ihn zu beruhigen.

„Bist du sicher?", fragte er besorgt.

„Na hör mal, erst willst du mir Sachen verbieten, jetzt zweifelst du an meiner Zurechnungsfähigkeit, oder wie sehe ich das?", fragte sie ihn erbost.

„Oh, Guadalupe, verzeih mir. So war das doch gar nicht gemeint", sagte er zerknirscht.

„Dann gehen wir also auf die Beerdigung?", fragte sie.

„Nein, Quatsch, wie kommst du denn darauf? Wir werden morgen in einem Flugzeug sitzen und nach Deutschland fliegen. Und wir gehen nicht auf die Beerdigung. Aber nicht, weil ich Fernando nicht sonderlich mochte, sondern es geht um deine Sicherheit und die des Babys. Willst du das denn nicht begreifen? Was nützt es Fernando, wenn du dort über den Haufen geschossen wirst, oder zerbombt oder sonst etwas artverwandt Grausames? Er hätte nicht gewollt, dass wir kommen, unsere Sicherheit wäre ihm wichtiger gewesen, davon bin ich überzeugt", antwortete er bestimmt.

„Gut, ich füge mich dir, aber nur weil ich überzeugt davon bin, dass es dir um unserer aller Sicherheit geht. Ich hoffe nur bei Gott dem Allmächtigen, dass in dem Flugzeug dann keine Bombe sein wird", sagte Guadalupe zynisch.

„Du weißt genau, dass meine Sorgen nicht unbegründet sind. Ich war noch nie ein Schwarzmaler, sondern immer ein Optimist. Aber in diesem Fall sollten wir, glaube ich, alle Vorsicht walten lassen die man nur walten lassen kann. Warum willst Du das nicht begreifen?

„Ich hab es doch begriffen", antwortete sie erbost.

„Dann sei doch nicht so zynisch, ich will doch nur das Beste für uns. Herrgott, du bist aber auch ein murcianischer Dickschädel, wirklich."

Da Guadalupe aus der Provinz Múrcia stammte, und die Menschen dort allgemein bekannt waren für ihre Sturheit, schien ihm eine Auffrischung der Erinnerung daran angebracht.

„Was hast du gegen die Murcianer?", fragte sie beleidigt zurück.

„Gar nichts, meine Liebste, absolut gar nichts, schließlich bin ich mit einer davon verheiratet.

Und ich kann dir sagen, ich liebe sie, oh ja, wie sehr ich sie doch liebe. Aber sie will nicht begreifen, wenn man ihr Gutes will."

Guadalupe blinzelte ihn nun schelmisch an.

„Ich habe verstanden", meinte sie, „wir fliegen morgen nach Deutschland, und ich liebe dich auch. Komm her und küss mich zur Belohnung, weil ich so brav bin." Sie formte die Lippen zu einem Kussmund und schloss die Augen.

Bald schon war ihre kleine Diskussion vergeben und vergessen.

-32-

„Na, endlich riechst du wieder vernünftig", meinte Bernado ironisch zu Jaime.

„Du kannst von Glück sagen, dass ich den Kanalweg hatte zu meiner Rettung, Sonst wärst du jetzt jämmerlich alleine ohne mich. Was macht da schon ein bisschen Gestank?", knurrte Jaime zurück.

Sein langes Haar lockte sich nun, nach dem erfrischenden Bad. Er begann es sorgfältig zu bürsten. Insgesamt war er frisch gebadet eine sehr gepflegte Erscheinung.

„Hör mal, ich würde gerne noch mal runter nach Andalusien", sagte Bernado. „Kommst du mit mir?"

„Du willst doch nicht ernsthaft noch mal versuchen, an die Skulpturen ran zu kommen?", fragte Jaime erstaunt.

„Sicher doch, genau das habe ich vor",antwortete Bernado.

„Du musst wahnsinnig sein. Es ist ja nun nicht so, dass man gerade nach uns sucht aus genau diesem Grunde, weil wir schon mal versucht haben, die Skulpturen zu erbeuten", meinte Jaime sarkastisch.

„Das ist es ja grade", antwortete Bernado sicher und bestimmt.

Was ist gerade was?", fragte Jaime zurück, während er sein Spiegelbild überprüfte und die Bürste wieder an ihren Platz legte.

„Das macht doch den Reiz an der Sache erst aus, du verstehst schon, Nervenkitzel, Spannung, Adrenalin pur wird durch unsere Körper schießen." Er schaute seinen Freund herausfordernd an.

„Oder stehst du seit neustem nicht mehr da drauf? Ich dachte du wärst ein ganzer Kerl, bei so viel Chappi, das du schon gefressen hast." Er spielte damit auf eine alte Geschichte aus der Kinderheimzeit an.

Jaime hatte anstatt Dosenfleisch für Menschen, Hundefutterdosen organisiert, und sie bereitwillig in der Küche geöffnet und der halbblinden Köchin zugeschoben. Die hatte nicht groß geguckt, und alle Kinder aßen an diesem Tag im Heim Fleisch aus

Hundefutterdosen. Die beiden Freunde hatten gegrölt vor Lachen, als sie den anderen Kindern beim Essen zugeschaut hatten. Am Ende kam die ganze Story raus und Jaime wurde auf einen Tisch gelegt, und die anderen Heimkinder hielten ihn fest und stopften ihn aus Rache einen Löffel nach dem anderen von diesem Zeug in den Rachen. Jaime hatte sich in seinem ganzen Leben noch nie so oft übergeben müssen, wie nach diesem Fraß.

„Erinnere mich nicht an diese Geschichte." Jaime verzog angewidert das Gesicht. „Bernado, sei vernünftig, lass das bleiben mit Andalusien. Die suchen uns doch jetzt schon", beschwörte ihn Jaime.

„Aber genau deshalb will ich weg hier, das Letzte was die schlauen Bullen jetzt vermuten ist, dass wir schnurstracks noch mal da hingehen, um die Skulpturen zu rauben. Sicherer als dort können wir derzeit nirgendwo auf dieser Welt sein", meinte Bernado vollkommen sicher.

Jaime dachte einen Moment nach. Er zündete sich eine Ducado an, inhalierte den Rauch tief durch seine Lunge, und pustete ihn dann in Bernados Gesicht. Bernado bekam einen Hustenanfall.

„Vielleicht hast du sogar Recht, lass mich mal ne Nacht darüber schlafen", sagte Jaime.

„Nein, kneifen oder nachdenken gilt nicht. Ich war schon immer für spontane Sachen zu haben, entweder wir ziehen sofort los oder wir lassen es bleiben, nachdenken, ts, ts, ts, wer macht denn so was? Nur Spießer und Katholiken. Also, kommst du mit oder lässt du es? Ich geh schon mal meine Sachen packen." Und er stand tatsächlich auf und begann in seinem Regal herumzuwühlen, um seinen Rucksack zu suchen.

„Ja, ist ja gut", maulte Jaime schon fast. „Dann komm ich halt mit, ich hab eh grad nix besseres zu tun", meinte er und täuschte ein gelangweiltes Gähnen vor.

„Ich hab es doch gewusst, Langhaar, du alter Zigeuner, du bist keinen Deut besser als ich. Dann mal los. Wir reisen am besten mit dem Zug, da fällt man weniger auf. Wie lang brauchst du bist du reisefertig bist?", fragte ihn Bernado.

„Gebadet bin ich ja schon", grinste Jaime, „ich denke den Rest schaffe ich in weniger als 10 Minuten."

„Das klingt perfekt. Ich geh mal telefonieren, Scheiß Empfang hier unten im Keller. Werde den anderen Dreien Bescheid sagen, dass wir dann weg sind."

„Ist O.K., und ich pack hier meinen Kram fertig."

Bernado zog pfeifend nach oben ab. Jamie packte die Reiselust und er beeilte sich, fertig zu werden.

-33-

Samuel kam aus Madrid zurück. Er hatte dort mit einem Sonderkommando Nachforschungen angestellt. Der Kultusminister

Úbeda hatte ihm mehr als zu denken gegeben. Samuel hatte sich als Parteipolitiker in der Runde eingeschleust. Wenngleich er auch nichts Definitives erfahren hatte, so konnte er sich doch ein Bild davon machen, das Úbeda korrupt war, er Geschäfte abwickelte, die jenseits des Gesetzes lagen. Er fuhr die Einfahrt hinauf zu Bourbons Haus. Ricardo war schon wieder zurück, er war ebenfalls wegen Ermittlungen unterwegs gewesen. Sein Auto parkte unter dem Sonnendach. Samuel kramte den Hausschlüssel aus seiner Hosentasche. Als er im Haus eintrat saßen die anderen gerade beim Frühstück.

„Guten Morgen, alle zusammen", sagte Samuel.

„Na, wie war es in meiner alten Stadt?", fragte Bourbon neugierig.

„Also passt mal auf, das gibt es ja einiges zu erzählen. Dieser Úbeda ist eine ganz linke Bazille."

„Was hat er getan?", fragte Bourbon gespannt.

„Er hat eine große Summe Schmiergelder vom Bürgermeister aus Léon angenommen. In Léon war der Bau einer neuen Konzerthalle geplant, aber die Baubestimmungen wurden nicht erfüllt für dieses Projekt. Selbst den Architekt dieses Projektes hat Úbeda bestochen damit es realisiert werden konnte. Aber natürlich nicht auf dem direkten Weg, sondern über Dritte. Aus Drogenkreisen habe ich heraus gekriegt, das Úbeda mehrere Bordelle unterhält, er war aber so schlau, diese nicht auf seinen Namen einzutragen. Na, gut, als Kultusminister kann er sich so was auch schließlich nicht erlauben.

Die Schwierigkeit an der Sache ist, dass man ihm nichts nachweisen kann, denn natürlich unterschreibt er nirgendwo auch nur ein Stück Papier jener Geschäfte die er abwickelt, die außerhalb des Gesetzes liegen. Alles lässt er durch Mittelsmänner erledigen. Ich denke unser einziger Weg ist durch Rámon Casasola an ihn ran zu kommen", meinte Samuel.

„Wir könnten versuchen, seine Sekretärin auszufragen, vielleicht plaudert sie etwas aus, man muss nur jemanden finden, in den sie sich verlieben könnte. Verliebte Frauen tun alles für ihren Mann. Haben wir einen gut aussehenden, intelligenten Mann zur Verfügung?", fragte Bourbon.

Samuel und Ricardo hoben beide gleichzeitig die Hände hoch und schnipsten mit den Fingern, wie in der Schule.

„Also, Freunde, bei aller Liebe, dafür seid Ihr schon zu alt", bemerkte Bourbon grinsend,

„und außerdem sagte ich gut aussehend."

„Na, hör mal!", rief Ricardo empört und fuhr sich mit den Fingern durch das grau melierte Haar.

„Gut, dann versuche du es. Morgen früh versuchst du, rauszukriegen wo diese Dame frühstückt, alles weitere weißt du selber. Aber geh vorsichtig vor", meinte Bourbon.

Samuel schaute leicht beleidigt, dass er nicht ausgewählt wurde für diesen Job.

„Sag mal, was machst du eigentlich die ganze Zeit während wir hier für dich schuften?", fragte er Bourbon.

„Ich, ich werde jetzt noch mal mit Batasuna telefonieren, ich brauche meine beiden Katalanen um weiter zu kommen. Samuel, kümmer du dich weiter um die Skulpturgeschichte, ich will wissen ob dieser blaue Diamant da nun wirklich drin ist, und ich muss wissen wer dahinter steckt, wer hat ein Interesse daran, ihn zu stehlen. Ich versuche es über die Katalanen, du probierst alle anderen Wege, na du weißt schon, wer war in den letzten Jahren daran interessiert, bei diesen Leuten nachfragen und so weiter, und so weiter", sagte er und stand auf, um ins Arbeitszimmer zu gehen.

„Ist gut, Chef!", rief Samuel hinter ihm her.

Bourbon trat ins Arbeitszimmer. An einem der Schreibtische saß ein weiterer Mann, der vertieft war in eine Fachlektüre über den Diamanten, der sich der blaue Wittelsbacher nannte.

Bourbon fasste dem Mann an die Schultern.

„Wir werden das alles lösen, wir sind nah dran, vertrauen Sie uns", sagte er mitfühlend.

Fernando drehte sich zu ihm um und sagte:

„Ich verstehe einfach nicht warum sie sterben musste, ich verstehe es nicht."

Stumme Tränen liefen über sein Gesicht.

„Wissen Sie, ich bin nur froh dass wir Sie rechtzeitig da rausgeholt haben, Sie wären sonst tot gewesen. Noch ein Toter in diesem Fall", meinte Bourbon.

„Mein Gott, mein Wagen war komplett zerrissen. Wären Ihre Leute nicht da gewesen, ich wäre eingestiegen. Mir tut nur leid, das Guadalupe und José Francisco nun denken, ich wäre tot", erwiderte er.

„Es ist besser so, ich musste irgendeinen Grund haben, um sie hier aus dem Land zu kriegen. Sonst wären die beiden auch noch dran. Deshalb habe ich Ihren Tod vortäuschen lassen. Die Autobombe war der perfekte Anlass. So, wie Ihr Auto ausgesehen hat, hat einfach jeder geglaubt, dass Sie das nicht überlebt haben. Vorausgesetzt, Sie wären da wirklich eingestiegen, aber das konnten wir ja zum Glück noch verhindern. José Francisco und Guadalupe lasse ich auch in Deutschland überwachen. Hier war es einfach zu gefährlich für die beiden", sagte Bourbon.

„Wann ist meine offizielle Beerdigung?", fragte Fernando den Kommissar.

„Morgen um 16.00h am Nachmittag, auf dem Friedhof in Gádor. Der Priester ist eingeweiht."

Na, dann bin ich mal gespannt, wer alles kommen wird, um mir meine letzte Ehre zu erweisen." Fernando fuhr sich mit den Händen übers Gesicht. Er war sehr müde, der ganze Nervenstress hatte ihn mitgenommen.

„Legen Sie sich doch etwas hin. Ich werde mal mit Pamplona Kontakt aufnehmen, wegen der Katalanen", sagte Bourbon.

„Ist gut, das werde ich tun. Viel Glück für das Gespräch", antwortete Fernando.

Bourbon zwinkerte ihm zu und hing sich dann ans Telefon. Fernando zog sich in sein Zimmer zurück. Während Bourbon wartete, bis sein Anruf angenommen wurde, blickte er kurz auf eine Abbildung des blauen Diamanten in der Fachlektüre, in der zuvor Fernando gelesen hatte. Batasona nahm das Gespräch an.

„Bourbon, die zwei sind uns durch die Lappen gegangen. Zu mindestens konnten wir schon mal einen Geheimgang aufdecken, von der Kneipe, in der dieser Jaime zuletzt war", meinte Batasona.

„Mist, verdammt", fluchte Bourbon. „Habt Ihr bei Euch nicht genügend qualifizierte Leute, um denen auf der Spur zu bleiben?", fragte er missmutig.

„Bourbon, bremsen Sie sich. Wir können nicht mehr tun, als das, was wir gemacht haben. Und das war schon für hiesige Verhältnisse ein wahres Spektakel. Immerhin haben wir den Unterschlupf der beiden ausfindig machen können. Eine alte, runtergekommene Finca, außerhalb der Stadt. Sie wohnen dort mit drei weiteren kriminellen Typen zusammen. Die haben wir gleich fest genommen. Aber Jaime und Bernado sind verreist, sagten zumindest ihre jetzt ehemaligen Mitbewohner", rechtfertigte sich Batasona.

„Dann kriegen Sie raus wohin, wir müssen die Kerle festnageln", meinte Bourbon aufsässig.

„Wenn Sie mich fragen, ich könnte mir denken, dass sie in Richtung Andalusien unterwegs sind. Wahrscheinlich werden Sie sie eher bei sich haben, als Sie sich vorstellen können. Wenn wir uns mal in das Gehirn eines Kriminellen hinein versetzten, dann wäre es gut möglich, dass diese beiden glauben, dass sie bei Euch am wenigstens gesucht werden. Und da sie das letzte Mal nicht an die Skulpturen ran gekommen sind, werden sie es eventuell aufsNeue probieren. Ich würde ganz relaxt warten und das Cortijo gut im Auge behalten, ohne dass dies aber von anderen bemerkt wird", erwiderte Batasona nachdenklich.,

Bourbon dachte einen Moment nach und musste dann seinem Kollegen Recht geben.

„Gut, ich werde hier die Augen offen halten, aber Sie bemühen sich weiterhin, heraus zu finden, wo diese beiden sind, ja?", fragte er Batasona.

„Das machen wir so, Sie können sich auf mich verlassen. Machen Sie es gut.", erwiderte Batasona.

„Sie auch", antwortete Bourbon und legte auf.

Er stand auf um nach Samuel zu suchen. Er fand ihn vor dem Wasserkessel in der Küche.

„Gut dass du kommst, Phillippe. Ich hab Kontakt aufgenommen mit der technischen Abteilung. Der blaue Diamant ist tatsächlich in einer der Skulpturen verborgen. Es war eine Heidenarbeit diesen Diamanten in diesem alten Stück zu verbergen, ohne die Skulptur dabei groß zu beschädigen. Das muss ein Könner gewesen sein. Er steckte in der Skulptur der afrikanischen Frau", sagte Samuel.

„Na, wenigstens sind wir in dieser Hinsicht einen Schritt weiter", brummte Bourbon.

„Was ist, hast du schlechte Laune?"

„Das kann man wohl sagen, irgendwie stocken diese Ermittlungen doch gewaltig. Versuch so schnell wie möglich mehr über Rámon zu erfahren."

„Pass mal auf, ich werde Ricardo gleich mal in die Nähe seines Büros schicken, damit er beobachten kann, wohin die Sekretärin nach Feierabend geht. Irgendwas wird er dann schon inszenieren, damit sie ihn wahrnehmen wird. Bleib ruhig, wir werden schon weiter kommen, ist nur noch eine Frage von etwas Geduld und die Sache mit viel Hirn angehen", tröstete ihn Samuel.

„Ja, du hast Recht, ich bin einfach zu ungeduldig", erwiderte Bourbon nun schon etwas freundlicher.

„Also, ich schicke dann mal Ricardo los. Außerdem würde ich vorschlagen, dass wir zwei weitere Skulpturfälschungen anfertigen lassen, falls diese beiden Katalanen wirklich noch mal auf den Weg sind zum Cortijo Isabel."

„Das ist weiß Gott eine gute Idee, " bemerkte Bourbon, „warum komm ich nicht auf solche Sachen?"

„Phillippe, du bist einfach überarbeitet, ich weiß nicht, wann du das letzte Mal vernünftig auch nur eine Nacht durchgeschlafen hast. Du tätest besser daran, dich mal hinzulegen. Du hast uns doch zu deiner Unterstützung geholt, dann lass uns doch einfach mal machen und entspann dich. Morgen früh wird dein Kopf dann umso besser funktionieren", sagte Samuel bestimmt.

Bourbon fuhr sich erschöpft durch das Haar.

„Das ist wohl wahr, " meinte er, „ich glaube ich verschwinde mal in mein Schlafzimmer und tanke Kraft für morgen. Ich danke dir, Samuel."

„Ach, nun verschwinde endlich, ab ins Bett, wir machen das schon, keine Sorge",erwiderte Samuel grinsend.

So verschwand Bourbon in seinem Schlafzimmer. Er schlief ganze 18 Stunden durch, ehe die Welt ihn wieder hatte.

-34-

José Francisco und Guadalupe waren heil in Deutschland angekommen. Sie waren äußerst beeindruckt von dem Hotel Schwanenteich, in dem Guadalupe eines der Königsquellenzimmer gebucht hatte. Das prächtige Anwesen lag direkt an Europas größtem Kurpark bei Bad Wildungen. Guadalupe ließ sich etwas erschöpft von dem Flug auf das große, einladend wirkende Bett fallen.

„Oh, ich bin so froh, dass wir all dem nun entflohen sind, das kannst du dir gar nicht vorstellen", meinte sie müde.

„Doch, kann ich mir", antwortete ihr Mann, „mir geht es genauso."

Er ließ sich ebenfalls neben sie auf das Bett fallen.

„Wie lange werden wir hierbleiben?", fragte sie ihn.

„Na, du bist du hier die Buchungsorganisatorin gewesen. Oder hast du etwa nur drei Tage eingeplant?", fragte er erschrocken.

„Nein, nein, keine Sorge," erwiderte Guadalupe, „ich hab für drei lange Wochen gebucht, aber ich wollte dich gerne fragen, wie lange du überhaupt hier sein möchtest, denn hauptsächlich hatte ich bei dieser Reise an eine Auszeit für dich gedacht, Abstand von all dem zuhause, damit du in Ruhe um deine Mutter trauen oder an sie denken kannst. Ich war dabei eigentlich auch gar nicht eingeplant."

José Francisco schaute sie zärtlich an.

„Mir geht es nur wirklich gut, wenn du bei mir bist, und niemand könnte mich besser unterstützen während der Phase des Trauerns als du. Und wir bleiben einfach so lange, wie wir glauben, diesen Urlaub zu brauchen."

Er küsste sie zärtlich auf die Wange.

„Das ist schön und ich bin auch sehr froh, dass wir nun zusammen hier sind."

Sie erhob sich langsam vom Bett, ihr Bäuchlein erschwerte ihr immer mehr agile und rasche Bewegungen.

„Ich bin zwar hundemüde, aber ich habe Hunger wie eine Löwin. Glaubst du, wir könnten mal ins Restaurant gehen und uns ein schönes Abendessen bestellen? Für mich bitte für zwei Personen", meinte sie grinsend und streichelt über ihren Bauch.

„Wenn du weiter so futterst, werden wir ein Michelinmännchen zur Welt bringen", grinste er sie an.

„Na, so schlimm ist es ja dann doch nicht, oder?" meinte sie lachend und knuffte ihm spielerisch in die Seite. „Auf, du mein liebster Ehemann, trage mich auf Händen zu dem Speisesaal." Sie stellte sich auffordern vor ihn hin mit hoch gehobenen Armen.

José Francisco ging auf ihr Spiel ein und reagierte rasch. Ehe sie sich versah lag sie in seinen Armen. Aber bald schon musste er sie runter lassen, denn sie wog doch mittlerweile mehr als er gedacht hatte.

„Würde es dir auch reichen, wenn ich dir meinem Arm reiche, damit du dich darin einhaken kannst?", fragte er um Erlösung bettelnd.

„Soll mir recht sein, wichtig ist einzig und alleine, dass ich sicher in den Speisesaal komme, und das möglichst schnell. Und die Vorspeise möchte ich jetzt gleich."

Sie spitze die Lippen zu ihm hin. Ein langer, zärtlicher Kuss besiegelte das Vorhaben, danach ein leckeres Abendessen zu sich zu nehmen.

-35-

Jaime und Bernado hatten nach einer endlos langen Zugreise endlich den Bahnhof von Almería erreicht.

„Verdammtes Andalusien", fluchte Jaime vor sich hin, „wann immer es Verspätungen geben kann, hier finden sie statt. So was gibt es bei uns in Pamplona nicht."

„Da muss ich Dir Recht geben, nicht für Geld würde ich hier leben wollen", erwiderte der Katalane Bernado.

Sie hatten, seit sie Andalusien erreicht hatten, laufend Zugverspätungen gehabt bei ihren Anschlusszügen. Wenngleich sie auch keinen festen Terminplan hatten, war das für die Katalanen nervig, denn Pünktlichkeit waren sie gewohnt.

„Und nun?", fragte Jaime.

„Was, und nun?", fragte Bernado zurück.

„Wie geht es weiter, fahren wir jetzt mit dem Bus, oder was?", grinste Jaime ihn an.

„Bernado musste schallend lachen.

„Mit dem Bus, ha ha ha, ich lach mich tot", antwortete er pustend vor Lachen.

Er zog Jaime weg von der Menschenmasse in dem Bahnhof.

„Ich dachte mir wir klauen uns einen flotten Schlitten, irgendwas schnelles, ich hab andere Nummernschilder mit", bemerkte Bernado.

„Guter Plan, los komm, wir suchen uns eine Karre aus, stehen ja genug rum", meinte Jaime fröhlich.

Die beiden schlenderten gemächlich auf den Parkplatz des Busbahnhofs. Ihre Augen spähten unauffällig auf die in Frage kommenden Objekte ihrer Begierde. Jaime hatte etwas gefunden und pfiff Bernado fasst unhörbar kurz zu. Seine Augen ließen in die Richtung blicken, in der der Wagen stand, den er sich ausgeguckt hatte. Ein unscheinbarer 16 Ventiler der Marke Seat. Jaime und Bernado warteten ab bis der erste Ansturm auf dem Parkplatz vorbei war. Danach kehrte Ruhe ein. Jaime hielt Augen und Ohren auf, während Bernado sich daran machte, so unauffällig wie möglich die Nummernschilder zu tauschen. Dann suchte er in seiner Hosentasche nach einem dünnen Draht, überzeugte sich mit einem Blick in das Cockpit werfend, dass der Wagen keine Alarmanlage hatte und machte sich daran, das Türschloss zu knacken. Er hatte rasch Erfolg, seine Erfahrung auf diesem Gebiet war sehr profundig. Jaime schlenderten langsam in Richtung Seat, während Bernado sich an dem Zündschloss zu schaffen machte, und als er den Motor starten hörte, stieg er rasch dazu und beide brausten davon.

„Man, war das ein Spaß, hatte mal wieder richtig Lust drauf, mir auf diesem Weg einen fahrbaren Untersatz zu besorgen." Bernado grinste Jaime an.

„Du bist echt schnell, mein Freund, das hätte ich so rasch nicht hingekriegt",meinte Jaime.

„Alles eine Sache der Erfahrung. Bist ja noch jung. Was nicht ist, kann ja noch werden", erwiderte Bernado gespielt arrogant.

„Na hör mal, wir sind fast gleich alt, sagte Jaime entrüstet.

„Ja, ja, dafür kannst du sicher besser Skulpturen klauen als ich", besänftigte ihn Bernado.

„Meinst du, dass die Skulpturen überhaupt noch da sind? Nachdem die Alte nun Tod ist, haben die sie sicher dort weg geholt", fragte Jaime Bernado.

„Wenn sie nicht mehr dort sind, müssen sie ja irgendwo anders sein. Wozu sind wir denn so ausgekochte Verbrecher? Wir haben schon viel kniffligere Aufträge erledigt, wir werden sie schon finden, " erwiderte Bernado.

Er fädelte sich auf der Autobahn A 92 ein die Richtung Granada führte. Die Autobahn war frei und er gab ordentlich Gas. Bald schon hatten sie die Abfahrt erreicht die sie in Richtung Lucainena de las Torres führen würde. Auf der Nationalstraße verminderte Bernado das Tempo.

„Machen wir mal ein bisschen Sightseeing, schließlich sind wir Touristen", meinte er schelmisch.

„Hier können auch nur Bescheuerte wohnen. Siehst du hier auch nur einen Baum oder Gras?", fragte Jaime Bernado.

„So was nennt man Steinwüste, weißte doch", gab Bernado besserwisserisch zurück.

„Wie auch immer, brottrocken hier das Land. Und schweineheiß", meckerte Jaime rum.

„Na, nun stell dich mal nicht so an, Mimöschen", meinte Bernado, „bei unserem Job wird es dir gleich noch viel heißer werden. Der Angstschweiß wird dir aus den Poren tropfen."

„Ha,ha,ha, ich lach mich tot", motzte Jaime ironisch zurück.

Schweigend fuhren die Beiden nun eine asphaltierte Bergstrasse hinauf in Richtung Cortijo Isabel. Etwa 500 Meter davor parkte Bernado den Wagen in einer Art Dickicht, bestehend aus verdorrten Büschen und Sträuchern, die sicher schon mal feuchtere Gefilde gesehen hatten im Frühjahr. Jetzt, im Sommer, sahen sie nur noch trostlos grau und beige aus, und schienen ohne Leben. Aber sie waren noch hoch genug, um den Wagen gut zu verdecken.

„Na, dann los, lass uns zu Fuß weiter, " sagte Bernado leise zu Jaime, „und nimm die zwei Rucksäcke mit, sie liegen auf dem Rücksitz."
Jaime tat, wie ihm geheißen, es war nicht zu übersehen, dass Bernado das Ruder übernommen hatte und alles nach seinem Plan laufen würde. Aber Jaime kannte ihn nun auch schon so lange, dass er wusste, dass sein Freund einfach das bessere Organisationstalent war als er. Jaime neigte leichter zu unüberlegten Kurzschlusshandlungen, hatte aber ein immenses Geschick bei Diebstählen, so dass sich beide bestens ergänzten.

„Man, ne halbe Mille für jeden von uns, wenn wir die Dinger heil bis Santandér bringen. Ich kann es gar nicht glauben. Das ist eine hübsche Stange Geld, wenn man bedenkt, dass uns nur die Zugreise und das bisschen Sprit etwas Geld davon abzwacken werden." Bernado redete leise, es war Vorsicht geboten, man konnte nicht wissen, ob das Cortijo nicht doch bewacht wurde. Sie waren zügig einen kleinen Bergpfad hinauf gegangen. Von weitem hätte man sie für Wandertouristen halten können.

„Noch haben wir sie nicht, also träum nicht zu früh", gab Jaime sarkastisch zurück.

„Auch Diebe haben Träume, mein Gott, oder etwa nicht?"

„Ach, halt jetzt die Klappe, ich muss mich konzentrieren."

Bernado schwieg, und beide kamen dem Cortijo Isabel nun immer näher. In einer kleinen Ecke mit Gestrüpp machten sie halt und verbargen sich darin. Jaime zückte sein Minifernglas und schaute damit in Richtung Cortijo. Bernado störte den Freund nicht dabei, er wusste, wenn da oben irgendetwas war, Jaime würde es ausspähen. Er hatte Augen wie ein Falke und den Instinkt eines Wolfes in solchen Dingen. Es dauerte gut 10 Minuten bis Jaime schließlich das Fernglas absetzte und redete.

„Da scheint nichts zu sein, alles friedlich. Ich denke wir können loslegen. Wir werden als erstes den Park absuchen. Im Haus selber war ja damals nichts zu finden. Der Gärtner war sehr nervös gewesen, ich vermute die Skulpturen also im Park. Zerbrich dir schon mal den

Kopf, wo du solch zwei wertvolle Skulpturen verstecken würdest, wenn du sie vor anderen Augen in Sicherheit wissen willst", flüsterte er Bernado leise zu.

Bernado hob nun den Daumen hoch, um ihm mitzuteilen, dass er genau das tun würde. Sie vermieden jetzt jedes weitere Wort und bewegten sich so anmutig und leise wie Cheyenne Indianer. Vorsichtig pirschten sie sich an die Parkanlage des Anwesens heran. Fast lautlos teilten sie sich im Park angekommen per Handzeichen in verschiedene Richtungen auf. Jaime bewegte sich südlich, Bernado ging in Richtung Osten des Parks. Angespannt versuchte Jaime sich in den Kopf der verstorbenen Besitzerin des Cortijos hinein zu versetzen. Wo würde sie eine wertvolle Skulptur unterbringen? Er kam zu dem Schluss, dass sie sie mit Sicherheit irgendwo platziert hatte, wo sie sie auch hätte bewundern können, wenn sie Lust dazu verspürt hätte. Also kam ein unterirdischer Platz eher weniger in Frage. Jaimes scharfe Augen und sein sensibles Gespür arbeiteten auf Hochtouren. Währenddessen suchte Bernado den östlichen Teil des Parks ab. Aber er fand absolut gar nichts dort. So beschloss er wieder in Richtung Süden zu gehen, um nachzusehen ob Jaime schon etwas gefunden hatte. Jaime saß hoch konzentriert vor einer Felswand, die mit Efeu bepflanzt war. Er starrte den Efeu an. Bernado hatte ihn nach einigem verzweifelten Suchen doch letztendlich entdeckt, und tippte Jaime nun an die Schulter. Jaime hatte den Freund schon kommen hören, als er noch mindestens 30 Meter von ihm entfernt gewesen war. Insofern wurde er von ihm nicht überrascht. Er nickte Bernado zu und deutete mit der Hand auf das Efeu.

„Ich denke, da könnte was sein", meinte er leise flüsternd.

„Wie kommst du darauf?", fragte Bernado flüsternd zurück.

Jaime legte nur den Zeigefinger an seine Lippen, um ihm anzudeuten, ruhig zu sein. Mit der Hand deutete er ihm an, sich in einem nahe liegenden Gebüsch zu verstecken, während er selber leise in Richtung Efeu schlich. Er hatte sich zuvor schon eine Stelle ausgeguckt, die ihm etwas merkwürdig vorkam. Sie schien wie angeschnitten. Und Jaime behielt recht: als er vor dem Efeu stand, konnte er das Efeu in zwei Hälften aufklappen. Er tat es und befand sich direkt vor einer Holztür, die grade mal so groß war, dass ein Mensch in etwa reinpassen könnte. Er betätigte den Griff der Türe, aber sie war verschlossen. Jaime kramte in seinem mitgebrachten Rucksack, und zog einen Dietrich hervor. Innerhalb von Sekunden hatte er die Türgeöffnet. Er hoffte inständig, dass diese nicht mit einem Alarmsystem versehen war. Ein Seufzer der Erleichterung entfuhr ihm, als kein Alarmsignal losging. Als er sich durch die kleine Tür gezwängt hatte, konnte er nur wenig sehen, das bisschen Tageslicht, das in diese kleine Höhle fiel, war nicht ausreichend, um irgendetwas Vernünftiges zu erkennen. Jaime griff erneut in seinen Rucksack und organisiert wie er nun mal war, hatte er gleich seine kleine Taschenlampe zur Hand. Er machte sie an und hatte plötzlich den direkten Blick auf die beiden Skulpturen. Sie sahen prachtvoll aus, selbst für Jaime, der überhaupt nicht verstehen konnte, wie jemand von solchen Kunstwerken begeistert sein konnte. Er begann, jeden Zentimeter der Höhle abzuleuchten, um erkennen zu können, ob die Skulpturen mit einem Alarmsystem verbunden waren. Aber auch hier konnte er nichts Auffälliges feststellen. So ging er vorsichtig wieder nach draußen und pfiff leise durch die Zähne. Bernado kam sofort zu ihm.

„Komm hier rein", wies ihn Jaime an.

Bernado tat, wie ihm geheißen.

„Schnapp dir die linke Skulptur, ich nehme die Rechte, und dann ab durch die Mitte", flüstere Jaime.

In Windeseile öffnete jeder seinen Rucksack und nahm sich eine Skulptur, um sie darin zu verstauen. Die Skulpturen waren recht schwer. Es würde ein anstrengender Rückweg werden.

Jaime verließ die Höhle als Letzter, schloss die Türe sorgfältig und klappte dass Efeu wieder in seine normale Position zurück. Danach liefen die beiden Männer zügig, aber leise los. Bernado begann nach wenigen Minuten ordentlich zu keuchen. Er trug die afrikanische Frau in seinem Rucksack, die etwas schwerer war, als Jaimes Skulptur. Mühsam folgte er Jaime, bis sie in der Nähe des Wagens angekommen waren. Dort setzte Bernado den Rucksack kurz ab und wollte verschnaufen.

„Bist du wahnsinnig, heb das Ding wieder hoch und ab in den Wagen!", zischte ihm Jaime zu.

Bernado verzog das Gesicht und folgte Jaimes Anweisung. Mit letzter Kraft packte er den Rucksack in den Kofferraum des Wagens und setzte sich dann ans Steuer.

„Fahr unauffällig los, ganz ruhig", meinte Jaime.

Bernado hatte bei weitem ein nicht so gutes Nervenkostüm wie Jaime, daher musste ihn sein Freund öfters mal daran erinnern, dass er manche Sachen mit Ruhe und Klugheit angehen musste. So fuhr Bernado langsam an und hielt sich auch ansonsten generell an die ausgewiesene Höchstgeschwindigkeit. Jaime liefen Schweißtropfen über die Stirn. Die Anspannung der letzten 2Stunden wich langsam von ihm, er begann, sich wieder zu entspannen. Für gewöhnlich reagierte sein Körper dann mit dem verspäteten Schwitzen, was sich jetzt zeigte.

„Wie gehen wir weiter vor?", fragte Bernado ihn.

„Fahr in die Stadt. Dort stellen wir den Wagen irgendwo ab und nehmen uns einen Leihwagen", antwortete Jaime gelassen. Er war nun wieder die Ruhe selber, kühl, überlegen und souverän.

Sie fuhren die Nationalstraße 340a weiter, Richtung Almería. Kurz vor dem Kreisverkehr des Dorfes Tabernas sah Jaime eine Guardia Civil Streife stehen.

„Scheiße!", rief er aus.

Bernado hatte die Streife im selben Augenblick auch bemerkt.

„Wir sind dran, wenn die uns anhalten", sagte er entsetzt.

„Wenn sie uns anhalten. Muss ja nicht passieren. Fahr ruhig weiter. Für den Fall des Falles, Plan B", erwiderte Jaime.

Bernado kannte Plan B nur zu gut. Er hatte heute keine Lust auf Autorennen. Er hoffte inständig, dass die Streife sie durch lassen würde. Sie hätten sich keine Sorgen machen zu müssen. Die Streifenbeamten waren gerade mit einem anderen Verkehrsteilnehmer beschäftigt. So kamen sie ungestört weiter. In Almería angekommen grinsten sie sich gegenseitig an und schlugen sich die Handflächen aneinander. Der Rest des Unternehmens würde ein Kinderspiel werden.

-36-

Lucia war froh, dass Feierabend war. Ihr Chef Rámon war derzeit ein einziges Nervenbündel. Launisch und hektisch wies er ihr die zu erledigenden Arbeiten zu. Seit sie das Gespräch, oder besser gesagt den Streit, zwischen ihrem Chef und Don Fernando mitbekommen hatte, fühlte sie sich nicht mehr wohl in ihrer Haut. Irgendwas war da im Gange. Sie hatte in letzter Zeit bemerkt, dass Rámon häufig Gespräche mit dem Kulturminister geführt hatte. Und ihr Chef hatte

Fernando verdächtigt, die reiche Isabel Rodriguez umgebracht zu haben, das trug nicht gerade dazu bei, dass sie sich besser fühlte. So verließ sie nun fast fluchtartig das Büro und lief auf die Straße. Dort stieß sie prompt mit einem Passanten zusammen, weil sie nicht aufgepasst hatte. Während des Zusammenstoßes fiel sie hart auf die Pflastersteine, und schlug sich beide Knie auf.

„Meine Güte, haben Sie sich verletzt?", fragte sie der Passant und bückte sich zu ihr hinunter, um ihr auf zu helfen.

Lucias Nervenkostüm war nun am Ende, sie sah auf ihre aufgeschlagenen Knie und begann zu weinen. Der attraktive Herr, mit dem sie zusammen gestoßen war, nahm sie schützend in die Arme.

„Es ist ja gut, alles halb so schlimm, kommen Sie, wir gehen dort hinüber, da ist ein kleines Café", sagte er beruhigend und stützte sie.

Lucia war nicht fähig Einwände zu äußern. Wie hypnotisiert humpelte sie tapfer mit bis zu dem Café. Ricardo fühlte sich nicht ganz wohl, wegen seinem inszenierten Zusammenstoß. Er machte solche Sachen ungern. Aber es musste sein.

„Bleiben Sie hier, ich bestelle Kaffee und besorge etwas, um Ihre Wunden zu säubern", sagte er mitfühlend."

Er stand auf und ging rasch in das Café. Wenige Sekunden später kam er mit einer kleinen Flasche Jod und Kompressen zurück. Er beugte sich zu Lucias Knie hinunter, und begann sorgfältig und vorsichtig mit der Reinigung der Wunden. Lucia hatte zwar versucht, Haltung zu bewahren, aber immer noch kullerten Tränen aus ihren schönen, großen Augen. Ricardo beendete rasch sein Werk, um sie nicht noch mehr in Verlegenheit zu bringen, denn die anderen Cafébesucher schauten bereits neugierig. Danach zog er seinen Stuhl dicht an den von Lucia heran und setzte sich.

„Ricardo", stellte er sich vor. „Ich hätte nicht gedacht, dass mein Abend noch so enden würde", meinte er sanft lächelnd.

Lucia wurde verlegen. Dieser Mann war von einer einzigartigen Attraktivität, sie konnte es in Worte gar nicht beschreiben, wenn sie es hätte tun müssen. Sie schätze ihn um die 50 Jahre alt. Das Haar war leicht grau meliert und er trug es zurückgekämmt. Er hatte tiefschwarze Augen und ein interessantes Gesicht, dass ihr als Frau Stärke und Überlegenheit, aber auch Sanftmut vermittelte. Sie begann sich etwas zu entspannen.

„Lucia",erwiderte sie nun leicht schüchtern, um sich ebenfalls vorzustellen.

„Tut es noch sehr weh, Lucia?", fragte sie Ricardo.

Sie schüttelte mit dem Kopf.

„Nein, es geht schon wieder, ich weiß auch nicht, wo ich mit meinen Gedanken war. Verzeihen Sie mir bitte", meinte sie scheu.

„Nicht doch, nicht doch, ich hatte genauso viel Schuld daran. Und weil ich mich so schuldig fühle, werde ich Sie nun nicht mehr aus den Augen lassen, bis ich nicht ganz sicher bin, dass Sie wieder vollkommen in Ordnung sind." Er legte bei diesen Worten vorsichtig eine Hand auf die ihrige.

Lucia zog sie nicht weg. Sie fühlte sich seltsam bewegt, so ein Gefühl hatte sie das letzte Mal, als sie verliebt war, vor gut einem Jahr. Ihr damaliger Freund hatte sie betrogen und seitdem hatte sie sich geschworen, nie wieder eine feste Bindung einzugehen mit einem Mann. Allerdings glaubte sie nicht an Zufälle, und das dieser Mann mit ihr zusammen gestoßen war schien ihr so etwas wie Schicksal zu sein. Sie begann sich zu entspannen. Der Kellner brachte den Kaffee.

„Wissen Sie", begann Ricardo, nachdem sie einen Schluck von ihrem Kaffee genommen hatten, „ich bin nicht ganz aus Zufall hier in dieser Ecke", meinte er.

Lucia schaute ihn fragend an.

„Ich hatte bewusst versucht, mit Ihnen Kontakt aufzunehmen", erklärte Ricardo.

Lucias Augen wurden immer größer. Sie fand das Ganze jetzt doch mehr als mysteriös.

„Aber warum?", fragte sie erstaunt zurück.

„Sehen Sie, ich müsste mich mal mit Ihnen in Ruhe unterhalten, wo nicht so viele Leute sind.

Ich arbeite für ein Sonderkommando, in Bezug auf organisiertes Verbrechen." Er zog seinen Dienstausweis aus seinem Jaket und zeigte ihn Lucia.

Lucia fühlte sich nicht wohl in ihrer Haut. Sie fragte sich, was das Ganze sollte, wieso ausgerechnet sie da irgendetwas mit zu tun haben sollte.

„Könnten wir irgendwo in Ruhe reden?", fragte Ricardo.

Lucia überlegte einen Moment.

„Das Büro meines Chefs ist gleich dort, wo wir zusammen gestoßen sind", meinte sie unsicher.

„Das ist, glaube ich, keine gute Idee. Denn es geht mehr oder weniger um Ihren Chef, und falls er noch dort sein sollte....", beendete er seinen Satz.

„Dann gehen wir zu mir, es ist nicht weit", sagte sie bestimmt.

Sie war nun viel zu neugierig und aufgeregt, um nicht wissen zu wollen, was hier los war.

„Gut, ich zahle den Kaffee und dann gehen wir, ja?", fragte er sie und lächelte sie dabei vertrauenswürdig an.

„Perfekt."

Ricardo ging in das Café, zahlte und bot dann Lucia seinen Arm an.

„Können Sie denn laufen, mit diesen aufgeschlagenen Knie?", fragte er besorgt.

„Ach, das wird schon gehen, es sind nur zwei Straßen weiter", erwiderte sie, verzog aber das Gesicht kurz schmerzverzerrt, als sie aufstand. An seinem Arm gestützt humpelte sie in Richtung ihres Appartements. Vor dem Eingang eines modernen Gebäudes blieb sie stehen und kramte in ihrer Handtasche nach dem Hausschlüssel. Sie öffnete die Tür und ging mit Ricardo in den Aufzug, der sie in die zweite Etage brachte. Lucias Appartement war für eine einfache Sekretärin äußerst luxuriös eingerichtet. Es fehlte an nichts. Vom

LCD Fernseher, bis hochwertigem Ledersofa war hier alles zu finden, was kostspielig und exklusiv war.

Ricardo pfiff durch die Zähne, nachdem er den ersten Eindruck visualisiert hatte.

„Wie kommt eine Sekretärin zu einem solch erstklassigen Appartement?", fragte er sie.

Lucia fühlte sich unbehaglich in ihrer Haut.

War sie ihm Rechenschaft schuldig? fragte sie sich im Stillen. Aber sie entschloss sich zu einer klugen Antwort.

„Durch Fleiß."

„Wow, ich bin beeindruckt", flachste Ricardo zurück.

„Erzählen Sie mir jetzt, um was es geht?", fragte sie nun gespannt.

„Das will ich gerne tun, ich muss Sie aber darum bitten, dass Sie absolutes Stillschweigen bewahren werden, über das, was wir hier bereden", antwortete Ricardo ernst.

„Darauf können Sie sich verlassen, ich bin kein Plappermaul und der Job einer Chefsekretärin fordert das Gleiche von mir. Also werden Sie auch verstehen, dass ich Ihnen, falls Sie Auskünfte über meinen Chef und seine Arbeit haben wollen, keine großen Chancen haben werden, durch mich etwas zu erfahren."

Ricardo räusperte sich kurz. Er hatte es hier mit einer sehr klugen Frau zu tun und er sagte es ihr auch.

„Ich sehe, Sie sind sehr intelligent und loyal ihrem Arbeitgeber gegenüber, Lucia. Aber hören Sie mir erst einmal zu, mal sehen, wie Sie dann zu ihrem gehüteten Betriebsgeheimnis stehen."

„Legen Sie los, ich kann es kaum abwarten", meinte Lucia

„Kennen Sie einen gewissen Fernando Jésus Beltran Expósito?", fragte er sie zunächst.

„Muss ich die Wahrheit sagen, oder darf ich auch lügen?", fragte sie vorsichtig zurück.

„Es wäre in Ihrem eigenen Interesse, wenn Sie mir die Wahrheit sagen würden. Wir können Sie aber auch offiziell vorladen, dann müssten Sie die reine Wahrheit sagen", sagte Ricardo bestimmt.

Lucia bekam bei dem Wort „vorladen" einen riesigen Schreck. Wieso sollte sie vorgeladen werden, sie hatte schließlich nichts verbrochen.

„Aber ich hab doch gar nichts getan, ich hatte in meinem ganzen Leben noch nie mit der Polizei zu tun!", rief sie entrüstet aus.

„Passen Sie auf Lucia, Fernando ist tot. Er wurde ermordet. Eine Autobombe hat ihn in die Luft gejagt", sagte Ricardo.

Lucia zuckte zusammen. *Das konnte doch nicht wahr sein,* dachte sie. Sie entschloss sich, Ricardo zu sagen, was sie wusste.

„Ja, ich kannte Fernando, zwar waren wir nicht privat befreundet, aber er ging in unserem Büro ein und aus, denn mein Chef ist sein bester Freund gewesen", sagte sie leise.

„Dann wird es Sie eventuell interessieren, dass Ihr Chef in Verdacht steht etwas mit diesem Mord zu tun zu haben. Der einzige Grund, warum wir ihn bisher noch nicht fest genommen haben wegen Mordverdacht ist, weil wir den Hauptdrahtzieher dieser ganzen Geschichte haben wollen", erwiderte Ricardo.

„Welche ganze Geschichte? Geht es um den Mord dieser Cortijobesitzerin?", fragte Lucia aufgeregt.

„Was wissen Sie davon?", startete Ricardo seine Gegenfrage.

„Ich kann Ihnen nur sagen, dass ich ein Gespräch mitgehört habe, zwischen meinem Chef und Fernando. Mein Chef hat Fernando in Verdacht gehabt, diese Frau umgebracht zu haben, aber Fernando beteuerte immer wieder,dass er es nicht war", antwortete Lucia vorsichtig.

„Und weiter? Was wurde noch in diesem Gespräch behandelt?", fragte Ricardo rasch.

„Gespräch, Gespräch, das kann man fast gar nicht mehr so nennen", meinte sie. „Es war eher ein Streit, und zwar ein richtig ordentlicher. Ich habe zwar nichts gesehen, aber im Büro hat es gerumpelt und gescheppert, das klang nach einem Handgelange zwischen den Beiden und Ramón brüllte rum, und Fernando brüllte zurück."

„Haben Sie einzelne Sätze verstehen können?", wollte Ricardo wissen.

„Was ich sicher verstanden habe war, dass Ramón so etwas sagte wie; das es gerade jetzt nicht gut wäre, das die Cortijobesitzerin ermordet worden war, sonst würde das Geschäft platzen und sie hätten es dann nicht mehr in der Tasche. Also sinngemäß ist das in etwa das, was ich mitgekriegt habe", erwiderte Lucia

„Hatten Sie in letzter Zeit häufiger Anrufe erhalten oder Korrespondenz erledigt, die in irgendeinem Kontakt zu unserem spanischen Kultusministerium standen?"

Lucia schaute verdutzt zu ihm.

„In der Tat, ja, jetzt wo Sie es erwähnen, das kann ich Ihnen bestätigen", meinte Lucia erstaunt.

„Welchen Inhalt hatte die Korrespondenz und wer genau wollte ihren Chef?", kam die nächste Frage von Ricardo zurückgeschossen.

„Ah, ah, das ist Betriebsgeheimnis, darüber darf ich Ihnen keine Auskünfte geben", wehrte Lucia ab.

„Kommen Sie, Lucia", sagte Ricardo, „Sie haben vorhin schon mehr ausgeplaudert, ohne dass Sie sich darüber pikiert hätten."

„Ja, schon, aber diese Frage geht zu weit", meinte Lucia bestimmt.

 Sie verschränkte die Arme vor der Brust, um ihm damit anzudeuten, das alle weiteren Versuche, in ihr herum bohren zu wollen, zwecklos waren.

Ricardo musterte sie abschätzend.

„Dann hören Sie mir mal zu, wie gefällt Ihnen diese Geschichte: Die Cortijobesitzerin Isabel wurde ermordet. Ihr Chef hatte Fernando dazu gebracht, sich das Cortijo vor dem Tod der Isabel überschreiben zu lassen. Danach sollte es in die Hände von Ramón gelangen, der es an den spanischen Staat für viel, vielGeld verkaufen wollte. Der

Kultusminister steckt mit Ramón unter einer Decke. In dem Cortijo befanden sich wertvolle Skulpturen, Ramón holte sie sich, danach ging die Autobombe los, als Fernando wieder nach Hause fahren wollte. Der Gärtner wurde ermordet, und unser Hauptkommissar Mendez ebenso. Dem Notar Javier Móron wurde gedroht. Was sagen Sie dazu?",erklärteRicardo eindringlich.

Lucia war blass geworden,

„Um Gottes Willen, Sie wollen doch damit nicht sagen, dass mein Chef hinter diesen Morden steckt?", fragte sie entsetzt.

„Das versuchen wir gerade heraus zu bekommen. Wollen Sie uns dabei helfen?", fragte er sie.

„Wenn ich das kann?", erwiderte Lucia zweifelnd. „Was muss ich denn tun?"

„Wir brauchen alle Informationen, die Sie zusammen tragen können über die Gespräche, die Ramón mit dem Kultusminister getätigt hat. Versuchen Sie vorsichtig, aber bitte ganz vorsichtig, mehr über Ramóns Transaktionen heraus zu bekommen. Sie müssen auf der Hut sein, lassen Sie sich nichts anmerken. Wir werden Ihnen den nötigen Schutz zukommen lassen. Falls also irgendwelche Männer in Ihrer Nähe sein werden, von denen Sie glauben, dass sie Ihnen an den Fersen hängen, dann sind das unsere Männer. Ich arbeite übrigens für den neuen Hauptkommissar Phillipe Bourbon, der extra für diesen Fall von Madrid hier her berufen wurde. Wir wollen alle fassen, Drahtzieher, Handlanger, sowie alle staatlichen Politiker, die an dieser

Korruption beteiligt sind. Es nützt uns nichts, wenn wir nur Ramón kriegen, wir müssen diese organisierten Verbrechen stoppen. Sind Sie dabei?", fragte er sie beschwörend. Lucia setzte sich etwas auf und antwortete aufgeregt:
„Ich bin dabei."

-37-

Jaime und Bernado parkten den geklauten Wagen in der Innenstadt von Almería, nahmen ihre Rucksäcke mit den Skulpturen aus dem Kofferraum und liefen los in Richtung Autovermietung. In Almería gab es Autovermietungen wie Sand am Meer. Der Tourismus war in den letzten 5 Jahren aufwärtsstrebend, die Prognose günstig. So war es nicht schwer, gleich in der nächsten Straße einen Leihwagenbetrieb zu finden.
„Bleib du draußen, " meinte Bernado vor dem Eingang der Geschäftstür, „sie müssen ja nicht gerade uns beide hier so offensichtlich sehen. Hier, nimm meinen Rucksack und warte hier auf mich."
„Zu Befehl, Chef", erwiderte Jaime und schlug die Hacken spaßig zusammen und salutierte.
Bernado trat ein.
„Guten Morgen", grüßte er höflich.

„Guten Morgen, was können wir für Sie tun, mein Herr?", fragte der Angestellte Luis Lopez.

„Ich brauche einen Leihwagen, etwa für drei Tage. Allerdings müsste ich den Wagen in der Nähe von Barcelona wieder abgeben können, wäre das möglich?", fragte Bernado freundlich.

„Oh, das ist kein Problem. Wir haben Zweigstellen in Barcelona. Warten Sie, ich hole mal die Liste mit den Adressen, damit Sie wissen wo Sie den Wagen zurückgeben können", meinte Luis. „ Entschuldigen Sie mich bitte einen Moment."

„Kein Problem", antwortete Bernado.

Luis begab sich zu den Aktenschränken und holte die Liste hervor.

„So, dann schauen wir mal, welcher Stadtteil wäre Ihnen den am angenehmsten?"

„Das ist mir eigentlich nicht so wichtig, Hauptsache in Stadtnähe", antwortete Bernado.

„Dann hätte ich hier eine unsere Zweigstellen in der Carrer de Muntaner 45", meinte Luis. Welchen Wagentyp ziehen Sie vor?"

„Ein etwas flotteres Modell, wenn möglich, nicht die letzte lahme Gurke. Und bloß keinen Hyundai Atos", spaßte Bernado.

Luis lachte.

„Da haben Sie Recht, damit kommt man nicht wirklich vorwärts. Ich hab hier einen Renault Coupé für Sie, der ist spritzig. Kostet für die drei Tage 120,- Euro."

„Perfekt", meinte Bernado, „den nehme ich."

„Gut, dann brauche ich Ihren Ausweis und Führerschein bitte."

Bernado holte seine gefälschten Dokumente aus der Jackentasche und legte sie Luis auf den Tisch. Luis begann das Mietformular auszufüllen.

„Wie wollen Sie zahlen, mit Kreditkarte oder bar, Don Porras Maestre?", fragte er Bernado.

„Bar bitte."

„Bestens, dann müssen Sie nur noch hier unterschreiben, und ich werde Ihnen den Wagen vorfahren lassen." Er legte Bernado das Formular hin zum Unterzeichnen.

Bernado unterschrieb, zahlte den Betrag und nahm seine Dokumente wieder entgegen.

„Warten Sie bitte einen Moment, ich werde veranlassen, dass der Wagen gebracht wird." meinte Luis und begab sich ans Telefon.

„Rafael, hol mir ein Renault Coupé aus der Tiefgarage und fahr es bitte vor die Eingangstür." forderte er seinen Kollegen auf. An Bernado gewandt sagte er:

„Es dauert nur 5 Minuten, setzen Sie sich doch einen Moment." Er wies mit der Hand auf eine kleine Sofaecke.

Bernado tat wie ihm geheißen. Währenddessen wurde Jaime leicht nervös vor der Eingangstür. Er hatte in den letzten 10 Minuten einige merkwürdige Vorgänge beobachten können. In jeder Ecke kamen irgendwelche Männer zum Vorschein, die sich etwas eigenartig verhielten. Der eine lehnte an einer Hauswand und rauchte eine Zigarre, ein andere wiederum telefonierte nun schon seit einer geraumen Zeit in seiner unmittelbaren Nähe. Ein dritter Mann saß an der Eingangsstufe eines nahe gelegenen Hauses und las Zeitung. Irgendwie kamen Jaime diese Verhaltensweisen komisch vor, es war wohl ein innere Instinkt, der über Jahre antrainiert war, wenn er seine Verbrechen begangen hatte, der ihn so feinfühlig hatte werden lassen. Er beschloss, zu Bernado hineinzugehen. In diesem Moment wurde ein Wagen vorgefahren und Bernado trat aus dem Leihwagengeschäft heraus.

„Lass uns schnell verschwinden, hier stimmt was nicht", raunte ihm Jaime zu.

Der Leihwagenüberbringer konnte so schnell gar nicht gucken, da wurden ihm die Schlüssel aus der Hand gerissen, Jaime und Bernado sprangen in den Wagen und heizten los. Binnen von Sekunden waren ihnen 5 Polizeistreifen auf den Fersen und drei weitere Zivilfahrzeuge des Sonderkommandos. Passanten sprangen erschrocken auf die Bürgersteige, Polizeisirenen ertönten und es begann eine wilde Verfolgungsjagd durch die ganze Stadt. Bernado schwitze merklich, weil er hochkonzentriert in berauschender Geschwindigkeit durch die mit dichtem Verkehr besetzte Innenstadt fuhr. Die Polizeisirenen erleichterten ihm ein Durchkommen, denn die ihm folgenden Polizeistreifen, die mit lauten Sirenen hinter ihm her waren, ließen die anderen Verkehrsteilnehmer rechts ranfahren, so dass er freie Fahrt hatte. Womit er allerdings nicht gerechnet hatte, war eine große Straßensperre die ihm nun, als er sich in Hafennähe befand, kein Weiterkommen mehr möglich machte.

„Verdammte Scheiße!", fluchte er.

Jaime war bleich im Gesicht geworden. Er hoffte inständig, dass sie aus dieser Geschichte wieder ungeschoren rauskommen würden. Er presste die Hände aneinander, als er die Polizisten aus den Wagen herausstürzen sah. Sie liefen in rascher Geschwindigkeit zu dem Coupé hin, rissen die Türen auf und richteten ihre Maschinenpistolen auf Bernado und Jaime.

„Aussteigen, Hände über den Kopf, Beine auseinander!", wurden sie angebrüllt.

Bernado und Jaime taten ihnen wie geheißen. In Sekundenschnelle wurden sie von geübten Händen nach Waffen untersucht, bekamen Handschellen angelegt, und dann wurden sie zu einer der Polizeistreifen geführt. Die Rucksäcke mit den Skulpturen wurden sichergestellt.

Jaime fragte sich, ob hier nun seine Karriere als Superverbecher enden würde, und er hoffte inständig, dass Alberto sie aus dieser Sache raus boxen würde.

-38-

Ramón war mehr als zufrieden. Das Cortijo Isabel war umgeschrieben auf den spanischen Staat. Die Subventionsgelder flossen ohne Ende, das geplante Museum wurde bereits errichtet im Cortijo Isabel und von jedem Eintrittsgeld würde Rámon ebenso prozentual beteiligt werden. Ganz zu schweigen von den vielen Millionen, die er bereits vom Kultusminister José Carlos erhalten hatte für den Deal, den er mit Fernando arrangiert hatte. Einziger wunder Punkt an der Geschichte war der Tod seines Freundes Fernando. Er hatte mit José Carlos eine heftige Auseinandersetzung gehabt, weil er vermutet hatte, dass dieser hinter dem Anschlag mit der Autobombe gesteckt hatte. Aber dem war nicht so, zu mindestens glaubte Rámon nicht mehr daran. Er kannte José Carlos sehr gut, und dieser hatte ihm nun etliche Male beteuert, dass er damit nichts zu tun hatte. Wer also hatte ein Interesse daran gehabt, das Fernando sterben sollte? Ebenso wenig war das Kulturministerium Schuld am Tod der Isabel Rodriguez. Selbst den Mord an dem Gärtner und dem Kommissar stritt José Carlos energisch ab. Rámon wusste nicht mehr so Recht, ob er auf dem richtigen Schiff mitfuhr. Aber im Moment hatte er andere Sorgen, er musste sich um die Weitergabe der Skulpturen kümmern. So blieb ihm keine weitere Zeit, um über das „Wer hatte wen umgebracht" nachzudenken. Rámon verließ sein Büro mit Eile, denn er war mit einem Kunsthändler verabredet, der den exakten Wert der beiden Skulpturen schätzen

sollte. Rámon wollte sich nicht über den Tisch ziehen lassen, Freundschaft hörte bei Geld bekanntlich auf. Nach diesem Motto lebte Rámon schon seit Jahren, und er war immer gut damit gefahren. So eng seine Freundschaft mit José Carlos auch sein mochte, die Butter vom Brot nehmen lassen wollte sich Rámon nicht. Zu hart hatte er dafür gearbeitet, um an diese Skulpturen zu kommen. Er lief nun rasch zu seinem Wagen und fuhr in das moderne Villenviertel von Almería *Nueva Andalucia*. Dort war der Kunsthändler ansässig. Rámon hatte ihm den Abend zuvor die Skulpturen übergeben. In der Calle Acacia angekommen, bei der Hausnummer 5, parkte er seinen Jaguar und ging auf die Villa des Händlers zu. Ein kalt wirkendes Eingangstor mit hohen spitzen Zacken und zwei schneeweißen Tonadlern wirkte fast schon ausladend auf ihn. Rámon schüttelte mit dem Kopf. Er hasste Geschmacklosigkeiten, und seiner Meinung nach war dies eine. Umso weniger konnte er verstehen, dass dieser Mann ein Kunsthändler war. Dies hier war jedenfalls seinem Erachten nach alles andere als Kunst. Rámon klingelte an dem missratenen Eingangstor. Ein Summer ertönte und er wurde eingelassen. Eine Hausbedienstete öffnete ihm die Tür und führte ihn in die Kellerräume der Villa. Dort traf er auf den Kunsthändler Antonio Cabrera.
„Ich grüße Sie, Don Antonio", sagte Rámon, als er in den Raum eintrat.
Der Kunsthändler hatte ein seltsames Gerät an einem seiner Augen haften. Don Antonio nahm sich das Gerät vom Auge, das sich als

Einschlaglupe entpuppte, welche es möglich machte, alle Sachen die man betrachtete, um ein Vierzigfaches zu verschärfen.

„Oh, Don Rámon, ich hatte noch gar nicht mit ihnen gerechnet", meinte Don Antonio etwas zerstreut.

„Ich war früher im Büro fertig und dachte ich komm schon mal vorbei. Ich hoffe, das war nicht unhöflich, Sie sind sicher ein viel beschäftigter Mann", erwiderte Rámon etwas reumütig.

Er war sich bewusst, dass seine Überpünktlichkeit manchmal nicht gerade das war, was man als höflich bezeichnen würde. Das war ein schwacher Punkt seiner Eigenarten.

„Nein, nein, keineswegs, mit ihren Skulpturen bin ich schon seit 2 Stunden fertig, das Thema hatte sich schnell erledigt", sagte Don Antonio.

Das klang nicht gut, fand Rámon. Der Kunsthändler hatte so einen komischen Unterton bei diesem Satz durchklingen lassen.

„Wie meinen Sie das, wieso hatte sich das Thema schnell erledigt?" fragte Rámon besorgt aber auch sehr neugierig.

„Nun, ich will es mal so sagen; Ihre beiden Skulpturen sind Fälschungen. Zwar sehr schön nachgeahmt, aber alleine das Material, das benutzt wurde, kann den wirklichen Skulpturen nicht mal annähernd das Wasser reichen."

„Ich glaube es nicht", meinte Rámon entsetzt.

Er musste sich setzen. Don Antonio erkannte seinen Wunsch nach einer Sitzgelegenheit sofort, und wies ihm mit der Hand den Weg in eine Sofaecke, die in dem Raum eingerichtet war.

„Möchten Sie einen Cognac?", fragte er Rámon.

Rámon setzte sich auf einen Sofasessel.

„Ja, bitte, ich glaube den brauche ich jetzt", antwortete er ehrlich.

Don Antonio machte sich daran, zwei Cognakschwenker zu füllen, und setzte sich dann neben Rámon.

„Also, die Skulpturen sind aus einem Gestein gefertigt, das auf alle Fälle nicht aus der Gegend kommt, wo sie wirklich hergestellt wurden. Ich konnte keinerlei Anzeichen entdecken, dass diese von dem bedeutenden Bildhauer José Maria Berenguel Ruiz angefertigt wurden. Ruiz hatte in seinen Arbeiten eine ganz eigene Handschrift. So war es für ihn zum Beispiel obligatorisch, in seine Werke ein verschnörkeltes „R" einzuarbeiten. Zwar muss man jede Skulptur von ihm perfekt untersuchen, um es zu finden, aber es ist immer irgendwo aufzufinden. In diesen beiden Skulpturen, die Sie mir gebracht haben, ist diese Signatur nicht zu finden. Ganz abgesehen davon weist nichts, aber auch gar nichts auf die einzigartige Handschrift dieses Mannes hin. Er hatte einen ganz besonderen Stil, er ging mit Hammer und Meißel in einer sehr eigenen Art vor, die nicht zu kopieren ist. Ihre Skulpturen sind demnach praktisch wertlos", klärte Don Antonio Rámon auf.

Rámons Gehirn arbeitete auf Hochtouren. Möglicherweise musste er eine zweite Expertenmeinung einholen. Oder aber Fernando hatte sich die Skulpturen unter den Nagel gerissen und hatte versucht, ihn zu betrügen. Jetzt, wo Fernando tot war, fragte sich Rámon allerdings, wer die richtigen Skulpturen in seinen Händen hatte. Er grübelte und grübelte, und kam letztendlich zu dem Schluss, dass eventuell José Francisco im Besitz dieser Skulpturen war. Oder der Notar Javier Móron wusste etwas über dessen Verbleib. Da er ja den Nachlass geregelt hatte von Isabel Rodriguez und für ihre privaten Vermögensanlagen ihr ständiger Berater war, lag es nicht fern, bei ihm die Antwort auf seine Frage zu finden. Er musste die echten Skulpturen bekommen, ansonsten wäre er ein toter Mann. Wenn der Kultusminister davon erfahren würde, könnte er sich sein eigenes Grab schaufeln.

„Nun gut,,da kann man wohl nichts machen. Was bin ich Ihnen schuldig?", fragte er den Experten.

„In Anbetracht der Umstände will ich Sie mal nicht ganz so schröpfen, schlimm genug, dass sich diese Skulpturen als Fälschung entpuppten. Geben Sie mir 250,-€, dann sind wir quitt. Ich habe etwa gute 8 Stunden daran gesessen, um alles bis aufs kleinste Detail zu analysieren", meinte Don Antonio.

Rámon zog seine Brieftasche, die überquoll vor lauter Geldscheinen. Trotzdem machte er ein missmutiges Gesicht, als er Don Antonio für seine Arbeit bezahlte. 250 € schienen ihm mehr als unfair für das

Analysieren zweier gefälschter Skulpturen. Aber er kam nicht drum herum und wollte auch keine Diskussion beginnen. Sein einziger Wunsch war, so schnell wie möglich mit den Skulpturen von hier zu verschwinden, um sie einem weiteren Experten zu überreichen. Er würde weitere zwei Tage in Verzug geraten, bevor er das endgültige Ergebnis erhalten würde. So lange musste er sich noch gedulden, aber Geduld war nun mal nicht seine Stärke. Alles musste gleich und sofort passieren.

Don Antonio nahm das Geld dankend entgegen und machte sich auf den Weg, um die Skulpturen hervor zu holen. Sorgfältig packte er sie in dafür speziell gefütterte Hüllen ein.

„Das ist nicht nötig", brummte Rámon motzend, „schließlich sind die Dinger ja nichts wert."

„Oh, man kann nie wissen, vielleicht habe ich mich geirrt, und wenn Sie eine zweite Meinung einholen wollen, was ich durchaus verstehen kann, sollten Sie doch währenddessen geschützt sein", meinte Don Antonio.

Er hatte ihn ertappt und wusste, dass Rámon die Skulpturen erneut zu einer Überprüfung weiter reichen würde. Aber das bewies ja schließlich nur, dass Rámon ein vorsichtiger Geschäftsmann war, insofern musste er sich keine Blöße geben.

„Ich danke Ihnen für Ihre Mühe, Don Antonio", meinte Rámon und nahm eine der Skulpturen entgegen.

„Warten Sie, ich helfe Ihnen, die Dinger wiegen ganz schön was. Steht Ihr Auto vor der Tür?" fragte er Rámon.

„Ja, sicher."

„Dann los", erwiderte Don Antonio und die beiden trugen die Skulpturen zu Rámons Wagen. Sicher im Kofferraum verstaut, verabschiedete sich Rámon von Don Antonio und fuhr los in Richtung Kulturmuseum. Er zog sein Mobiltelefon aus der Tasche und wählte die Nummer des Direktors des Museums an.

„Aravaca!", ertönte es, als sein Gespräch angenommen wurde.

„Manuel, hier spricht Rámon. Wären sie so gut und würden mir einen Gefallen tun?", fragte Rámon direkt und ohne Umschweife.

„Ah, Rámon, was gibt es?"

„Ich hab hier zwei Skulpturen, die angeblich von einem Bildhauer namens José Maria Berenguel Ruiz stammen sollen. Sie wären somit von unschätzbarem Wert. Könnten Sie sie für mich überprüfen lassen in Bezug auf ihre Echtheit?"

„Kein Problem, bringen Sie sie vorbei. Sie haben Glück, wir haben hier einen neuen Experten, er arbeitet seit 3 Wochen bei uns und der Mann ist eine echte Kanone auf seinem Fachgebiet. Spätestens morgen werden wir Ihnen das Ergebnis mitteilen können." antwortete Manuel Aravaca.

„Perfekt, ich bin in 10 Minuten bei ihnen Bis dann." Rámon beendete das Gespräch.

Er fuhr zügig weiter in Richtung Innenstadt.

Als Rámon aufgelegt hatte, hing sich der Museumsdirektor sofort ans Telefon.

„José Carlos, ich hab hier vielleicht was interessantes für dich", sagte Manuel Aravaca zu dem Kultusminister.

„Was gibt es, Manuel?" Interessiert unterbrach der Kultusminister seine gerade beginnende Sitzung mit seinen Kollegen. Er ging zur Tür des Konferenzsaales hinaus, um in Ruhe zuhören zu können.

„Rámon rief mich eben an, er will das wir hier zwei Skulpturen auf Echtheit überprüfen lassen, ich denke, das solltest du wissen." meinte Manuel Aravaca.

„Das ist eine interessante Nachricht, ich danke dir. Dann überprüft mal diese Skulpturen, und das Ergebnis bekomme ich als erster zu hören, ist das klar?", drückte sich José Carlos klar und unmissverständlich aus.

„Selbstverständlich, das ist doch Ehrensache, ich werde dir morgen Abend gleich Bescheid geben.".

„Gut, verbleiben wir so." José Carlos legte auf.

Sieh mal einer an, dachte er, *so kann es gehen, mein lieber Rámon. Gnade dir Gott, wenn diese Skulpturen eine Fälschung sein sollten."*

In Gedanken malte er sich schon aus wie er seinem *Freund* in diesem Falle ans Leder gehen würde und grinste dabei grausam.

-39-

„Wir haben Sie!", brüllte Samuel aufgeregt. „Philippe, wir haben sie gefasst!"
Er stürzte schon fast auf Philippe Bourbon zu.

„Jaime und Bernado. Sie sitzen in Untersuchungshaft auf dem Kommissariat. Du sollst sofort hinkommen", sagte Samuel.
„Bin schon unterwegs", antwortete Bourbon und schnappte sich wie im Fluge sein Jaket und die Autoschlüssel.
„Komm mit, Samuel", forderte er seinen Freund auf.
Beide fuhren gemeinsam los. Bourbon hielt sich nicht sonderlich an die Geschwindigkeitsbegrenzung. Er trat das Gaspedal durch. Die Festnahme der beiden Katalanen bedeutet für ihn schon einen großen Schritt nach vorne in dem Fall Isabel Rodriguez.
„Samuel, ruf die Wäschefrau des Cortijos an, Marie Salud. Wir brauchen sie. Schicke eine Streife bei ihr vorbei, damit sie sofort abgeholt werden kann. Wir werden eine Gegenüberstellung machen", wies ihn Bourbon an.
Samuel erledigte den Auftrag sofort, während Bourbon weiter fröhlich alle Stoppschilder übersah und statt mit 50km/h mit 90km/h durch die Stadt zu heizen. Es dauerte nicht lange, da wurde er von einer Verkehrsstreife angehalten.

„Dienstfahrt, es tut mir leid, Kollegen, aber wir haben es eilig", rief Bourbon, als er das Fenster öffnete um die Streifenpolizisten zu informieren. Er reichte ihnen schnell seinen Ausweis.

„Verdammt, Ihr vom Sonderkommando meint auch Ihr könnt euch alles erlauben. Dafür habt Ihr doch eure Magnetmartinshorn im Wagen. Bringen Sie das bitte an bevor Sie weiterfahren", meinte der Streifenpolizist verärgert.

„Ja, ja, schon gut", sagte Bourbon, griff hinter den Rücksitz und befestigte das Blaulicht an seinem Wagendach. Sofort fuhr er zügig weiter.

Der Streifenpolizist schüttelte nur noch mit dem Kopf.

Bourbon war das alles mehr oder weniger egal. Er wollte nur so schnell wie möglich mit der Vernehmung der beiden Katalanen beginnen. Sie kamen rasch auf dem Kommissariat an.

„Wo sind die Zwei?", fragte Bourbon seine Sekretärin.

„Gleich hier im Nebenraum."

„Packen wir es an, Samuel", meinte Bourbon zielstrebig. Zu Lorena gerichtet fragte er:

„Ist die Wäschefrau Marie Salud schon eingetroffen?"

„Nein, noch nicht", antworte diese, „sie wird in etwa einer halben Stunde eintreffen."

„Perfekt, wir machen dann die Gegenüberstellung, wenn ich Euch Bescheid geben werde, ja?", klärte sie Bourbon auf.

„Kein Problem Chef." Lorena lächelte ihn freundlich an.

„Gut, dann also, bis später, kommSamuel."

Bourbon ging gemeinsam mit seinem Freund in den Nebenraum, der für Verhörungen jeglicher Art vorgesehen war. Bourbon setzte seine berüchtigte Miene des gewieften Hauptkommissars auf, und trat mit Samuel in den Raum. Jaime und Bernado saßen dort, mit Handschellen versehen, bewacht von zwei Beamten, und harrten der Dinge, die nun auf sie zukommen würden.

Bourbon und Samuel setzten sich den beiden Männern gegenüber. Mit ernster Miene begann Bourbon das Verhör.

„Jaime Mayor und Bernado Atxaga Oreja, das sind Ihre richtigen Namen, ist das richtig?",fragte er.

„Wenn Sie es sagen, wird es wohl so sein", knurrte Bernado.

„Langsam, Bürschchen", erwiderte Samuel, „das hier ist keine Kabarettrunde, es geht hier um eine Straftat, die Sie begangen haben."

Daraufhin konnte Bernado wohl nichts erwidern. Die Tatsache, dass man ihn und Jaime mit den beiden Skulpturen erwischt hatte, war nicht von der Hand zu weisen.

Jaime war zornig.

„Verdammt noch mal, wir wollen zuerst mit unserem Anwalt sprechen!", rief er aus.

Bourbon straffte seine Schultern etwas.

„Das ist natürlich ihr gutes Recht, wird aber an dem Tatbestand nicht viel ändern", sagte er.

Er wies einen der Beamten an, ein Telefon zu besorgen, um den Angeklagten die Möglichkeit zu geben, zu telefonieren, indem sie kurzweilig von den Handschellen befreit wurden.

Bourbon bestellte zu Sicherheit weitere vier Beamte und verließ den Raum gemeinsam mit Samuel, denn das Anwaltsgespräch durften die Beschuldigten alleine durchführen. Bourbon und Samuel hatten kein Recht, bei diesem Gespräch anwesend zu sein.

Jaime wählte die Nummer an, die für solche Fälle vorgesehen war. Mit dem Chef der Organisation konnte man niemals persönlich Kontakt aufnehmen, alles lief über Mittelsmänner, die bisher niemals in irgendeinem Polizeiregister aufzufinden waren.

„Christopher, wir brauchen Hilfe", sagte Jaime, als am anderen Ende das Gespräch angenommen wurde.

„Jaime, richtig?", fragte Christopher am anderen Ende.

„Ja, richtig, gut erkannt", meinte Jamie.

„Was gibt es für ein Problem?", fragte Christopher

„Bernado und ich sitzen hier fest, im Verhör, wegen zwei Skulpturen die wir besorgen sollten."

„Kein Problem, wo seid Ihr?", wollte Christopher wissen.

„Im Hauptkommisariat von Almería."

„Ihr werdet vielleicht ein oder zwei Tage in Untersuchungshaft verbringen müssen, aber dann werden wir euch auf Kaution raus kriegen, alles andere wird dann schon geregelt, macht Euch keinen großen Kopf", sagte Christopher überzeugend.

Jaime atmete hörbar aus. Er war erleichtert. Alberto würde das schon hinkriegen. Er war der Kopf der Organisation und hatte sie bisher immer wieder aus allem rausretten können.

„Gut, dann warten wir einfach geduldig ab, vielen Dank, Kumpel", meinte Jaime.

„Nichts zu danken", antwortet Christopher und legte auf.

„Fertig?", fragte einer der Beamten.

„Das sehen Sie doch, oder?", antwortete Jaime aggressiv.

„Na, na,na,nur ruhig, junger Mann, das war eine höfliche Frage",antwortete der Beamte.

„Ich scheiß auf Ihre höflichen Fragen",gab Jaime patzig zurück.

Der Beamte verdreht die Augen zu seinen anderen Kollegen schauend und wies mit dem Kopf zur Tür. Daraufhin wurden Bourbon und Samuel wieder eingelassen.

„Damit Sie es gleich wissen, wir werden hier keinerlei Aussage machen, falls Sie sich da irgendwelche Hoffnungen machen sollten, unser Anwalt wird sich um uns kümmern", sagte Jaime bestimmt.

Bourbon, der zwischenzeitlich wieder Platz genommen hatte warf Jaime einen fast schon gelangweilten Blick zu.

„Ich hatte nichts anderes erwartet, aber Sie werden sich zu mindestens anhören müssen, was Ihnen vorgeworfen wird, und danach wird es eine Gegenüberstellung mit einer Zeugin geben", antwortete er Jaime.

In Jaimes Gehirn arbeitete es angespannt.

Verdammt, von welcher Zeugin redete der Kerl da?, fragte er sich.

Er warf einen kurzen, nervösen Blick zu Bernado, dieser zuckte nur fast unmerklich mit den Schultern, um zum Ausdruck zu bringen, dass er keinen Plan hatte, welche Zeugin das wohl sein könnte.

„Also, Sie werden sicher selber wissen, dass unsere Beamten Sie gefasst haben, nachdem Sie einen Diebstahl begangen haben. Einen Diebstahl von zwei äußerst wertvollen Skulpturen aus dem 18. Jahrhundert. Sie wurden beobachtet, während Sie diese Straftat begangen haben, von mehreren Beamten übrigens. Die Zeugin die gleich zu uns kommen wird kann bestätigen, dass Sie schon einmal versucht haben diese Skulpturen zu rauben. Sofern diese Sie wieder erkennen wird. Bis die Zeugin eintrifft werden Sie hier warten, aber auf alle Fälle werden Sie die nächsten Tagen zunächst einmal in Untersuchungshaft gesteckt, das kann ich Ihnen schon mal ganz sicher garantieren", klärte Bourbon die beiden auf.

Jaime und Bernado hatten nichts anderes erwartet. Aber Jaime grinste insgeheim. Dieser Franzose würde sie nicht festnageln, Robertos Einfluss war zu groß. Sie würden beide frei gelassen werden. Dessen war er sich nach dem Gespräch mit Christopher sicher.

Bourbon erhob sich, Samuel ebenfalls.

„Das war's", meinte Bourbon, „ich gehe mal davon aus, dass Sie auf keine Frage antworten werden, also werden Sie hier so lange warten, bis unsere Zeugin eintreffen wird." Und mit diesen Worten verließen die beiden Kommissare den Anhörungsraum.

Jaime und Bernado saßen auf ihren Stühlen und kamen sich irgendwie vor, wie bestellt und nicht abgeholt. Sie hassten es, warten zu müssen, ganz gleich, auf was auch immer.

-40-

Alberto war ziemlich verärgert. Wie konnten diesen beiden auch so dämlich sein. Er hatte so viele Jahre mit ihnen zusammen gearbeitet, und jetzt das. Sicherlich, innerhalb der Organisation bestand immer die Gefahr, dass mal einer seiner angeheuerten Jungs aufflog, aber wie konnten die beiden nur so dämlich sein, nochmals zu versuchen die Skulpturen zu stehlen. Zum einen hatten sie dazu nicht mal einen Auftrag von ihm erhalten, zum anderen hätten sie doch so klug sein müssen, um zu wissen, dass es dort vor Polizei nur so wimmeln würde. Wenn überhaupt, hätte man die Skulpturen allenfalls ein oder zwei Jahre später erneut versuchen können, zu entwenden. Wenn sie dann noch dort wären, aber doch nicht direkt nach den vielen Morden, die dort passiert waren. Er hatte sich von seinen Profiverbrechern Jaime und Bernado etwas anderes versprochen. Nur allzu große Lust verspürte er in seinem Inneren die beiden einfach hängen zu lassen, aber dazu wussten sie zuviel von der Organisation. Wenn sie singen würden, könnte das das Ende bedeuten für all das, was er mühsam über viele, lange Jahre aufgebaut hatte. Er hatte schon mal eine ähnliche Situation gehabt, als einer seiner Mitarbeiter den Mund zu weit aufgemacht hatte, als dieser wegen eines missglückten Bruchs verhaftet wurde. Alberto musste sich leider von ihm trennen, nachdem er ihn aus dem Knast geboxt hatte. Das erste Gebot innerhalb der Organisation war Loyalität. Niemand durfte auch nur ein Sterbenswort äußern, über die Vorgehensweisen der Organisation oder über die Namen der darin involvierten Leute. Und sollte es einer dann doch tun, konnte er ein übles Ende seines Lebens befürchten. Alberto hasste Versager. Und Jaime und Bernado waren seinem Erachten nach nichts anderes. Nicht mal die Grundregeln hatten sie begriffen. Das erste Mal, als sie die Skulpturen stehlen sollten, waren sie dazu beauftragt worden von ihm. Aber dieses Mal hatten sie völlig eigenmächtig gehandelt. Er ließ sie somit in dem Glauben, dass sie ihn anscheinend hintergehen wollten. Die Skulpturen stehlen, um sie dann selbst auf dem Schwarzmarkt zu verkaufen. Alberto wusste nur zu gut, wie er mit solchen Leuten umzugehen hatte. Er freute sich schon förmlich darauf, die beiden aus der Untersuchungshaft zu bekommen. Er würde sich schon ein nettes Begrüßungsgeschenk für sie einfallen lassen, wenn sie ins katalanische Land zurückkehren würden. Jetzt galt es erstmal, die beiden aus der almeriensischen Untersuchungshaft frei zu bekommen. Alberto hängte sich sofort ans Telefon, um alles Nötige dazu in die Wege zu leiten.

-41-

Lucia hatte eine gewaltige Menge an wichtigen Informationen zusammen getragen. Sie saß mit Ricardo eine Woche nach ihrer ersten Unterhaltung erneut zusammen, um ihm all diese wichtigen, neuen Erkenntnisse zu überliefern.

„Hier, schauen Sie mal, Ricardo, dies ist die schriftliche Transaktion in Kopie die Fernando mit Rámon getätigt hatte. Die Überschreibung des Cortijos Isabel." Sie legte ihm die Dokumente vor. „Und hier habe ich die Schriftstücke in Kopie, dass das Cortijo von Rámon an den Staat verkauft wurde."

Ricardo pfiff hörbar durch die Zähne.

„Sie haben gute Arbeit geleistet, Lucia, das muss man schon sagen", meinte er hoch erfreut.

„Also, fassen wir mal zusammen: Sie werden in diesem Fall als Zeugin aussagen. Wir haben den Beweis, dass Rámon mit Fernando einen Deal ausgehandelt hatte, Sie haben die Gespräcjeja dazu mithören können. Ich denke bei dieser Beweislage können wir Rámon locker für die nächsten 15 Jahre ins Gefängnis kriegen. Fernando wird ebenfalls aussagen, insofern können wir den Verdacht der Korruption und des Betruges untermauern. Mit zwei Zeugen kommt er da nicht mehr raus",sagte Ricardo zufrieden.

„Fernando?", fragte Lucia erstaunt. „Aber ich dachte der wäre tot?"

„Nein, wir haben ihn nur offiziell verschwinden lassen, damit er in Sicherheit sein konnte. Sein Tod war nur vorgetäuscht",erwiderte Ricardo grinsend.

Daraufhin liefen Lucia Tränen aus den Augen. Tränen der Erleichterung, Tränen der Freude.

Ricardo legte die Hand auf die ihrige und streichelte sie sanft.

„Es tut uns Leid,dass wir so einigen mit der Nachricht seines Todes einen Schreck versetzt haben und viel Trauer. Aber umso schöner wird es für alle sein, wenn sie erfahren werden, dass er noch lebt",meinte Ricardo.

„Ich frage mich nur, ob Fernando sich nicht selber schaden wird, wenn er aussagen muss, er hat ja den Deal mitgemacht, das war doch sicherlich eine Straftat, oder?", fragte sie Ricardo unsicher.

„Er wird dadurch,dass er uns bei der Aufklärung hilft und Reue zeigt, ein milderndes Strafmaß erhalten, soviel ist sicher. Eventuell kommt er sogar mit einer Bewährung davon, ohne Haftstrafe. Mein Chef Bourbon wird dafür sorgen, so gut er kann. Machen Sie sich darüber nicht allzu viele Sorgen."

„Wissen Sie, diesen Fernando mag ich sehr gerne. Der war immer so nett und freundlich. Als er den Streit mit Rámon im Büro hatte, konnte ich mir keinen Reim darauf machen. Wie konnte man sich nur je mit Fernando streiten? Das schien mir geradezu unwirklich", gab Lucia zu bedenken.

„Na ja, wissen Sie Lucia, man täuscht sich oft in den Menschen. Mag sein, das Fernando mittlerweile ein anständiger Mitbürger geworden ist, aber er hat durchaus vor der Sache mit dem Cortijo Isabel schon einige andere Dinge gedreht, die nicht ganz unseren Gesetzen entsprachen. Er hatte nur Glück, dass er immer wieder rausgeboxt wurde. Ganz so heilig wie Sie glauben, war Fernando also nie", klärte Ricardo Lucia auf.

„Ich find ihn einfach nur nett", antwortete sie fast schon entschuldigend.

„Keine Frage, das ist er sicherlich", milderte Ricardo seine vorherigen Worte ab.

Beide schweigen einen kurzen Moment. Dann stand Lucia auf und rief:

„Sie brauchen sicherlich einen Kaffee, Herrgott, das habe ich ganz vergessen. Es ist schließlich Kaffeezeit und man kann ja auch nicht nur laufend arbeiten." Sie rannte schon fast in ihre Küche.

„Da haben Sie ganz Recht", rief Ricardo zurück „ich bestehe sofort auf meinen Kaffee, sonst arbeite ich nicht weiter. Ohne Koffein geht bei mir gar nichts."

„Kommt sofort, versprochen!" Und er hörte, wie sie den Herd anmachte und den Wasserkessel füllte.

Ricardo nutze die Zeit, um mit Bourbon zu kommunizieren.

„Wie läuft es bei Euch?", fragte er nachdem Bourbon das Gespräch angenommen hatte.

„Wir haben die beiden Katalanen hier sitzen, gleich kommt die Wäschefrau Marie Salud, zwecks Gegenüberstellung", sagte Bourbon. „Das klingt doch schon mal gut. Wir haben hier auch ordentlich was zusammen tragen können. Die Sekretärin Lucia war fleißig, ich habe viele stichhaltige Beweise gegen Rámon Casasola in der Hand." Ricardo freute sich, Bourbon diese guten Neuigkeiten zu übermitteln. Es wurde Zeit das man in dem Fall vorwärts kam, denn Bourbons Zeit hier in Almería war ja begrenzt.

„Sehr gut, Ricardo. Ich habe einen Privatfotografen angeheuert, den ich noch von früheren Zeiten kenne. Wir lassen Bilder machen, von allen, die rund um den Fall Cortijo Isabel dazu gehören. Ich will die Fotos untereinander vorlegen. Vielleicht ist dem einen oder anderen doch eine Person davon aufgefallen, oder war in der Nähe, als die Morde geschehen sind. Irgendeine Intuition sagt mir, dass wir die Mörder oder den Mörder möglicherweise gar nicht bei dieser Organisation suchen sollten. Außerdem habe ich veranlasst, dass der Kultusminister beschattet wird", meinte Bourbon.

„Das scheint mir ein guter Plan zu sein. Es dauert nicht mehr lange, Phillipe, dann werden wir alles aufgeklärt haben, ich hab´s im Gefühl. Und die Zeit drängt, du musst sicher bald zurück nach Madrid", erwiderte Ricardo.

„Das macht mir die wenigstens Sorgen, ich bleibe solange, bis der Fall aufgeklärt ist, es ist nämlich schon mehr als merkwürdig, dass ich so plötzlich nach Madrid zurück soll. Den Polizeipräsidenten und den

Richter, der den Fall von Magdalena und Rámon abgeschlossen hat, werden wir auch beschatten lassen. Das stinkt alles bis zum Himmel. Also, mein Freund, ich muss hier weiter machen. Sobald wir mehr wissen werden, über den Kultusminister und Co, wird Rámon Casasola als Erster festgenommen. Sag Bescheid, wenn du was Neues weißt."

„Ist gut, mach ich."

Lucia hatte zwischenzeitlich den Kaffee gebracht.

„Lucia, ich möchte, dass Sie ab sofort zu uns ins Haus von Bourbon ziehen und sich nicht mehr bei Rámon melden. Es ist zu Ihrer eigenen Sicherheit so das Beste", eröffnete er ihr seinen Plan.

„Meinen Sie, dass das Notwendig sein wird? Fällt es dann nicht erst recht auf, dass ich in seinen Sachen geschnüffelt habe, wenn ich einfach nicht mehr erscheine?", fragte sie unsicher.

„Melden Sie sich krank, rufen Sie ihn nachher an, ich besorge Ihnen ein Arztattest. Es ist besser so, glauben Sie mir", erwiderte Ricardo bestimmt

Lucia dachte kurz nach. Sie plante immer weit im Voraus und machte sich generelle Gedanken um ihr weiteres Arbeitsleben.

„Aber sehen Sie, Ricardo, wenn das mit Rámon alles auffliegen sollte, von was soll ich denn dann leben?", fragte sie ihn.

Ricardo schaute sie kopfschüttelnd an.

„Machen Sie sich darüber im Moment keine Sorgen, wir werden Mittel und Wege finden, um das zu klären. Sie sind zu wichtig in diesem Fall, als dass wir Sie draufgehen lassen könnten. Über finanzielle Aspekte brauchen Sie sich nicht zu sorgen, wir regeln das schon, und wenn alles vorbei sein wird, werden Sie auch eine andere Arbeit bekommen, Bourbon wird das schon in die Wege leiten", erwiderte er beruhigend.

Lucia atmete auf, wenn das so war, dann würde sie gerne bei Bourbon wohnen, einstweilen.

„Gut, dann packe ich mal ein paar Sachen ein und fahre dann mit Ihnen", meinte sie und stand auf, um zu ihrem Schlafzimmer zu gehen.

„Machen Sie das, wir fahren los, wenn Sie fertig sind", antworte Ricardo zufrieden. Er war froh, diese Frau in Sicherheit zu wissen.

-42-

Rámons Instinkt ließ ihn fühlen, dass etwas nicht stimmte. Auch die zweite Bewertung der Skulpturen hatte ergeben, dass diese eine Fälschung waren. Als er am Montagmorgen in sein Büro ging, war Lucia nicht anwesend. Er wurde zusehends nervöser. Dass er Farbe bekennen musste bei José Carlos war ihm klar. Sein erster Gang war somit der Weg zum Telefon. Aber bevor er wählte, schaute er sich kritisch in seinem Büro um. Irgendwas kam ihm anders vor als sonst, aber er konnte sich nicht erklären, was es war. Er begann seine

Aktenordner zu beäugen. Sie schienen so, als würden sie nicht auf ihrem ursprünglichem Platz stehen wie sonst. Irgendwie wirkten sie leicht verschoben, was gegen Rámons Ordnungssinn sprach.

Ach, dummes Zeug, sicher war die Putzfrau beim Staub wischen dagegen gekommen, du wirst langsam paranoid, mein Freund, versuchter er sich zu beruhigen.

Er wählte die Nummer des Kultusministers an.

„José Carlos, hier ist Rámon", begann Rámon die Unterredung.

„Hast du die Skulpturen?", knurrte José Carlos schlecht gelaunt zurück.

„Ja, das ist so eine Sache, also ich habe sie schon", meinte Rámon vorsichtig.

„Was willst du damit sagen?", raunzte ihn José Carlos an.

„Die Skulpturen die ich hier habe sind Fälschungen",meinte Rámon unsicher.

„Willst du mich verarschen, glaubst du, ich fall auf so einen Scheiß rein?", schrie José Carlos in den Hörer,

Rámon hatte den Hörer erschrocken weit weg von seinem Ohr gehalten.

„Wie meinst du das?", fragte er zurück, „du glaubst doch nicht etwa, dass ich dich betrügen würde?"

„Ich traue niemandem, das weißt du. Wenn du glaubst, du könntest dir die echten Skulpturen einheimsen und mir Schwachsinn erzählen, hast du dich getäuscht. Ich gebe dir 48 Stunden,um mir die Echten zu bringen, ansonsten wirst du ein Problem haben", gab José Carlos zornig zurück.

„Aber verdammt noch mal, José Carlos, ich hab keinen Plan, wer die Richtigen haben könnte. In 48 Stunden kann ich das nicht herauskriegen!", rief Rámon entsetzt in den Hörer.

Am anderen Ende war es einen Moment lang ruhig. Rámon wurde immer nervöser.

„José Carlos, gib mir mehr Zeit, ich werde sie finden, ich schwöre es dir!", rief Rámon verzweifelt.

Es war immer noch ruhig am anderen Ende. Dann vernahm er wieder die Stimme von José Carlos:

„48 Stunden, oder du bist ein toter Mann", antwortete José Carlos und legte auf.

Rámon starrte entgeistert den Hörer an und begann zu schwitzen. Der immense Druck, der auf ihm lastete, ließ seinen Körper reagieren. Binnen von Sekunden war sein Hemd durchtränkt von Schweiß, seine Hände klebten und er musste sich über die Stirn wischen. Er wusste genau, dass es unmöglich war, die Skulpturen in so kurzer Zeit zu finden. Seine letzte Chance war, über den Notar Javier Móron etwas heraus zu bringen. Die Zeituhr lief. Er rannte ins Bad seines Bürotrakts, ließ sich das eiskalte Wasser über die Stirn laufen, als er seinen schwitzenden Kopf unter den Wasserhahn hielt. Dann verließ er fluchtartig sein Büro und machte sich auf den Weg zum Notar. Eine unglaubliche Angst stieg in ihm hoch. Wenn der Notar auch nichts wusste, musste er das Land verlassen, so schnell wie möglich. Wie vom Teufel geritten holte er seinen Wagen aus der Tiefgarage und schoss durch die Innenstadt. In wenigen Minuten hatte er die Straße, in der die Büroräume des Notars lagen, erreicht. Er stellte seinen Wagen direkt auf dem Bürgersteig ab, wohl wissend, dass dieser, wenn er zurück kommen würde, entweder nicht mehr da war, die Abschleppdienste waren eifrig hier in der Stadt, wenn ein Wagen im Halteverbot stand. Oder aber er würde mit einem saftigen Strafzettel versehen sein, aber das war Rámon in diesem Moment völlig einerlei. Er hatte ganz andere Sorgen, er musste seinen Arsch retten, das war ihm klar. Er klingelte wie ein wilder an sämtlichen Klingeln, die an der Außenfassade des Hauses angebracht waren. Die Türe wurde durch mehrere Summer gleichzeitig geöffnet. Hastig stieß Rámon dagegen und stürzte die Treppe hinauf in den zweiten Stock. Die Tür des Notariats wurde geöffnet, und er stieß auch diese heftig ganz weit auf. Völlig außer Atem und klitschnass geschwitzt wurde er sich mit einmal bewusst, wie er auf die Sekretärin des Notars wirken musste.

*„Reiß dich zusammen, du darfst kein Aufsehen erregen,*ermahnte er sich.„Na, also, hören Sie mal", rief die Sekretärin entrüstet, „Sie können doch nicht einfach so hier hinein poltern, haben Sie denn keinen Anstand gelernt?"

„Verzeihen Sie, ich muss dringend mit dem Notar reden", meinte Rámon reumütig.

Die Sekretärin zog die sorgfältig schmal gezupften Augenbrauen missbilligend hoch.

„Das geht jetzt nicht, er ist beschäftigt, ich gehe davon aus, dass Sie keinen Termin haben, nicht wahr?", fragte sie ihn mit Genugtuung im Ton.

„Nein, ich habe keinen Termin, aber es istfurchtbar wichtig. Können Sie ihn nicht bitten, sich zwei Minuten Zeit für mich zu nehmen?", fragte er vorsichtig.

„Setzen Sie sich", herrschte sie ihn fast schon an. „Wie ist Ihr Name?"

„Rámon Casasola", antwortete er rasch.

Die Sekretärin holte ihren Terminplaner zum Vorschein.

„Also, das sieht schlecht aus, vor Ihnen sind noch 4 Klienten dran, Sie könnten aber heute am Nachmittag wieder kommen, gegen Büroschluss, da hätten wir noch ein wenig freie Zeit."

„Das ist zu spät", schrie Rámon schon fast heraus.

Die Sekretärin musterte den sich äußerst auffällig benehmenden Mann mit allergrößter Missbilligung.

„Tja, dann fürchte ich, werden Sie sich einen anderen Notar suchen müssen, wenn die Sache so eilig ist. Aber ich bezweifele, dass Sie so auf die Schnelle jemand kompetenten finden werden." Sie zuckte mit den Achseln und hob bedauernd die Hände hoch.

„Verdammt, ich muss mit ihm reden, sofort, begreifen Sie denn nicht?" rief er ihr zu, als sie ihm den Rücken zudrehen wollte, um sich wieder ihrer Arbeit zu widmen.

Mittlerweile war die Sekretärin reichlich genervt von diesem Mann. Sie beschloss lieber, ihre Nerven zu schonen, und machte ihm so folgenden Vorschlag:
„Was halten Sie davon, wenn Sie sich einen Moment gesittet hinsetzen, während ich Ihr Anliegen bei Don Javier Móron vortragen werde? Könnten Sie so viel Geduld aufbringen?"
„Sie sind ein Schatz!", rief Rámon aus und meinte es durchaus ehrlich. Er setzte sich rasch hin, weil er befürchtet, wenn er ihr nicht Folge leisten würde, käme ihre plötzliche Einsicht wieder ins Schwanken.
„Ich werde ganz brav hier sitzen bleiben", sagte er beschwörend.
„Dann ist ja gut, also, ich werde mal nachfragen, ob er 5 Minuten für Sie einräumen kann." sagte die Sekretärin und klopft an die Tür des Büros und trat ein.
„Don Javier Móron, verzeihen Sie die Störung, aber ich habe hier einen Klienten, der sich nicht abwimmeln lässt und äußerst dringend mit Ihnen sprechen muss. Sein Name ist Rámon Casasola", teilte sie dem Notar mit.
In Javier Mórons Gehirn begann es zu arbeiten. Der Name kam ihm bekannt vor. Fieberhaft dachte er nach. Dann kam ihm die Erkenntnis und sein Körper schaltet auf Alarm um.
„Sagen Sie ihm, er soll sich noch etwas gedulden, sobald ich mit meinem Klienten fertig bin, kann er eintreten", antwortete er mit Souveränität.

Die Sekretärin verschwand genauso lautlos, wie sie eingetreten war und teilte Rámon mit, dass er noch ein kleines bisschen Geduld haben müsste.

Trotzdem atmete Rámon hörbar beruhigt aus. Das war besser, als er erwartet hatte. Nicht auszudenken, wenn Don Javier nicht für ihn zu sprechen gewesen wäre. In seinem Kopf legte er fest, was er Don Javier sagen würde. Er musste gut vorbereitet sein und vor allem musste er sich beruhigen. Wenn Don Javier merken würde, wie nervös er war wegen der Skulpturen, würde er sicher kein Wort über deren Verbleib erfahren.

Es dauert nicht lange, und der vorhergehende Klient trat aus dem Büro des Notars. Die Sekretärin forderte Rámon auf, einzutreten. Rasch erhob er sich und ging hinein.

„Don Javier Móron, vielen Dank das Sie mich noch kurz dazwischen schieben konnten. Ich will Sie auch gar nicht lange aufhalten. Sie wissen wer ich bin?", fragte Rámon.

„Ich erinnere mich nur vage, Ihren Namen habe ich schon mal gehört, soweit ich mich erinnern kann, aber ich weiß nicht mehr genau, wo", log Javier.

„Ich habe das Cortijo Isabel überschrieben bekommen von Don Fernando, Sie erinnern sich doch sicherlich an Don Fernando, oder?", Rámon fühlte sich wieder etwas wohler in seiner Haut, denn er schien dem anderen überlegen zu sein und seine eigene Nervosität hatte sich gelegt.

„Ah, ja, sicher, Don Fernando, arme Kerl. Unglaublich, dass er so enden musste", meinte Don Javier.

„Ja, das war wirklich eine tragische Geschichte. Aber warum ich eigentlich gekommen bin; im Cortijo Isabel waren zwei recht wertvolle Skulpturen untergebracht und natürlich gehören diese Skulpturen mir, alles, was zum Cortijo Isabel gehört, ist nun mein Besitz. Ich habe allerdings festgestellt, dass diese Skulpturen eine Fälschung sind. Hatte Isabels Rodriguez Ihnen gegenüber irgendetwas davon erwähnt? Es gibt doch auch zum Beispiel Diamantenkopien, die Frauen tragen sie zur Schau, lassen aber die Echten zuhause im Safe liegen, da sie viel zu kostbar sind, um sie eventuell bei einem Tanzevent zu verlieren", endete Rámon.

Javier schüttelte mit dem Kopf.

„Ich fürchte da kann ich Ihnen nicht weiterhelfen. Ich wusste noch nicht einmal, dass dort zwei wertvolle Skulpturen beherbergt waren. Das Einzige, was ich weiß ist, dass das Cortijo selber von einem unschätzbar hohen Wert ist und auch die Wandfliesen im Innentrakt sind einzigartig und sehr, sehr wertvoll. Isabel hatte mir gegenüber nie etwas von Skulpturen erwähnt." Bedauernd schüttelte der Notar mit dem Kopf, während er redete.

Rámon sackte in seinem Sessel zusammen. Er war verloren. Noch einmal riss er sich zusammen, stand auf und sagte:

„Da kann man nichts machen. Ich danke Ihnen trotzdem für Ihre Zeit. Auf Widersehen, Don Javier." Rámon reichte ihm die Hand.

„Es tut mir leid, dass ich nichts für Sie tun konnte. Auf Wiedersehen." Javier begleitete ihn bis zur Tür und nickte ihm nochmals freundlich zu, als er ihn entließ.

Rámon eilte zu seinem Wagen. Als erstes entfernte er den bereits erwarteten Strafzettel, der unter einem der Scheibenwischer klemmte. Dann wollte er Lucia anrufen, damit sie ihm einen Flug buchte. Aber es fiel ihm wieder ein, dass Lucia heute Morgen gar nicht an ihrem Arbeitsplatz erschienen war. Er probierte es trotzdem im Büro, aber niemand nahm ab, auch nach dem zwanzigsten Versuch nicht. So versuchte er es bei ihr zuhause, aber auch dort nahm niemand ab. Also musste er sich selber einen Flug buchen. Seine Fahrt führte ihn so Richtung Flughafen Almería. In höchster Eile parkte er seinen Wagen und rannte in den Terminal. Beim Iberia Schalter angekommen, presste er hervor:

„Ich brauche einen Flug."

„Wohin soll es denn gehen?", fragte die Dame am Schalter.

„Das geht Sie nichts an!" fuhr Rámon sie an.

Die Schalterdame schaute pikiert.

„Na, hören Sie mal, ich muss doch wissen, wohin Ihr Flug gehen soll", erwiderte sie entrüstet.

Rámon schwitze wieder stark und sein Gesicht war rot angelaufen.

„Sie haben natürlich Recht", besann er sich, als er antwortete. Aber er wusste selber noch nicht genau, wohin er wollte. Er dachte einen Moment fieberhaft nach.

„Brasilien, Rio de Janeiro", flüsterte er ihr schon fast zu.

„Wie bitte?", fragte die Angestellte. „Ich habe Sie nichtrichtig verstanden."

„Rio de Janeiro, bitte",antwortete Rámon nun etwas lauter. Nervösschaute er sich immer wieder über die Schultern.

„Dann schauen wir mal, Touristenklasse, oder erste Klasse?"

„Erste, bitte", meinte Rámon.

„Hier hätte ich einen, mit Iberia bis Madrid, dann müssten Sie umsteigen, in Madrid, zu einem Anschlussflug mit American Airlines. Der Flug startet heute Nachmittag um 17.30 Uhr. Der Flugpreis beläuft sich insgesamt auf 1853,- €."

„Buchen Sie", sagte Rámon. „Ich bin gleich wiederda,ich muss nur noch an den Geldautomaten."

„Kein Problem, wird erledigt. Lassen Sie mir doch Ihren Ausweis hier, dann kann ich alles vorbereiten",forderte sie ihn freundlich auf.

Rámon kramt ein seiner Geldbörse und schob ihr seinen Ausweis entgegen.

„Bin sofort zurück", sagte er und lief los in Richtung Geldautomat.

Es dauerte dann keine 10 Minuten mehr und er hatte sein Flugticket in der Hand. Rasch fuhr er nach Hause, immer wieder auf die Uhr sehend. Er hatte Glück, dass seine Frau Dolores heute eingeladen war. So packte er in Windeseile unbeobachtete einen großen Koffer voll mit Kleidung und Badutensilien. Dann ging er zu seinem Wandtresor und räumte diesen leer. Gehetzt machte er sich auf den Weg zu seiner

Bank. Dort regelte er alles weitere, damit seine Geschäfte trotz seiner Abwesenheit weiterlaufen konnten. Wieder zuhause angekommen, parkte er seinen Wagen in der Garage und bestellte sich ein Taxi. Eilend lief er zum Abfertigungsschalter um einzuchecken. Als er seinen Koffer aufgegeben hatte und sich vom Schalter abwandte, nur noch mit seinem Laptop bestückt, legte sich plötzlich eine schwere Hand auf seine Schulter. Er drehte sich abrupt um und schaute in das hart wirkende Gesicht eines Guardia Civil Beamten.

„Rámon Casasola, Sie sind verhaftet, wegen Millionenbetrugs, Korruption und Vergewaltigung. Folgen Sie uns bitte", sagte der Beamte.

Rámon konnte es nicht glauben. Er verstand überhaupt nicht, dass man ihn hatte entdecken können. Fieberhaft begann er nach der undichten Stelle zu suchen innerhalb der Organisation. Ihm kam die Erleuchtung, dass José Carlos ihn hatte auffliegen lassen. Nur so war seine plötzliche Festnahme zu erklären.

Pah, dachte er für sich, *ich bin ein schwerreicher Mann, mit Geld kriegt man alles geregelt, ich komm da schon wieder raus.*

„Zu dem Beamten gerichtet sagte er:

„Keine Sorge, ich werde Ihnen keinen Ärger machen, aber sagen werde ich auch kein Wort, darauf können Sie wetten."

Der Beamte verzog nur gelangweilt das Gesicht. Ihm schien jeder Kommentar dazu überflüssig.

„Also, los dann!", befahl er Rámon.

Rámon zuckte mit den Schultern und folgte dem Mann.

-43-

Bourbon hatte beschlossen zuzuschlagen. Die Beweise gegen Rámon Casasola waren definitiv gefestigt. Er konnte nicht länger warten. Als Zeugen gegen ihn konnte er mehrere Personen vorweisen. Zum einen Fernando, dann Magdalena und Beltran, und ganz besonders wichtig war die Sekretärin Casasolas, Lucia. Mittlerweile waren auch schon einige Mittelsmänner fest genommen worden und die Spur ließ sich lückenlos auf Rámon Casasola zurückführen. Samuel kümmerte sich in der Zwischenzeit um die Verhaftung des Kultusministers, denn auch hier hatten sie ordentliche Arbeit geleistet, und konnten diesen auf alle Fälle für einige Jahre wegen Korruption und Betrug hinter Gitter bringen. Das Puzzle war noch nicht zusammengebaut, er wollte sich noch einmal die beiden Katalanen vornehmen. Den Kopf der Organisation wollte er kriegen. Nur so konnte er weitere Aktionen im Keim ersticken. Also machte er sich an die Arbeit.Er würde Rámon Casasola erst noch ein wenig schworen lassen in der Untersuchungshaft, bis sein Verhör stattfinden würde. Außerdem brauchte er erneut das Tagebuch der Isabel Rodriguez. Er musste versuchen herauszufinden, in welchen Verhältnis der Notar Móron zu der Ermordeten gestanden hatte. Bourbon griff zum Telefon und rief

José Francisco an, der sich immer noch mit Guadalupe in Deutschland befand.Guadalupe lag gerade in den Armen ihres Mannes und küsste ihn leidenschaftlich, als das Mobiltelefon José Franciscos klingelte.

„Lass klingeln", murmelte Guadalupe verträumt, „wir haben wichtigeres zu tun."

Aber José Francisco schüttelte mit dem Kopf und nahm das Gespräch an.

„Don José Francisco, hier spricht Bourbon."

„Ach, leben Sie noch? Hätte ich nicht gedacht", gab José Francisco bissig zurück.

Bourbon versuchte das Gesagte einfach zu überhören.

„Hören Sie, wir brauchen dringend das Tagebuch Ihrer Mutter. Können Sie es mir per Express schicken, falls Sie es mithaben? Oder könnten wir es aus Ihrem Haus holen, falls es dort sein sollte?", fragte der Hauptkommissar.

„Sie haben es doch komplett durchgearbeitet, bevor wir gegangen sind, oder etwa nicht?", fragte José Francisco erstaunt zurück.

„Das schon", erwiderte Bourbon, „aber da waren uns einige Sachen noch nicht so klar, aber mittlerweile haben sich die Umstände geändert, und ich hätte es gerne noch einmal."

„Ich schicke es Ihnen per Eillieferung zu. An Ihrer Privatadresse?", fragte José Francisco.

„Ja, ich bitte darum."

„Gut", erwiderte José Francisco, „wie läuft es sonst? Haben Sie schon etwas aufklären können?"

„Wir kommen gut voran. Ich denke, dass Sie in der nächsten Woche wieder zurückkommen können, bis dahin werden wir alles aufgedeckt haben. Ich rufe Sie an, sobald grünes Licht herrschen wird, ja?", klärte Bourbon auf.

„In Ordnung. Bis dahin." José Francisco legte auf.

„Was wollteer?", fragte Guadalupe.

„Das Tagebuch meiner Mutter",sagte José Francisco leise.

„Aber das haben sie doch schon durchgeackert!", rief sie erstaunt.

„Er hat von irgendwelchen neuen Umständen gesprochen, die ihm damals, als er das Buch hatte, noch nicht klar waren. Anscheinend hat sein französisches Spatzenhirn gerade erst angefangen, denken zu lernen",erwiderte José Francisco erbost.

Guadalupe sah ihn mahnend an.

„Weißt du, ich mag es überhaupt nicht, wenn du so redest. Was soll das denn? Ich kenne dich gar nicht mehr wieder. Deine Mutter würde sich im Grab umdrehen, wenn sie dich so erleben würde", sagte sie, enttäuscht von ihm.

„Ach, ich weiß auch nicht, dieser Bourbon macht mich aggressiv",meinte José Francisco einlenkend.

„Du redest gerade so, als wäre Bourbon Schuld am Tod deiner Mutter, aber das ist er nicht. Er will das *Warum* aufklären, du solltest ihn dabei so gut wie möglich unterstützen, statt dich so zu verhalten, wie du es gerade jetzt tust. Ich schwöre dir, wenn du noch mal so von ihm reden solltest, wirst du keine Frau mehr haben", entgegnete Guadalupe ernst.

José Francisco schaute sie entsetzt an. Er hatte über die Stränge geschlagen, das wurde ihm jetzt bewusst.

„Ich gelobe Besserung", meinte er zerknirscht.

Guadalupe stand auf und verschränkte die Arme demonstrativ vor der Brust.

„Das reicht mir nicht, versprich es mir hoch und heilig, oder ich will nichts mehr mit dir zu tun haben. Einen Mann, der so redet, wie du es gerade getan hast, hätte ich nie geheiratet." sagte sie erbost.

„Ich schwöre es," antwortete José Francisco leise, „nie wieder werde ich so reden, denn trotz all dem Schmerz, den ich in mir trage wegen dem Tod meiner Mutter, schlimmer noch wäre es, wenn ich dich nicht mehr hätte. Ich werde mich in Zukunft beherrschen." Er hob die Hand zum Schwur, und Guadalupe sah ihn nun wieder milde lächelnd an.

„Dann hätten wir das jetzt wohl ein für alle Mal geklärt", antwortete sie.

Während Guadalupe diese Diskussion mit ihrem Mann hatte, begab sich Bourbon zu seinen beiden angeklagten Katalanen Jaime und Bernado.

Er öffnete die Türe des Verhörzimmers und trat mit der Aura eines wissenden Kriminalbeamten ein. Seine selbstsichere Haltung war fast schon Angst einflößend. Und die beiden Angeklagten reagierten prompt mit Unsicherheit darauf.

„Passen Sie auf, Sie beide", begann Bourbon, als er sich den beiden gegenüber gesetzt hatte. „Für Sie stehen die Karten äußerst schlecht. Der Tatbestand ist eindeutig. Ich möchte ihnen ein Angebot machen."
Jaime und Bernado schauten ihn zweifelnd an, warteten aber ruhig ab, ohne ein Wort zu entgegnen.

„Wir wissen von der Organisation, für die Sie arbeiten. Und natürlich haben Sie dieser ewige Treue geschworen. Aber glauben Sie mir, selbst wenn Ihre Organisation Sie hier wieder rausboxen wird, können Sie mal Ihren Hintern darauf verwetten, dass Sie spätestens bei Ihrer Rückkehr in Pamplona zwei tote Männer sein werden. Männer wie Alberto Navarro sehen es nicht gerne, wenn ihre Schützlinge Mist bauen. Sie hatten keinen erneuten Auftrag bekommen die Skulpturen zu stehlen. Er wird Ihnen unterstellen, dass Sie ihn haben betrügen wollen. Ihre Chancen, heil aus dieser Sache heraus zu kommen, liegen lediglich darin, mit uns zusammenzuarbeiten. Also, folgender Vorschlag; Sie erzählen uns alles, was Sie über die Organisation wissen, wir brauchen Details, Namen, konkrete Beschreibungen von Vorgängen, Berichte über die Dinge und Verbrechen, die über diese Organisation bereits vorher gelaufen sind. Sie bekommen dafür im Gegenzug Straffreiheit garantiert und eine neue Identität. Ich gebe Ihnen 10 Minuten Zeit, um über meinen Vorschlag nachzudenken."

Bourbon erhob sich abrupt und verließ das Zimmer. Jaime und Bernado blieben verdutzt zurück. Jaime blickte Bernado als erster an.

„Was sagst du dazu?", fragte er Bernado leise.

Bernado zuckte mit den Schultern.

„Ich weiß nicht, glaubst du wirklich, Alberto würde uns abmurksen lassen?", meinte er zweifelnd.

„Du weißt doch, was mit Emilio damals passiert ist, oder?", antwortete Jaime.

Bernado erinnerte sich nur allzu gut daran. Man hatte Emilio durchlöchern lassen, im wahrsten Sinne des Wortes. Mit einem 65er Kaliber waren ihm die Eingeweide aus dem Bauch geschossen worden, und das nur, weil er sich bei Alberto nicht abgemeldete hatte, als er in den Urlaub fliegen wollte. Alberto dachte, Emilio wollte die Organisation hintergehen, denn kurz zuvor hatte er einen Deal für sie erledigt, das Geld aber noch nicht übergeben. Jaime und ihn würde noch weitaus Schlimmeres erwarten, falls Roberto tatsächlich dachte, dass sie beide ihn hatten betrügen wollen.

„Mein Gott, sind wir doof", meinte Bernado schließlich. „Wie konnten wir auch nur ernsthaft glauben, dass man uns hier raus holen würde, ohne dass wir dafür hinterher bezahlen werden müssen. Dieser Kommissar ist ein helles Köpfchen, der hat Recht, glaub mir, Jaime."

Jaime runzelte zweifelnd die Stirn.

„Du meinst, wir sollen wirklich die ganze Organisation hoch gehen lassen?", gab er zu bedenken.

„Mensch, das ist unsere einzige Wahl, wenn wir es anders machen würden, wären wir Schwachköpfe", erwiderte Bernado lautstark.

„Aber deshalb müssen wir doch nicht gleich mit allem raus rücken, was wir wissen. Wie wäre es mit ein paar kleinen Geschichten, die Alberto nicht wirklich schaden können, und wir wären trotzdem raus aus allem?", bedachte Jaime.

„Damit wird sich dieser Bourbon nicht zufrieden geben. Ich bin mir sicher, dass er fast schon mehr über die Organisation weiß, als wir uns vorstellen können. Er wird merken, wenn wir lügen." Bernado begann, seine Fingerknöchel aneinander zu knacken, das tat er immer, wenn er nervös war. Für einen Moment schwiegen die beiden Männer, und starrten Löcher in den Boden. Jaime begann als erster wieder zu reden.

„Auf der anderen Seite haben wir ja nun jetzt auch weiß Gott schon genug Geld zusammen, um unsere Träume in Sankt Tropez zu verwirklichen. Und eine neue Identität ist doch auch nicht schlecht. Ich hätte nichts dagegen einzuwenden, jetzt ein Leben im Luxus zu starten", sagte er.

Bernado seufzte erleichtert auf. Ihm war ganz genau derselbe Gedanke gekommen, Jaime war lediglich der, der ihn zuerst ausgesprochen hatte.

„Gut, dann würde ich sagen, lass uns singen. Das ist der Weg hier raus",meinte Bernado schließlich.

„Was sollen wir denn genau erzählen?", fragte Jaime unsicher.

„Alles, alles was wir wissen, alles was gelaufen ist und auch alles, was laufen wird", gab Bernado zurück.

„Und du glaubst wirklich, dass uns Alberto hinterher nicht mehr aufspüren kann?", fragte er seinen Freund unsicher.

Bernado zuckte die Achseln.

„Das kann man natürlich nie wissen, aber ich denke, einfach wird es nicht für ihn werden. Außerdem kommt er sowieso erst mal für etliche Jahre in den Knast, wenn er fest genommen wird. Ich denke, ein paar Jahre könnten wir uns schon in Sicherheit wiegen", erwiderte Bernado sicher.

„Na dann," meine Jaime, „auf nach Sankt Tropez." Er hob die Hand hoch damit Bernado einschlagen konnte. Danach warteten die beiden auf die Rückkehr Bourbons. Dieser hatte die 10 Minuten Bedenkzeit, die er ihnen gelassen hatte, bereits erheblich überschritten. Und das nicht ohne Grund. Er saß an seinem Schreibtisch und hielt die Hände an seinen Kopf, das tat er immer, wenn er intensiv nachdachte oder grübelte. Er hatte soeben einen Anruf erhalten vom Morddezernat in Madrid. Es würde keinen Aufschub mehr für ihn geben, er sollte sofort zurückkommen, am nächsten Morgen schon. Bourbon war aufs Äußerste alarmiert. Er hatte nun keine andere Wahl mehr. Immer mehr kam er zu dem Schluss, dass die Organisation noch viel höhere Persönlichkeiten und Organe hinter sich stehen hatte, als er gedacht hatte. Bourbon beschloss, sich an das internationale Kommando gegen organisierte Verbrechen zu wenden. Er erledigte den Anruf über sein privates Mobiltelefon. Nachdem er fast eine gute halbe Stunde mit dem Leiter des Kommandos gesprochen hatte, war er wieder ruhiger. Er stand nun unter dem Schutz des Internationalen Kommandos, und jedermann, der versuchen würde, ihn an der Aufklärung des Falls Isabel Rodriguez Mauer zu hindern, stände in Verdacht, mit der Organisation zusammenzuarbeiten. Erleichtert machte sich Bourbon auf den Weg, um aus den Katalanen alles heraus zu kriegen, was er heraus kriegen wollte.

Als er in den Raum eintrat sah er bereits am Gesichtsausdruck der beiden Katalanen, dass sie aussagen würden. Er triumphierte innerlich. Sein Gefühl sagte ihm, dass sich der Fall bald aufklären würde.

„Also, erzählt", forderte er die beiden auf.

Und Jaime und Bernado begannen zu singen. Sie versuchten, den Kopf der Organisation aus allem raus zu halten. Sein Name wurde nicht erwähnt, mit keiner Silbe. So gut wie es ging, wollten sie unter allen Umständen vermeiden, Alberto zu verraten. Nachdem Bourbon schon sehr viele Informationen erhalten hatte, wie diese Organisation funktionierte, wollte er vorstoßen, um auf die Morde zu sprechen zu kommen, denn diese musste er schließlich aufklären.

„Wer von Euch hat dem Gärtner Juan José die Kehle durchgeschnitten?", fragte er Jaime und Bernado, plötzlich, ohne jegliche Vorwarnung, dass diese Frage kommen würde.

Jaime starrte ihn entrüstet an.

„Wir haben viele Dinge gedreht, Körperverletzung, Erpressung, Drogenhandel, Diebstahl, aber gemordet haben wir nie", rief er empört aus.

Bernado nickte zustimmend.

„Das müssen Sie uns glauben, Kommissar", sagte auch er bestimmt.

„Herrgott, Ihr wurdet beide gesehen, am Mordtag des Gärtners. Unmittelbar während Ihr ihn bedroht habt, mit der Sprache herauszurücken, wo die Skulpturen sind, hat Euch die Wäschefrau des Cortijos Isabel beobachtet. Sie hat euch eindeutig wiedererkannt, bei der Gegenüberstellung", schimpfte Bourbon ungeduldig.

„Aber verflucht noch mal, wir waren es nicht!", rief Jaime erbost aus.

„Da war doch noch so ein anderer Kerl, Jaime", meinte Bernado. „Weißt du noch, als wir uns aus dem Staub gemacht hatten. Vielleicht war der es?"

„Welcher anderer Kerl?", hakte Bourbon nach.

„Als wir zur Ausfahrt gelaufen sind, kam uns ein Mann entgegen. Er wirkte gehetzt, sah komisch aus, hatte einen ganz wirren Ausdruck in seinem Gesicht, und er wirkte ziemlich schmutzig. Also, ich meine, sein Hemd war halb offen, die Ärmel hochgekrempelt und dreckig. Möglicherweise hat der was damit zu tun", mutmaßte Bernado.

Bourbon schaute die beiden kritisch an. Sein Instinkt sagte ihm, dass die beiden die Wahrheit sagten.

„Gut, bleiben Sie sitzen, ich werde Ihnen einige Fotos holen, vielleicht ist dieser Fremde dabei." Bourbon stand auf und begab sich zu seiner eigens für diesen Fall angelegten Personenkartei. Er begann, die Fotos vor den beiden auszubreiten. Von José Francisco bis Magdalena, sämtliche Personen, die auch nur irgendwie mit dem Fall Cortijo Isabel zusammen hingen, waren darin vertreten. Jaime und Bernado studierten die Fotos eingehend.

Schließlich zuckte Bernado kurz zusammen und hielt triumphierend ein Foto hoch.

"Der Kerl war es, genau dieser!", rief er erfreut aus.
Bourbon nahm ihm das Foto aus der Hand. Sein Mund wurde trocken. Er konnte es kaum glauben.

-44-

„Deine *Freunde* singen gerade", meinte Christopher.
„Wie meinst du das, welche Freunde?", antwortete Alberto.
„Na, Jaime und Bernado. Ich sollte sie doch aus der U- Haft holen, aber dieser Hauptkommissar hat ihnen mildernde Umstände versprochen, wenn sie die Organisation verpfeifen, und damit sind sie gerade fröhlich beschäftigt",gab ihm Christopher zu verstehen.
„Diese elenden Kanalratten!", rief Alberto aus.
Nicht auszudenken, welchen Schaden sie anrichten würden, wenn sie ihre Schnäbel nicht verschlossen. Er musste sie bremsen.

„Was sollen wir tun?", fragteihn Christopher.

Alberto dachte für eine Weile sehr angespannt nach. Sein ganzes Imperium stand auf dem Spiel, wegen zwei solcher Blödköpfe. In ihm kochte eine ungeheuerliche Wut. Wenn er wütend war, konnte er besonders gut denken. Er kam auch sogleich zu einem Ergebnis.

„Besorg mir die Namen der Wachdienste, sofort!!!!", herrschte er Christopher an.

„Sofort, Boss",antwortete Christopher, und machte sich auf den Weg, um die gewünschten Informationen zu besorgen.

Alberto begann nervös, mit den Fingern auf seinen Tisch zu klopfen. Jahrelange Arbeit steckte in seiner Organisation. Schon mit 22 Jahren hatte er begonnen, sich den Kopf zu zerbrechen über den weiteren Werdegang seines Lebens. Er wollte auf keinen Fall in der Gosse enden. Von seinem Elternhaus hatte er nichts zu erwarten. Seine Eltern waren Arbeitstiere, sie schufteten sich von früh bis spät ab, um ein paar Kröten zu verdienen. Seine Mutter war Putzfrau gewesen, sein Vater Maler und Anstreicher. Er schwor sich, dass er nie so enden würde. Eines Tages hatte er beim Roulette eine Glückssträhne gehabt und viel Geld gewonnen. Von diesem Geld hatte er sich einen Frack gekauft und sich durch Betrügereien in die reiche Gesellschaftsschicht eingeschleust. Er fälschte Einladungen zu Bällen, an denen er eigentlich gar nicht geladen war. Mit der Zeit, durch seine ständige Präsenz und Lügengeschichten, begann er, eine wichtige Persönlichkeit zu werden, auf jeden höher gestellten Anlass wurde er eingeladen. Über kurz oder lang wurde er so wichtig, das hohe Geschäftsleute und Politiker Wert auf seine Meinung legten. Alberto nutzte diesen Einfluss aus und begann zunächst, kleineren Geschäftsleuten zu helfen, die Probleme hatten, Lizenzen für ihre Geschäfte zu bekommen. Nachdem er es geschafft hatte, ihnen die nötigen Genehmigungen zu besorgen, forderte er die ersten Zahlungen dafür ein. Monatliche Beträge mussten an ihn gerichtet werden, damit die Lizenzen auch bestehen bleiben würden. Den Geschäftsleuten blieb gar nichts anderes übrig, als zu zahlen. Aber sie taten es gerne. Dank Alberto konnten sie schließlich existieren. Mit den Jahren wurde Albertos Einzugskreis immer größer, seine Geschäfte immer lukrativer. Und er machte alle diejenigen, denen er am Anfang auf die Sprünge geholfen hatte, zu seinen Komplizen. Einer davon war beispielsweise Albatros, der Barbesitzer. Ohne Alberto hätte er nie seine Bar eröffnen können, und Albatros zeigte es ihm mit ewiger Dankbarkeit. Er war ihm immer zu Diensten, wann immer Alberto ihn auch brauchte. Christopher ebenso. Diese beiden waren seine rechten Hände innerhalb der Organisation. Albatros kümmerte sich um den Drogenhandel und die Prostitutionsgeschäfte, während Christoper den Verwaltungsbereich übernahm und gefährdete Kollegen aus den Klauen der Justiz befreite. Beide waren für Alberto unverzichtbare Mitarbeiter und Freunde. Er hatte sich in den letzten 20 Jahren mit ihrer Hilfe zusammen einen ungeheuren Reichtum angeeignet. Sein geschätztes Vermögen wurde auf etwa 3 Milliarden

Euro beziffert. Nie war es bisher der Justiz gelungen ihn festzunageln. Seine Jacke war immer blütenweiß, er wusste andere vorzuschieben für die Drecksarbeit. Nicht zahlende Geschäftleute wurden einfach „entfernt", aber diese Arbeiten wurden an andere Jungs weiter geleitet. Er machte sich damit nicht die Hände schmutzig. Jetzt, im Alter von 42 Jahren dachte Alberto ernsthaft über so Worte wie „wohlverdienten Ruhestand" nach. Aber nur allzu gerne hätte er seine Organisation in andere Familienhände übergeben, bevor er sich daraus zurückziehen würde. Doch leider hatte er keine eigene Familie mehr. Seine Eltern waren verstorben, er war der einzige Sohn, geheiratet hatte er nie, es gab also auch keine Kinder. Sein einziger, ernsthafter Nachfolger könnte für ihn allerhöchstens Christopher werden. Während er darüber nachdachte, kam Christopher mit den Namen der Wachdienste zurück. Er legte die Liste auf Albertos Tisch.

„Gute Arbeit, warte hier einen Moment", sagte er zu Christopher und begann die Liste zu studieren. Sie war detailliert, mit Wachdienstzeiten und Infos aus dem Privatleben eines jeden Beamten.

„Bestechen Sie diesen Gustavo Cruz. Er soll den beiden was ins Wasser mischen, damit sie drauf gehen, wenn sie in ihre Zelle zurückkehren werden", sagte Alberto kühl.

„Wird erledigt, Boss." Christopher nahm den Befehl ohne mit der Wimper zu zucken hin, und drehte sich auf den Absatz um, um alle weiteren Schritte dazu in die Wege zu leiten.

„Noch was, Christopher", bremste ihn sein Boss, als er aus der Bürotür hinausgehen wollte.

„Ja?" fragte dieser.

„Ich ziehe mich aus dem Geschäft zurück. Die Organisation wird ab 01. Januar des nächsten Jahres dir gehören", teilte ihm Alberto mit. Christopher konnte sich ein erfreutes Grinsen auf seinem Gesicht nicht verkneifen. Da er aber wusste, dass Alberto es nicht gewollt hätte, wenn er nun wie ein unterwürfiger Hund seine Dankbarkeit zeigen würde, antwortete er nur:

„Geht in Ordnung, Boss", und damit zog er sich wieder zurück.

-45-

Javier Morón war nervös. Als er in seinem Appartementhaus ankam, nach der Arbeit in seinem Notariat, war er vollkommen durchgeschwitzt. Aber er wusste, dass er noch zur Abendmesse musste. Also beeilte er sich damit, sich kalt abzuduschen. Er wählte einen blütenweißen Anzug aus, sowie ebenso weiße Lederschuhe von Gucci. Sein Hut war ein Edelmodell von Lagerfeld, natürlich auch in Weiß. So elegant gekleidet ging er auf die Straße, um in das von ihm bestellte Taxi zu steigen. Er wollte nicht mit seinem eigenen Auto fahren. Seine Messegänge strengten ihn immer ganz besonders an.

Emotional war er danach meist so aufgewühlt, dass er sich nicht in der Lage fühlte, das Steuer eines eigenen Wagens in der Hand zu halten, geschweige denn, das Auto überhaupt zu fahren. Je näher er der katholischen Kirche Parroquía de Santa Teresa de Jesús kam, desto schlechter fühlte er sich.

Seit klein auf war sein Leben ein einziges Desaster gewesen. Er war zunächst liebevoll behütet aufgewachsen. Die ersten 8 Jahre seines Lebens hatten seine Eltern ihn geliebt, wie kein anderer seinen Sohn hätte lieben können. Dann wurde seine Mutter wieder schwanger. Alles begann, sich nur noch um den kommenden Nachwuchs zu drehen. Sein Vater beachtete ihn kaum noch, ständig schmuste er nur noch mit seiner Mutter, streichelte ihren immer runder werdenden Bauch, für ihn, Javier, blieb keine Zeit mehr übrig. Javier begann, das Ungeborene zu hassen. Der Tag kam, als die Wehen einsetzten, und während er zu seinen Großeltern abgeschoben wurde, damit seine Mutter mit dem Vater ins Krankenhaus konnte, litt Javier Höllenqualen. Er begann, Verlustängste zu verspüren, und redete sich ein, dass er nun nichts mehr wert sein würde. Insgeheim begann er zu hoffen, dass das Baby bei der Geburt sterben würde. Er wünschte es sich fast schon sehnlichst. Aber nichts dergleichen geschah. Im Gegenteil; als sein Bruder Eusebio geboren wurde, waren alle stolz auf den kleinen Wonneproppen, der fast gute 4 Kilo bei seiner Geburt auf die Waage brachte. Das Baby wurde in den Himmel gehoben. Und als Javier seinen Bruder das erste Mal zu Gesicht bekam, war er so zornig, dass er ihm auf den Kopf schlug. Seine Eltern hatten ihn entsetzt getadelt, und damit bestraft, ihn erneut zu seinen Großeltern zu schicken. Er hasste seine Großeltern nun ebenso wie seinen Bruder. Den beiden alternden Leuten machte er das Leben schwer, wo er nur konnte. Die Großeltern gaben resigniert auf, sie fühlten sich nicht mehr in der Lage, den aufsässigen Jungen zu bändigen. So kam er schließlich wieder zurück in seine Familie. Alles dort war ein einziges Desaster für Javier. Er ertrug es nicht mit anzusehen, wie seine Mutter dem kleinen Eusebio die Brust gab. Er hasste die Spieluhr, die über dem kleinen Bettchen seines Bruders hing. Sobald sie aufgezogen wurde, hielt er sich die Ohren zu und schrie sich die Kehle aus dem Hals. Sein Verhalten wurde immer schlimmer, aber seine Eltern begriffen einfach nicht, woher diese Probleme kamen. Der kleine Eusebio wuchs heran, seine Mutter ging wieder in das Berufsleben zurück, sie war eine angesehene Anwältin. Währenddessen wurde der kleine Eusebio von einer für ihn eigens angestellten Nanna verwöhnt und umsorgt. Aber auch diese Nanna hatte keinen Platz in ihrem Herzen für den anderen Sohn Javier. Er wurde rumgeschubst, vertröstet und manchmal kam er sich vor, als wäre er Luft im Hause Plaza. So wuchsen er und sein Bruder heran. Wann immer Javier konnte, begann er, mit dem kleineren Bruder zu streiten, er gönnte ihm keines seiner Spielzeuge, drängte sich dazwischen, wenn die Eltern abends von der Arbeit heim kamen und wurde sehr oft handgreiflich. Er machte der ganzen Familie mit seiner krankhaften

Eifersucht das Leben zu Hölle. Schon längst hätten Javiers Eltern reagieren müssen, schon längst hätten sie einen Psychologen aufsuchen müssen, um Javier zu helfen. Aber sie verkannten die Lage, und bauten immer auf die Hoffnung, dass wenn der kleine Eusebio eines Tages größer sein würde, sich alles wieder einrenkte. Aber dem war nicht so. Je größer Eusebio wurde, desto schlimmer wurde der Machtkampf, den Javier mit ihm veranstaltete. Er begann seinen Bruder regelmäßig zu schlagen und zu tyrannisieren, er erpresste ihn, damit er den Eltern nichts davon verriet. Eines Nachmittags hatte er ihm die Faust ins Gesicht geschlagen. Eusebio hatte ein heftiges Veilchen am linken Auge, aber Javier drohte ihm an, ihm noch viel Schlimmeres anzutun, wenn er vor den Eltern den Mund aufmachen würde. So sagte der kleine Eusebio, er wäre gegen die Tischkante geknallt beim Spielen. Aber das Einzige, was dies Javier einbrachte war, dass der kleine Bruder noch mehr umsorgt wurde. Die Mutter hatte ihn tröstend in die Arme genommen, und Javier dafür getadelt, weil er nicht besser auf seinen kleinen Bruder aufgepasst hatte. Im Alter von 12 Jahren reichte es Javier. Er ertrug die ständige Zurückstellung seiner Person einfach nicht mehr.Eines Tages, als seine Mutter von der Arbeit heimgekommen war, setzte er einen teuflischen Gedanken, der sich in seinem Hirn festgesetzt hatte, in die Tat um. Er wartete, bis die Nanna verschwunden war. Seine Mutter begann, die Einkäufe in der Küche einzuräumen. Der 4 jährige Eusebio spielte auf dem Balkon. In einem von der Mutter unbeobachteten Moment nahm er Eusebio hoch, und warf ihn über das Balkongeländer. Während sein Bruder hinab fiel, beobachtete Javier fasziniert, was seine Tat bewirkte. Eusebio knallte hart aus dem zweiten Stock auf das Pflasterstein, Blut spritze aus seinem Kopf und innerhalb von Sekunden war der ganze Boden damit getränkt. Dann begann Javier zu schreien wie am Spieß. Seine Mutter kam herbei geeilt, und stellte mit einem Blick fest, das Eusebio nicht mehr auf dem Balkon war. Javier deutete nur mit dem Zeigefinger auf das Balkongeländer. Seine Mutter blickte hinunter und schrie sich die Seele aus dem Leib. Mittlerweile war die Nachbarschaft schon in heller Aufruhr, von weitem hörte man den Krankenwagen ankommen, der wohl von ihnen alarmiert worden war. Aber es war zu spät. Eusebio war tot. Javier konnte sich ein zufriedenes Grinsen nicht verkneifen, als niemand hinsah. Jetzt wäre er wieder Papas und Mamas Liebling, jetzt gab es keinen Eusebio mehr.Die Polizei forschte nach, denn nach einigen Untersuchungen kamen sie zu der Erkenntnis, dass irgendetwas an diesem Unfall nicht ganz so nach Unfall aussah. Javier wurde von ihnen verhört und um das ganze Ausmaß seiner krankhaften Eifersucht zu umschreiben, sagte er aus, dass seine Mutter sehr wohl gesehen hätte, dass der kleine Eusebio auf das Balkongeländer geklettert wäre, sie aber nicht genügend Sorgfaltspflichtgezeigt hatte, um ihn daran zu hindern. Im Gegenteil; er behauptete bei der Polizei, dass seine Mutter Eusebio gesagt hätte, er solle ruhig noch höher auf das Geländer klettern, er würde schon sehen, wie das enden würde. Die Polizei glaubte seiner Aussage. So wurde seine Mutter nach wenigen Tagen abgeführt und wegen Unterlassung ihrer Aufsichtspflicht als Mutter einem Kleinkind gegenüber, für 3 Jahre inhaftiert. Da Javiers Vater ein viel beschäftigter Politiker war, steckte er Javier in ein hochangesehenes Internat. Er hatte keine Zeit, sich um seinen Sohn zu kümmern. Javier war das nur recht. Er hatte mit seinen Eltern abgeschlossen. Sie hatten ihn zu dem gemacht, was er jetzt war; ein psychisch kranker Junge der wahrscheinlich in seinem ganzen Leben nie wieder lieben würde können. Im Internat wurde schnell festgestellt, dass Javier unter krankhafter Eifersucht litt. Denn auch dort war er auffällig in seinem Verhalten. Er strebte ehrgeizig nach vorne, immer darauf bedacht, die besten Noten zu erzielen, um die Gunst seiner Professoren zu erlangen. Bereits nach wenigen Wochen stellte er durch seine hervorragenden Leistungen alle Mitschüler in den Schatten. Niemals beteiligte er sich an Gruppenaktivitäten, er hatte keinen einzigen Freund dort, und er kapselte sich ab in eine Welt voller Bücher, er las und las. Die Schulleitung beschloss, dem Jungen einen Psychologen vorzustellen. Aber der Internatspsychologe biss sich die Zähne an Javier aus. Es war nichts aus ihm heraus zu bringen. Javier hatte im Stillen Angst, dass es doch eines Tages mal raus kommen würde, dass er seinen Bruder getötet hatte. So heuchelte er vor, dass seine Probleme nur daher kamen, dass er den Tod seines Bruders niemals würde überwinden können. Sein Schmerz säße so tief, dass er eben genau deshalb keinen Kontakt zu anderen Kindern haben wollte. Und so versuchte der Psychologe, ihn mit Antidepressiva etwas sozialer und umgänglicher zu machen. Aber Javier nahm die Tabletten nicht ein. Als seine Mutter aus der Haft entlassen wurde, suchte sie ihn im Internat auf. Javier fürchtete sich vor dem Moment, denn sie würde ihn wegen des *Warums* fragen. Und so kam es auch. Schon vor ihrer Ankunft war Javier angespannt und fühlte eine ungebärdige Wut in sich. Er hatte keine Lust seiner Mutter zu begegnen. Er hatte außerdem Angst davor, sich durch sie selber zu erkennen. Der Wahrheit ins Auge blicken zu müssen, wie es wirklich gewesen war.

„Junge, warum hast du das bloß getan? Wieso hast du der Polizei eine solche Lüge erzählt?", hatte sie ihn gefragt.

„Es war keine Lüge", hatte er geantwortet. „Wäre ich es gewesen, der auf das Geländer geklettert wäre, du hättest mich runter fallen lassen. Du hast immer nur Eusebio geliebt."

„Aber das ist doch nicht wahr, Javier, bitte, wie kannst du nur so etwas denken?", hatte sie erwidert.

Aber Javier schaute sie nur angewidert an, spukte ihr vor die Füße und verließ das Zimmer fluchtartig. Er ließ seine gebrochen Mutter allein zurück. Er wollte sie nie wieder sehen in seinem Leben, genauso wenig wie seinen Vater. Sein einziges Ziel war, eine berufliche Karriere zu erreichen als Notar und Anwalt. So konnte er für das wahre Recht sorgen, und schriftlich alles absiegeln, was seine Klienten ihm vortrugen. 10 Jahre später hatte er es geschafft, seine

Examen hatte er alle mit Auszeichnung bestanden. Er arbeitete zunächst in einer Anwalts- und Notarkanzlei bei einem Freund seines Vaters. Aber nach ein paar Jahren hatte er sich den nötigen Schliff und das Wissenspotenzialeines großen Notars und Anwalts angeeignet. So konnte er sein eigenes Büro eröffnen. Er war von Anfang an sehr erfolgreich in seinem Beruf. Privat lief es dafür umso schlechter. Die wenigen Frauen, die er kennen gelernt hatte, verließen meist nach zwei oder drei Monaten fluchtartig sein Haus und beendeten die Beziehung. Seine krankhafte Eifersucht begleitete ihn ständig, und jede Frau, die er für sich hatte gewinnen können, litt früher oder später darunter. Seine letzte Freundin Monica hatte er im Affekt geschlagen, weil sie einem Freund von ihm seiner Meinung nach die Hand zu lange gereicht hatte, als er die beiden miteinander bekannt gemacht hatte. Zuhause angekommen hatte er ihr eine Szene gemacht und sie geohrfeigt. Monica hatte erschrocken in null Komma nichts seine Wohnung verlassen und er hatte sie nie wieder gesehen. Nach diesem Erlebnis wurde es Javier erst richtig bewusst, dass er professionelle Hilfe brauchte. Niemand wusste von seinen regelmäßigen Sitzungen bei seinem Psychologen. Dort konnte er sich gehen lassen, alles erzählen, was tief in seiner kranken Seele steckte. Mit Hilfe von Medikamenten versuchte der Psychologe, Javiers Seele ein wenig einzustellen. Aber seine persönliche Meinung zu dem psychisch - pathologisch auffälligen Mann war mehr als beunruhigend. Javier wurde etwas ruhiger und bedachter durch das

Antidepressivum. Aber geheilt war er deshalb noch lange nicht. Trotzdem fand er eine Frau, die er letztendlich auch heiratete. Mit Ana war das Leben etwas einfacher zu ertragen und die unglaubliche Schuld, die auf seinen Schultern lastete, ließ sich so ab und dann fast vergessen. Eines Tages lernte Javier Isabel Rodriguez Mauer kennen. Sie war in sein Büro gekommen, um einige persönliche Schriftstücke aufsetzen zu lassen. Man hatte ihn ihr empfohlen. Von Anfang an war Javier fasziniert von dieser Isabel. Immer wenn er sie sah, begannen seine Hände zu schwitzen und sein Puls raste. Er versuchte sich nichts anmerken zu lassen, und so entstand eine zwangslose Freundschaft zwischen den beiden. Isabel schätze Javier sehr, denn mit ihm konnte sie exzellente, intellektuelle Gespräche führen. Er war weltoffen, charmant und herzlich. Eines Tages hatte er seinen ganzen Mut zusammen genommen und ihr seine wahren Gefühle für sie offenbart. Das war der Tag, an dem sich Isabel von ihm distanzierte. Seitdem litt er höllisch unter dieser unerfüllten Liebe. Ganz oft war er zum Cortijo Isabel hochgefahren, um sie heimlich mit dem Feldstecher zu beobachten. Am meisten liebte er es, sie nackt unter der Dusche zu sehen, der Feldstecher ließ ihn in dem Glauben, das er ganz nah bei ihr war, und jedes Mal bekam er eine Erektion dabei. Javier begann ebenso, alle Menschen zu beobachten, die mit Isabel in näherem Kontakt stand. Er war eifersüchtig auf alle Männer, die sich in ihrer Nähe aufhielten. Das Ganze ging so weit, dass er sogar Buch führtewer wann, wie lange und wie oft bei Isabel gewesen war. Mit

Akribie notierte er seine Einträge und hütete das kleine schwarze Buch wie seinenAugapfel. Jetzt brauchte er keine Einträge mehr zu machen, denn Isabel war tot. Javier trat in die Kirche und begann sich zu bekreuzigen. Danach ging er in die Knie und begann zu beten. Er betete solange, bis ihm die Kniegelenke schmerzten und er komplett durchgeschwitzt war. Er verbrachte oft mehr als drei Stunden am Abend in dieser Kirche. Zweimal in der Woche legte er seine Beichte ab. Nach jedem Kirchenbesuch fühlte sich Javier wie befreit. So auch an diesem Abend, als er fast schon zufrieden in das Taxi stieg, das ihn wieder nach Hause bringen würde.

-46-

Bourbon reagierte sofort. Als er auf dem Foto den Notar Javier Morón erkannt hatte, ließ er sofort eine Großfahndung nach ihm starten. In der Zwischenzeit wurde der Kultusminister José Carlos Úbeda festgenommen. Er befand sich gerade in einer wichtigen Ausschuss-Sitzung, als die Polizei hereinstürmte und ihn mitsamt seinem kompletten Stab festnahm.
José Carlos Úbeda schimpfte herum:
„Das könnt Ihr mit mir nicht machen, ich hab mirnichts zu Schulden kommen lassen."

Aber es war bereits zu spät, denn die Presse vor dem Kultusministerium war schon zahlreich vertreten. Mikrofone wurden an seinen Mund gehalten, als er in Handschellen gelegt von zwei schwer bewaffneten Polizisten zu der Polizeistreife gebracht wurde. Úbeda antwortet auf die Fragen nur mit einem trockenen:
„Kein Kommentar."
Die Presse stieß auf Granit bei ihm, es war nichts aus ihm heraus zu bringen. Bei seinem Verhör war Bourbon der verantwortliche Leiter. Bourbon hatte im Nebenraum Rámon Casasola sitzen. Er wanderte von einem Raum zum anderen, fragte die Tatverdächtigen aus, der Reihe nach. Er benutze eine Art Zermürbungstaktik. Immer, wenn einer der Verdächtigen sich stur stellte, ließ er diesen einfach sitzen und wanderte zum nächsten. Er benutze Fakten, die Úbeda auf den Tisch gelegt hatte, um Rámon Casasola zu verunsichern, und umgekehrt genauso. Stück für Stück kam die Wahrheit zum Vorschein. Úbeda bestritt heftig, dass er Rámon Casasola beauftragt hatte, sich das Cortijo Isabel anzueignen, um es dann dem spanischen Staat in die Hände zu geben. Aber die Aussagen von Rámon Casasola und Fernando waren so stichhaltig, mit eindeutigen Belegen, dass er sich aus diesem Tatbestand nicht mehr heraus winden konnte. Da Samuel gut nachgeforscht hatte in Madrid, konnten dem Kultusminister Úbeda noch viele weitere Vergehen nachgewiesen werden. Sein Stab wurde ebenso befragt. Auch innerhalb des Stabs wurden einige Mitarbeiter verhaftet, die nun auf ihren Prozess

warteten. Auch der Polizeipräsident befand sich in Untersuchungshaft, der den Richter veranlasst hatte, das Verfahren wegen Vergewaltigung im Falle Jimenez/Casasola zugunsten des Angeklagten zu entscheiden. Trotzdem war noch keiner der drei Morde aufgeklärt worden. Bourbon konnte sich keinen Reim darauf machen. Er hatte damit gerechnet, dass zu mindestens durch die Order von Úbeda der Kommissar Mendez ermordet worden war. Aber dem war nicht so. Bourbon tappte nach wie vor im Dunkeln. Trotz der Aussagen von Jaime und Bernado war es ihm ebenso unmöglich, den Kopf des organisierten Verbrechens zu verhaften, denn Roberto Navarro konnten keinerlei Vergehen nachgewiesen werden. Seine Großfahndung nach dem Notar Javier Morón blieb ebenso erfolglos. Morón war spurlos verschwunden. Einzig und alleine Rámon Casasola und José Antonio Ùbeda wurden einige Wochen nach ihrem Gerichtstermin zu jeweils 12 Jahren Haft verurteilt. Bourbon war nervös und unzufrieden. Die Morde waren noch nicht aufgeklärt, und das machte ihn fast rasend. Er hatte sich immer für einen exzellenten Hauptkommissar gehalten, aber mittlerweile kamen ihm Zweifel an seinen wirklichen Fähigkeiten. Durch die beiden Katalanen Jaime und Bernado hatte er zwar erfahren, das Alberti Navarro die Skulpturen haben wollte, aber sicher war auch nicht, ob Alberto von dem blauen Diamant darin gewusst hatte. Er hatte keinerlei Beweise dafür, dass Alberto Navarro die beiden Katalanen dazu beauftragt hatte, die Skulpturen zu rauben. Denn den Auftrag dazu hatten sie über einen

Mittelsmann bekommen. Die Katalanen hatten lediglich vermutet, dass ihr oberste Boss die Skulpturen wollte. Das alles reichte hinten und vorne nicht, um Alberto Navarro dingfest zu machen. Zu allem Übel kamen José Francisco und Guadalupe gerade jetzt von ihrer Deutschlandreise zurück. Als sie Bourbon aufsuchten, fühlte sich der Kommissar sehr unsicher in seiner Haut.

José Francisco musste sich zusammenreißen, um nicht ausfallend gegenüber Bourbon zu werden. Er hatte es seiner Frau versprochen. Aber er konnte es sich nicht verkneifen, Guadalupe triumphierend anzuschauen, sein Blick verriet mehr als alle Worte, er wollte ihr damit zu verstehen geben, das er Recht gehabt hatte. Dieser französische Kommissar war nichts weiter als ein Dilettant und Hochstapler in seinen Augen.

„Und wie geht es nun weiter? Was werden Sie unternehmen?", fragte ihn José Francisco.

Bourbon räusperte sich kurz.

„Wir fahnden nach Javier Morón, es wäre möglich, dass er der Schlüssel ist, zu all den Morden",antwortete Bourbon. Samuel und Ricardo, die neben ihm saßen nickten zustimmend.

José Francisco zog erstaunt die Augenbrauen hoch.

„Wieso fahnden Sie nach ihm? Wäre es nicht einfacher in sein Büro zu spazieren, dort wird er sich doch bestimmt tagsüber aufhalten?", ein verächtliches Grinsen konnte er sich dabei nicht verkneifen.

„Es ist spurlos verschwunden", antwortete ihm Ricardo, der gemeinsam mit Samuel an der Seite seines Freundes Bourbon saß.

Guadalupe schaute ungläubig.

„Aber er steht doch nicht ernsthaft in Verdacht, oder? Dieser Mann ist so sanftmütig, er könnte doch sicher niemanden ermorden, oder?", fragte sie.

In diesem Moment kam Fernando die Tür herein.

„Guten Abend, alle zusammen", sagte er zur Begrüßung.

Guadalupe und José Francisco drehten sich um, die Stimme kam ihnen bekannt vor. Als Guadalupe Fernando sah, war es um ihre Fassung geschehen. Sie fiel in Ohnmacht. In Windeseile kümmerten sich alle anwesenden Männer darum, sie wieder aus der Ohnmacht zurückzuholen, was ihnen recht schnell gelang.

„Ein Geist, siehnur, José Francisco!", rief sie entsetzt, als sie wieder zu sich kam und deutete mit den Fingern auf Fernando.

„Guadalupe, bleiben Sie ruhig, er ist lebendig. Wir haben seinen Tod nur vorgetäuscht, umihn zu schützen", erklärte ihr Bourbon.

Guadalupe stand auf und umarmte Fernando ungläubig.

„Oh Gott, es ist so schön dich zu sehen. Die Nachricht von deinem angeblichen Tod hatte mich umgehauen. Ich dachte mein Herz würde verbrennen", sagte sie ihm offen und ehrlich.

„Es tut mir leid, dass solche Maßnahmen ergriffen werden mussten. Aber dank dieser lebe ich noch, wer weiß, was sonst passiert wäre. Und unser Kommissar Bourbon hat Euch so ganz bewusst zu einer

Reise nach Deutschland verleitet. Wer weiß, was auch Euch sonst passiert wäre. In Deutschland seid Ihr unter ständigem Polizeischutz gewesen, aber sicher habt Ihr das gar nicht bemerkt. Er ist schon clever, unser Bourbon", er grinste diesem verschmitzt zu.

Bourbon schaute ihn dankbar an. Es tat gut, so etwas zu hören, gerade in seiner jetzigen Situation. Er beschloss trotzdem die Runde für heute aufzulösen.

„So, es ist spät geworden, lasst uns nach Hause gehen. Sie, Gualdaupe und Don José Francisco haben ständigen Polizeischutz, solange die Morde nicht aufgeklärt sind, und Sie, Fernando, kommen mit zu mir, wie gehabt." Bourbon erhob sich.

„Ich muss nur noch mal schnell bei mir zuhause vorbei, ich brauche ein paar frische Sachen", meinte Fernando.

„Kein Problem, es werden Ihnen zwei Beamte folgen, Ricardo, veranlasse das bitte", meinte Bourbon. „Wir fahren schon mal los." Er nickte allen kurz zu und ging dann zum Ausgang.

Während der Fahrt nach Agua Amarga zu Bourbons Haus arbeite das Gehirn von Bourbon auf Hochtouren. Und plötzlich kam ihm die Erleuchtung. Er bremste so abrupt, als er auf der Nationalstraße plötzlich anhielt, dass seine Freunde Ricardo und Samuel heftig nach vorne geschleudert wurden. Dank der Gurte war ihnen aber nichts passiert.

„Was ist los, Phillippe? Willst du uns umbringen?", rief Ricardo entgeistert.

„Ich bin ein Trottel, verdammt", sagte Bourbon leise.

„Wieso das denn?", hinterfragte Samuel erstaunt.

„Herrgott, wie konnte ich nur so dämlich sein!", rief Bourbon aus.

„In Bezug auf was denn?", drängte ihn Ricardo zu einer Antwort.

Bourbon raufte sich das Haar. Dann sah er seine Freunde betreten an.

„Wir haben alle befragt, als sie hier bei uns in Agua Amarga waren, in meinem Haus, ist es nicht so gewesen? Alle haben wir befragt, wo sie während der Tatzeiten waren, ist das richtig?", fragte er seine Freunde.

„Ja, sicher doch", bestätigte Ricardo ihm.

„Nur einen haben wir nicht befragt", antwortete Bourbon resignierend.

Samuel und Ricardo sahen sich erstaunt an und zuckten mit den Schultern.

„Es war mein Fehler, ein Fauxpas, der nicht hätte passieren dürften", sagte Bourbon leise. „Zu mindestens nicht mir, ich bin schon so lange Jahre in diesem Beruf. Ich glaube, ich lass mich pensionieren."

„Wen hast du nicht befragt?", wollten Samuel du Ricardo gespannt wissen.

„Den Notar!", antwortete Bourbon trocken.

-47-

Fernando eilte mit großen Schritten in sein Haus. Er begann, in seinem Schlafzimmerschrank nach seiner Reisetasche zu suchen, fand sie nach einigem Wühlen auch endlich. Recht zügig packte er sich ein paar frische Kleidungsstücke ein. Mit sicheren Griffen, dank seiner Ordnungsliebe, hatte er rasch alles gut auswählen können. Die Tasche war fertig. Er drehte sich mit Schwung um und erschrak sich fast zu Tode. Vor ihm stand ein komplett in weiß gekleideter Mann. Durch den Hut, den der Mann trug, der ebenfalls weiß war, konnte er dessen Gesicht nicht erkennen.

„Wer sind Sie?", rief Fernando erschrocken aus.

In ihm kam Panik hoch. Hatten denn die Beamten, die ihn begleitet hatten, nichts bemerkt? Er fühlte eine innere Hilflosigkeit in sich hochsteigen, er war diesem Fremden völlig schutzlos ausgeliefert, soviel war ihm klar.

„Sie erkennen mich nicht?", fragte der Fremde erstaunt.

Und schon kam die Erinnerung in Fernando hoch. Diese Stimme gehörte dem Notar Javier Morón, der gerade polizeilich gesucht wurde wegen des Verdachts, mehrere Morde begangen zu haben. Aus Fernandos Poren lief der pure Angstschweiß. Er versuchte sich zu beherrschen und Ruhe zu bewahren. Vielleicht bestand ja ein Funke Hoffnung, dass der Notar nur irgendetwas von ihm wollte, eine Frage hatte. Aber er verwarf diese Hoffnung sofort wieder. Wieso sollte er hier am späten Abend bei ihm auftauchen? Er hatte schließlich seine Telefonnummer, und wenn es etwas Geschäftliches gewesen wäre, hätte er Fernando sicher schon angerufen.Fernando versucht einfach so zu tun, als wäre es das Normalste dieser Welt, das der Notar hier in seinem Schlafzimmer war. Blöde Fragen wie; wie sind sie hier herein gekommen?, konnte er sich sicherlich sparen. Zum Spaß war der Notar nicht hier, das war ihm klar.

„Ah, doch, natürlich, Don Javier Morón. Es ist schön Sie zu sehen. Was kann ich für Sie tun? Ich war in den letzten Tagen schwer erreichbar", versuchte Fernando sich aus der drohenden Gefahr herauszuwinden, denn instinktiv fühlte er, dass er es hier mit einer äußerst gefährlichen Situation zu tun hatte.

„Setzen Sie sich!", wies ihn Morón an, mit der Hand auf das Bett deutend.

Fernando tat, wie ihm geheißen und harrte der Dinge, die da nun kommen würden. Instinktiv überlegte er krampfhaft, ob er irgendeinen Gegenstand erreichen konnte, der in seiner Nähe war, um sich eventuell zu verteidigen, falls es notwendig werden würde. Und Fernando kam nicht drum herum, sich dieser Dringlichkeit bewusst zu werden.

„Was wollen Sie von mir, Don Javier? Ich habe Ihnen nichts getan",antwortet Fernando nun leise und beschwörend.

„Das sagen SIE",erwiderte Morón. „Aber das ist nur Ihre Meinung."

„Dann sagen Sie mir, was ich Ihnen getan haben soll? Lassen Sie uns drüber reden. Geht es um den Besitzwechsel des Cortijos?", antwortete Fernando.

„Es geht um Isabel", meinte Morón.

Mittlerweile war er Fernando bedrohlich näher gekommen. Dann hielt er in seinem Schritt inne, und blieb einem Meter vor ihm stehen.

„Erzählen Sie mir, was Sie von mir wollen, ich werde versuchen, Ihnen zu helfen", meinte Fernando. Er saß nun völlig angespannt auf seinem Bett und der Angstschweiß lief ihm an seinem Nacken hinunter.

„Mir ist nicht mehr zu helfen. Sie ist tot", antwortete Morón ihm.

„Ja, das weiß ich doch, aber ich habe sie schließlich nicht umgebracht, es ist nicht meine Schuld, im Gegenteil, ich habe sie geliebt", sagte Fernando.

Morón schaute ihn aus nun weit aufgerissenen Augen an. In seinem Blick lag der pure Wahnsinn.

„Genau das ist es, was ich wissen wollte", er begann, Fernando höhnisch anzulachen.

„Aber ich habe es Ihnen doch schon gesagt, als Sie mich zu sich eingeladen hatten!", rief Fernando erstaunt aus.

„Damals war nicht der richtige Zeitpunkt für mich, es hören zu wollen. Heute Abend ist er es sehr wohl", erwiderte Morón in einem gruseligen Tonfall.

„Herrgott, Morón, was ist los mit Ihnen?", fragte Fernando unsicher.

„Das will ich Ihnen sagen, Fernando. Ich habe sie geliebt, und sicher weiß Gott mehr als Sie. „Haben Sie sie gefickt?", fragte er Fernando. Fernando war schockiert. Er hätte nie geglaubt, dass sich dieser Notar einer solchen Sprache bedienen würde. Und dieses Wort klang schon fast obszön aus dem Munde dieses Mannes.

„Falls Sie meinen, ob wir uns körperlich geliebt haben, ja, natürlich. Ich war ihr Lebenspartner", antwortete er ehrlich. „Aber das war ja auch kein Geheimnis, wir wollten heiraten."

„Na, das haben Sie sich ja fein ausgedacht", flüsterte Morón leise. „Aber daraus ist ja nun nichts geworden, ich habe gewusst, das zu verhindern."

Fernando schluckte einmal heftig.

„Sie waren es, Sie haben sie umgebracht", stellte er fast tonlos fest.

Morón trat einen weiteren Schritt auf ihn zu, Fernando riss die Augen nun angsterfüllt auf. Er fühlte, dass seine letzte Stunde geschlagen hatte. Dieser Mann vor ihm war wahnsinnig. Aber noch ehe er darüber nachdenken konnte, wie er diese Tatsache abwenden könnte, zog Morón ein großes Schlachtermesser hervor, dass er unter seinem Jaket verborgen getragen hatte, und schnitt Fernando so schnell die Kehle durch, dass jegliche Abwehr völlig unmöglich gewesen wäre. Das Blut schoss aus der Kehle, das Bett war innerhalb von Sekunden blutdurchtränkt.

Zufrieden betrachtete Morón sein *Werk*. Er drehte sich um und wollte zur Tür gehen, als ihm noch etwas einfiel.Schließlich sollten alle wissen, warum er Fernando ermordet hatte. Zwar war er nun tot, *aber sicher ist sicher*, dachte sich Morón. Er ging noch einmal zurück, öffnete die Hose des toten Fernandos und zog sie mit einem einzigen Ruck hinunter. Dann setzte er sein Messer erneut an, und schnitt Fernando die Genitalien ab. Danach verließ er das Haus.

-48-

Die beiden Beamten warteten nun schon eine ganze Weile auf Fernando. Es kam ihnen komisch vor. Für gewöhnlich hielt dieser sich nicht so lange auf, wenn er kurz nach Hause wollte, um frische Sachen zu holen. Baldomero versetzte dies irgendwie in Alarmbereitschaft. Er sah zu seinem Kollegen und stieß diesen an den Arm.
„Was ist los?", fragte Juan Enrique?
„Wir sollten mal nach sehen, das dauert mir zu lang", meinte Baldomero leise.
„Juan Enrique nickte.
„Du hast Recht, also, dann mal los." Juan Enrique checkte seine Waffe, Baldomero tat es ihm gleich. Dann stiegen beide aus dem Zivilwagen aus und begaben sich auf den Weg zu Fernandos Haustüre.

In diesem Moment trat eine eigenartige Gestalt daraus hervor. Ein komplett in weiß gekleideter Mann, kam mit gesenktem Kopf aus dem Eingang. Beim näheren Hinsehen konnten die Beamten erkennen, dass der weiße Anzug mit Blut besprizt war. Baldomero griff sofort zu seiner Waffe.

„Keine Bewegung, drehen Sie sich um, mit dem Kopf zu Wand, Beine auseinander, Hände hoch", schrie er den Mann an, während Juan Enrique auf die eigenartige Gestalt zulief und sie mit geübten Griffen entwaffnete und an die Wand drückte. Innerhalb von Sekunden waren dem Mann Handschellen angelegt worden Dann wurde er in das Zivilfahrzeug gesteckt. Baldomero funkte seinen Kollegen an und bestellte zwei weitere Einheiten und einen Krankenwagen. Danach rannte er sofort in Fernandos Haus. In Windeseile zog er durch die Räume, bis er schließlich im Schlafzimmer die Leiche Fernandos entdeckte. Er hatte schon viele Morde erlebt in seinem Leben als Polizeibeamter, aber als er die aufgeschlitzte Kehle der Leiche sah und das abgeschnittene Geschlechtsteil, das daneben lag, musste er würgen. Beinahe hätte er sich übergeben. Einen kurzen Moment brauchte er, um einmal tief durchzuatmen und sich wieder zufassen. Dann funkte er seinen Kollegen an.

„Juan Enrique, bestell einen Leichenwagen, Fernando ist tot", wies er ihn an.

Den Bruchteil einer Sekunde lang fühlte sich Juan Enrique mit schuldig an diesem Tod. *Hätten er und sein Kollege ihn verhindern können?* fragte er sich.

„Was genau ist passiert?", wollte Juan Enrique schließlich wissen.

„Dieser Wahnsinnige hat ihm die Kehle aufgeschlitzt, und ihm dann die Eier und den Schwanz abgeschnitten. Ich hoffe, das war in dieser Reihenfolge, und nicht umgekehrt."

Juan Enrique verzog angewidert das Gesicht.

„Diese elende Ratte, aber Bourbon wird sich darüber freuen, dass wir ihn nun gefasst haben. Ich werde ihn sofort informieren."

-49-

Der Psychologe Professor Dr. Don Eduardo Sebastian Garcia Ortega legte sachte den Hörer wieder auf. Er war durch eine richterliche Verfügung von seiner Schweigepflicht als Arzt entbunden worden. Der Prozess gegen seinen einstigen Patienten Javier Morón Manchado würde in der nächsten Woche beginnen. Eduardo seufzte einmal tief durch. Das waren jene Momente, vor denen es ihm als Psychologen immer wieder graute. Er hatte als Psychologe mit so vielen Menschenschicksalen zu tun, Paranoide, Kleptomanen, Schizophrene. Oftmals blieb ihm in vielen Fällen gar nichts anderes übrig, als seine Patienten mit Pharmazeutika zu versorgen und Antidepressivum. In wenigen Fällen kam es vor, dass ein Patient schon von der Wiege an ein psychisches Problem mit sich selber hatte. Sein Patient Javier Morón war ein äußerst schwieriger Fall gewesen. So sehr er auch versucht hatte diesen Mann zu öffnen, er hatte immer das Gefühl gehabt, dass er nie die Wahrheit zu hören bekommen hatte. Warum er mit dieser krankhaften Eifersucht zu kämpfen hatte. Eigene Nachforschungen hatten ergeben, dass Javier Morón seinen 4 jährigen Bruder durch einen tragischen Unfall verloren hatte. Möglicherweise kam das seelische Trauma daher? Auch Gruppentherapien hatten Don Javier bisher nicht helfen können. Beunruhigend fand Eduardo stets, dass Don Javier schon mehrere Male handgreiflich geworden war. Das hatte er ihm zu mindestens in einigen Sitzungen erzählt. Er hatte zwei seiner ehemaligen Freundinnen mehrmals geschlagen. Auch seine Frau Ana hatte ihm berichtet, dass er gegen sie schon des Öfteren die Hand erhoben hatte und auch wirklich gewalttätig geworden war. So stellte sich Eduardo nun die Frage, ob er diesen Mord nicht hätte verhindern können? Eduardo begann unruhig in seiner Bibliothek herum zu laufen, er suchte einen speziellen, medizinischen Fachband in seinen 12 großen Bücherregalen. Nach einer Weile fand er ihn schließlich. Das Fachbuch beschäftigte sich ausschließlich mit krankhaft eifersüchtigen Menschen. Er wollte die nächsten Abende dazu nutzen, sich wirklich von A bis Z über diese Art von Trauma zu informieren. Zwar war er einer der angesehensten Psychologen Andalusiens, nicht umsonst hatte er den Titel eines Professors erhalten. Dennoch war er der Meinung, dass man nie genug lernen konnte, und so machte er sich schon fast besessen ans Werk.

-50-

Bourbon hatte dafür gesorgt, dass Don Javier Morón in eine psychiatrische Anstalt eingewiesen wurde bis zum Prozessbeginn. Aufgrund der Schwere der Tat war dies überhaupt kein Problem gewesen. Als man ihm Morón übergeben hatte, loderte der Wahnsinn aus den Augen dieses Mannes. Was noch viel bedrohlicher war: Die Stille, die ihn umgab. Morón hatte nicht ein einziges Wort gesagt, nur vor sich hingestarrt, aus weit aufgerissenen Augen. Auf Bourbon hatte er den Eindruck gemacht, als wäre er in einer Art Schockzustand. Er fürchtete sich vor dem Moment, an dem Morón aus dieser Starre erwachen würde, und so ließ er ihn rasch in das Klinikum bringen. Dort wurde Morón mit Injektionen friedlich gehalten. Der Kommissar begann nun, alle Beteiligten des Falles Isabel zu benachrichtigen. Danach lehnte er sich in seinem Bürosessel zurück, und fühlte sich irgendwie schuldig. Er konnte sich diesen Fehler einfach nicht verzeihen. Der große Bourbon hatte versagt, bei einer ganz einfachen Sache. So saß er schweigend dort und schüttelte ständig mit dem Kopf. Ungläubig dessen, das ihm das als ein so hoch angesehener, erfahrener Kriminologe passiert war.

-51-

Im Krankenhaus Virgen del Mar herrschte reges Treiben. Nur José Francisco saß wie erstarrt neben seiner Frau und hielt ihr die Hand. Sie hatte das Baby verloren. Die Nachricht Bourbons über den Mord an Fernando, und das der Täter der Notar Javier Morón war, hatte sie so geschockt, dass sie sich ungebärdig aufgeregt hatte. Wahrscheinlich war einfach alles zuviel gewesen in letzter Zeit, der Tod seiner Mutter, der Stress wegen den Ermittlungen, und nun Fernando. José Francisco war es leid. Er wollte nichts mehr wissen von dem blauen Diamanten, die Skulpturen und das Cortijo. Er sah Guadalupe in die rot verweinten Augen. Er selber hatte keine Tränen mehr. Verflucht sei der Tag, an dem seine Mutter Fernando kennengelernt hatte, verflucht sei der Tag, an dem Ramón Casasola geboren worden war. Er hasste die ganze Welt. Tief in seiner Seele fühlte er nur noch Leere. Eine einzige, abgrundtiefe Leere. Er beschloss, den blauen Diamanten an den Prado in Madrid zu übergeben, ebenso die Skulpturen. Das Cortijo würde er der katholischen Kirche schenken, er wollte, dass ein Kloster daraus wurde. Und er würde Spanien verlassen, gemeinsam mit seiner Frau Guadalupe. Deutschland war sein Ziel. Zurück zu den Wurzeln seiner Mutter, dort, wo die Welt noch in Ordnung war, und es keine solche französischen *Möchtegern* Kommissare gab wie Bourbon.

-52-

Das Verfahren gegen Javier Morón Manchado wurde eröffnet. Eduardo hatte Bourbon überzeugen können, dass dieses unter Ausschluss der Öffentlichkeit durchgeführt wird.
Vor der Verhandlung hatte er mit einem weiteren Kollegen ein aufbauendes Gespräch mit Javier Morón geführt. Eduardo wusste, dasses notwendig war, er musste den Mann zum Reden bringen, dass konnte er jedoch nur erreichen, durch viel psychologisches Einfühlungsvermögen. Sein Kollege Cesar war ein wahrer Meister in solchen Vorgesprächen, daher hatte er ihn hinzugebeten. Als er nun mit dem Angeklagten in das Verhandlungszimmer ging, stellte er zufrieden fest, dass Javier Morón weder aggressiv, nervös noch melancholisch wirkte, ein gutes Vorzeichen, fand er. Ein paar Tage vor er Verhandlung waren bewusst alle Pharmazeutika abgesetzt worden, damit der Täter unter keinerlei medikamentöser Einwirkung stand. Javier Moróns Anwalt war sich durchaus bewusst, dass sein Mandant keinerlei Chance hatte, von dieser Straftat befreit zu werden, aber dennoch hoffte er, dass er erreichen könnte, dass er in eine psychiatrische Anstalt eingewiesen werden würde.
Die Verhandlung wurde eröffnet. Der Richter begann mit den üblichen Einleitungen. Um den Tatbestand nahezulegen, wurden zunächst die beiden Polizeibeamten als Zeugen befragt. Ihre klaren, erschütternden Aussagen ließen selbst den Richter schaudern. Danach

wurde Eduardo gebeten, den Angeklagten zu verhören. Eduardo hatte die Lizenz, auch an Gerichten zu arbeiten bei solchen Fällen. Eduardo begann das Verhör sanft.

„Don Javier Morón, Sie sind ein hoch angesehener Notar und Anwalt. Sie haben Don Fernando gekannt. In welcher Beziehung standen Sie zu ihm?", fragte er.

Javier Morón verzog ein wenig das Gesicht. Eine Weile dachte er nach, dann antwortete er schließlich:

„Er liebte die Frau, die ich auch liebte", antwortete er schließlich.

„Das klingt problematisch", meinte Eduardo.

„Das war es auch", erwiderte Javier.

„Wann haben Sie Fernando das erste Mal gesehen in Ihrem Leben?", fragte Eduardo weiter.

Javier begann, etwas nervös auf seinem Stuhl hin und her zu rutschen.

„Als ich mit meinem Feldstecher das Cortijo Isabel beobachtete hatte", sagte Javier.

„Sie haben das Cortijo von Doña Isabel mit dem Feldstecher beobachtete?", fragte Eduardo erstaunt. „Warum?"

„Weil ich sie liebte, aber sie wollte mich nicht. Wie alle Menschen bisher auf dieser Welt mich nicht wollten", entgegnete Javier.

„Wie kommen Sie auf so eine Idee? Sie haben eine Ehefrau, ein gutgehendes Notariat, es gibt sicher ganz viele Menschen auf dieser Welt, die Sie gerne haben", erwiderte Eduardo fachmännisch.

„Das ist nicht das Gleiche. Seit meiner ersten Begegnung mit Isabel wusste ich, dass ich sie liebte. Aber sie stieß mich ständig zurück", meinte Javier.

„Sie wissen schon, dass es vollkommen normal ist, dass man Menschen nicht zum Erwidern einer Liebe zwingen kann?",fragte Eduardo.

„Das ist mir bewusst", antworte Javier." Aber ich verstehe bis heute noch nicht, was sie an diesem Fernando gefunden hatte."

„Liebe ist oft schwer zu erklären, Don Javier", erwiderte Eduardo. „Aber was mich interessieren würde: Als Don Fernando das erste Mal zu Ihnen ins Notariat kam, nach dem Tod der Isabel Rodrigues Mauer, kannten Sie ihn nicht persönlich?"

„Nein, nur vom Sehen her. Isabel hatte mir von ihren Plänen berichtet, dass sie das Cortijo auf ihn überschreiben lassen wollte, weil dieser Kerl Sicherheiten brauchte für einen Kredit. Ich hatte versucht, es ihr auszureden", erwiderte Javier.

Eduardo beschloss, ins Schwarze zu treffen:

„Sie haben Fernando aus Eifersucht getötet?", fragte er rasch, ohne Javier die Möglichkeit zu geben, groß nachzudenken.

„Ja, er musste verschwinden, ich habe es nicht länger ertragen, ihn hier auf dieser Welt zu wissen, genauso wenig wie Isabel", antworte Javier.

Bourbon, der in der ersten Reihe saß, sog hörbar die Luft ein bei diesem Geständnis. Der Psychologe war brillant, wie er Don Javier eins nach dem anderen entlockte, mit viel Einfühlungsvermögen. Bourbon war überzeugt davon, dass er noch viel mehr zu hören bekommen würde.

Eduardo fuhr fort mit seiner Befragung:

„Sie kannten den Gärtner Juan José. Warum musste er sterben?", fragte er eindringlich.

Javier war nun sehr erregt. Er begann die Stimme zu heben als er antwortete:

„Dieser verdammte alte Bock. Ständig schwänzelte er um sie herum, er ließ Isabel keine Ruhe", rief Javier aufgeregt.

„Aber Sie hatten Isabel doch schon getötet. Wem hätte der Gärtner schaden können?" Eduardo schaute ihn eindringlich und herausfordernd an.

„Es war Rache, Rache, für all das, was sie mir angetan hatte. Ich wollte, dass sie stirbt, und ich wollte, dass alle, die sie geliebt hatten, auch sterben. Dieser Kommissar, Mendez hieß er, war auch hinter ihr her", sprudelte es aus Javier heraus.

„Erzählen Sie uns, wie Sie vorgegangen sind?", fragte Eduardo nun sanft.

Javier ließ plötzlich die Schultern hängen. Dann, so als hätte man plötzlich einen Schalter umgelegt, hüllte er sich in tiefes Schweigen. Der Richter schaute Eduardo fragend an.

Eduardo erhob sich und ging mit leisem Schritt zum Richterpult.

„Lassen Sie ihm Zeit, er wird alles gestehen. Verharren Sie alle still", flüsterte er dem Richter zu. So saßen alle Anwesenden still auf ihren Stühlen und Bänken, und warteten auf das erlösende Geständnis.

„Ich habe meinen Bruder ermordet", sagte Javier plötzlich leise.

Eduardo schaute ihn aus großen Augen an. Er hatte gewusst, dass etwas aus der Kindheit des Don Javier ihm zu dem hatte gemacht, was er heute war. Instinktiv hatte er an diese Möglichkeit gedacht, denn Javier hatte ihm ja von dem Unfall seine Bruders erzählt. Er musste ihn zum weiteren Reden bewegen, der Moment war mehr als günstig.

„Erzählen Sie es mir, machen Sie sich frei von allem, was Sie quält, erzählen Sie es mir!", forderte er nun Javier auf und strich ihm sanft über den Arm.

Und Javier öffnete sich. Es sprudelte nur so aus ihm heraus, alles, was seine Seele in den letzten Jahren gequält hatte.

„Meine Eltern hatten mich behandelt, als wäre ich Luft gewesen, seit der Geburt meines Bruders. Ich konnte das nicht mehr länger ertragen. Eines Tages warf ich ihn vom Balkon."

„War es denn danach besser für Sie?", fragte Eduardo.

„Nein, ich wurde von meinem Vater ins Internat gesteckt, meine Mutter wurde verhaftet, weil ich vorgegeben hatte, dass sie nicht auf Emilio aufgepasst hatte. Im Internat wollte ich der Beste sein, damit man mich anerkennen würde. Das ist mir auch gelungen, aber doch fehlte mir immer irgendwie etwas. Liebe, vielleicht?", meinte Javier.

„Das ist gut möglich", antwortete Eduardo. „Wie verlief dann Ihr weiteres Leben?"

„Ich eröffnete mein Notariat und die Kanzlei und lernte Isabel kennen. Mein Werben um sie war erfolglos. Nachdem sie mich eines Tages abgewehrt hatte, weil ich sie küssen wollte, hielt ich es nicht mehr länger aus. Ich wollte sie festhalten, nicht mehr los lassen, hatte ihren Nacken in meinen Händen, um endlich ihre warmen Lippen auf meinen fühlen zu können.Aber sie wehrte sich, sie wehrte sich wie eine Wildkatze. Mit einem Ruck überbog ich ihr den Nacken. Sie fiel tot zu Boden."

Haben Sie sie bewusst ermordet?", fragte Eduardo zügig.

Javier brauchte nicht eine Sekunde lang nachzudenken.

„Ja",war seine eindeutige Antwort.

„Ihre Pulsadern waren aufgeschnitten. Haben Sie das getan, nach ihrem Tode?", fragte der Psychologe.

„Ja, auch das war ich",meinte Javier.

„Erklären Sie mir das *Warum*?", fragte Eduardo.

„Ich wollte, dass sie reingewaschen wurde, ihr verwirrtes Blut musste hinaus, ich bin überzeugt davon, dass ihre Seele jetzt frei ist", antworte Javier.

Alle im Saal waren sich nun einig, dass sie es mit einem vollkommenen Wahnsinnigen zu tun hatten. Bourbon schauderte es.

„Was war mit dem Kommissar Mendez?", fragte Eduardo.

„Der musste auch weg, er kannte Isabel gut. Mir hatte es nie gefallen wie er nach ihr gelechzt hatte. Dieser räudige Dreckskerl. Ich hab ihm sein krankes Gehirn weggeschossen, so konnte er kein weiteres Unheil anrichten", meinte Javier zufrieden.

„Und der Gärtner?", wollte Eduardo wissen.

„Genau das Gleiche, ein verrückter Träumer, er hatte sie nie in Ruhe gelassen", meinte Javier.

„Aber der Mann war alt und gebrechlich. Isabel war doch schon tot, es war doch vollkommen unnütz, den Kommissar und dann auch noch den harmlosen Gärtner zu ermorden", hinterfragte Eduardo.

„Das sagen Sie, aber wissen Sie was; Geilheit wird bestraft. Selbst nach ihrem Tod wollte ich, dass Isabel oben im Himmel davon erfahren wird, dass ich ihre nervigen Verehrer für sie ausgelöscht habe. Blut musste fließen, um diese kranken Seelen für ihren Tod zu heilen." Aus Javiers Augen loderte nun der pure Wahnsinn.

„Und Fernando? Sie haben ihm nicht nur die Kehle durchgeschnitten, sondern ihm auch noch die Geschlechtsteile abgetrennt."

„Er hatte sie gefickt, ich musste ihn härter bestrafen", antworte Javier und nickte bestätigend eifrig dabei mit dem Kopf.

Eduardo warf dem Richter einen Blick zu, und dann Bourbon. Javiers Anwalt winkte mit der Hand ab. Es waren keine weiteren Befragungen mehr nötig, ganz zu schweigen der Sinn einer Verteidigung seines Mandanten. Der Richter erhob sich.

„Ich denke es ist klar, was hier passiert ist. Der Angeklagte wird den Rest seines Lebens in einer psychiatrischen Anstalt verbringen. Lebenslang. Sollte er sich innerhalb seines Aufenthaltes regenerieren und ein psychisch gesunder Mensch aus ihm werden, erhält er lebenslange Haft. Die Verhandlung ist geschlossen."

Bourbon erhob sich. Er war fassungslos. Er konnte nicht verstehen, wieso er nicht eher darauf gekommen war, das dieser Javier Morón der Mörder war. Ricardo und Samuel kamen auf ihn zu.

„Nimm es nicht tragisch, jeder kann mal irren", meinte Ricardo und klopfte ihm sanft auf die Schulter.

„So was darf nicht passieren", erwiderte Bourbon nieder geschmettert. Samuel schaute ihn aufmunternd an.

„Wir haben was gelernt, und das ist es doch, was zählt. Nur so werden wir immer besser",meinte er tröstend.

„Ja, aber es sind vier Menschen gestorben. Brutal ab gemetzelt worden, und es war meine Aufgabe den Mörder zu finden. Ich habe versagt. Ganz einfach. So ist das", erwiderte Bourbon resigniert.

„Verdammt, Phillippe, du hast einen großen Verbrecherring geknackt, der Polizeipräsident wurde verhaftet, der Kultusminister und Ramon Casasola ebenso. Und du hast die Organisation von Roberto Navarro am Wickel. Ich finde, das ist schon eine beachtliche Leistung."

„Tut mir leid, Freunde, aber das tröstete mich nicht", antworte Bourbon verbittert.

„Ich möchte alleine sein, verzeiht mir, wir sehen uns später bei mir zuhause, ja?", sagte er zu seinen Kollegen.
„Ist gut", antworte Samuel nur trocken. Er konnte Bourbon nur zu gut verstehen. Kopfschüttelnd schauten die beiden ihren großen Bourbon hinterher, als dieser zum Gerichtsausgang lief.

-53-

In Albertos Organisation lief alles schief, was nur schief laufen konnte. Sämtliche Bars und Pubs wurden gefilzt von der Polizei, man war in sein Büro gestürmt und hatte seine kompletten Akten mitgenommen. Er selber wurde in Untersuchungshaft gesteckt. Zu seinem großen Glück wurde er drei Tage später wieder entlassen, aus Mangeln an Beweisen. Leider hatte man aber Albatros zu einigen Jahren Haft verknackt. Er musste sich eine neue rechte Hand suchen, denn außer Christopher hatte er nun niemanden mehr. Natürlich gab es hunderte von Kollegen die danach lechzten, für ihn arbeiten zu dürfen, aber Alberto war kritisch. Da er sowieso vorhatte, das Geschäft an Christopher weiter zu geben, begann er mit ihm zusammen eine Auswahl zu treffen. Sie entschlossen sich für einen guten Mann, der schon jahrelang in der Organisation mitgearbeitet hatte. Um ihn auf die Probe zu stellen, wie weit er für die Organisation gehen würde, bekam er seinen ersten Auftrag: Es wurden ihm zwei Fotos vorgelegt von zwei Männern. Er sollte sie töten lassen, durfte selber aber dabei nicht ins Spiel kommen. Beflissen machte sich Rafael Gutierrez ans Werk.

-54-

In der turbulenten Metropole von Sankt Tropez saßen Jaime und Bernado mit zwei Cuba Libre in der Hand und genossen das Leben.
„Das war das Beste was uns je passiert ist", meinte Jaime zufrieden.
„Ausnahmsweise muss ich dir mal recht geben, mein Freund", erwiderte Bernado bestätigend. Er grinste Jaime breit an.
„Man könnte weiß Gott auch schlechter leben, in Anbetracht dessen, was wir schon alles in unserem Leben so verbockt haben", meinte er.
„Ja, so ist, das, wenn aus den Bösen die Guten werden", stellte Jaime fest.
„Singen kann so schön sein", warf Bernado fröhlich ein.
„Das ist wohl war." Jaime nuckelte zufrieden an seinem Cuba Libre.
„Wenn ich mal Kinder haben sollte, kriegen sie von Anfang an dieses Zeug hier zu trinken, das macht ganz schön fröhlich." Er schwenkte den Cuba Libre dabei eifrig hin und her um dessen schöne Farbe zu bewundern.
„Gehst du heute Abend mit auf die Yacht?", fragte ihn Bernado.

„Nichts auf dieser Welt wird mich davon abhalten, Jessica wird doch auch dort sein", antwortete Jaime bestimmt.

„Na, dann heiz dich schon mal ein, ich fahr heim, bei dieser Hitze hier könnte man laufend Duschen. Wir sehen uns später." Bernado erhob sich und ging zu seinem Wagen, einem kostspieligen Rover.

Jaime schaute ihm nach, als er davon brauste. Dann hob er die Hand, um dem Kellner zu verstehen zu geben, dass er noch Nachschub brauchte. Während er weiter trank, dachte er nach über alles, was geschehen war. Sie hatten dem Hauptkommissar Bourbon mächtig viele Informationen preisgegeben, und somit ihre Freiheit erkauft. Sie mussten Alberto letztendlich doch verraten, denn als die Sprache darauf kam wer den Notar Javier Morón bedroht hatte, konnten sie nicht lügen. Alberto hatte sie eigenmächtig dazu beauftragt, er wollte unbedingt an den blauen Diamanten kommen. Es hatte sich schlecht getroffen, dass ausgerechnet zu diesem Zeitpunkt die Cortijobesitzerin Isabel ermordet worden war. Als die beiden das erste Mal die Skulptur rauben wollten, liefen sie dem Gärtner über den Weg, und danach diesem Notar. Sie waren unvorsichtig gewesen. Für Profiverbrecher eigentlich eine Schande. Aber dank dieses Umstandes konnten sie den Notar identifizieren, was ihnen ja letztendlich zur Freiheit verholfen hatte. Jaime seufzte auf. Es hätte sie auch schlechter treffen können. Er und Bernado hatten sich jeder eine schöne Villa gekauft in Sankt Tropez und den ganzen Tag lang taten sie nichts anderes, als ihr Leben in vollen Zügen zu genießen. Heute Abend würde eine große

Party steigen auf der Yacht eines Freundes. Jaime konnte den Abend kaum erwarten, denn er war das erste Mal in seinem Leben richtig verliebt. Mit Jessica hatte er die Frau gefunden, die er sich immer gewünscht hatte. Sie war Deutsche, blondhaarig mit ewig langen Beinen und Augen so blau wie der Ozean. Jaime kam ins Träumen und vergaß ein wenig die Zeit. Er war kurz vor dem Eindösen, als er erschrocken hochfuhr. Er wollte sich noch einen neuen weißen Anzug besorgen. Hastig sah er auf die Uhr; die Geschäfte waren wieder geöffnet. Und so zog er los.

-55-

In einem dunklen Altstadtviertel von Sankt Tropez traf sich ein Baske mit einem französischen Schwerverbrecher.
„Hier ist der erste Teil der Kohle, der Rest folgt nach Erledigung. Morgen Abend, hier, um die gleiche Zeit, verstanden?",flüsterteder Baske.
„Qui, naturelment", erwiderte der Franzose leise und nahm das Geld entgegen. Danach trennten sich die Männer eiligst.

-56-

Die Party auf der Yacht war im vollen Gange. Selten hatten sich Bernado und Jaime so köstlich amüsiert wie an diesem Abend. Die Sommerluft beflügelte sie zusätzlich. Jaime saß mit Jessica auf dem Deck der Yacht, und flüsterte ihr heiße Liebesschwüre ins Ohr. Obgleich die Blondine nur die Hälfte verstand, denn sie sprach kein spanisch, war sie ebenso angetan von Jaime. Bernado kam angeschlendert. Er hatte schon einige Margueritas intus.

„Eh, Jaime, lös dich mal von deiner Claudia Schiffer, oder wer immer das auch sein mag. Da will einer was von uns, er bringt uns mit einem Beiboot ans Land", rief er ihm lallend entgegen.

Jaime war diese Störung nicht gerade willkommen. Murrend löste er sich von Jessica, nicht ohne ihr vorher einen lang anhaltenden Kuss zu geben.

„Ist ja gut, ich komm ja schon", maulte er und folgte Bernado, der schon vorausgegangen war. Sie stiegen in das kleine Beiboot der Yacht, und der Bootsführer brachte sie in rascher Fahrt ans Ufer. Jaime wurde übel dabei, es war wohl doch ein Cuba Libre zu viel gewesen am Nachmittag.

Ein Franzose mit einer Baskenmütze erwartete sie schon.

„Was wollen Sie von uns?", fragte Bernado gespannt.

„Jaime und Bernado, richtig?", fragte der Franzose zurück.

„Richtig, Schlaukopf", bemerkte Jaime kichernd

Der Franzose grinste beide an, von einem Ohr über das andere. Dann zog er so rasch zwei große Messer hervor, dass Jaime und Bernado vor Überraschung nicht mal mehr Luft holen konnten. Er rammte sie den beiden in die Bäuche und stieß sie dann den Kai hinunter ins Wasser.

„Das war der Preis fürs Singen – amigos", sagte der Franzose, tippte sich einmal kurz an seine Baskenmütze, und verschwand im Dunkel der Nacht.

Weitere Bücher der Autorin im Handel erhältlich:

Gebrannte Seele auf steinigen Wegen

Jutta Judy Bonstedt Kloehn

JUTTA JUDY
BONSTEDT KLOEHN

blv

Klassische und iberische Reitkunst

Sanfte Dressur in Harmonie mit dem Pferd